闽南文化丛书

闽南书院与教育

总主编　陈支平　徐　泓
主　编　王日根　李弘祺

福建人民出版社

总　　序

在社会各界的关心支持下，《闽南文化丛书》终于与读者见面了。我们之所以组织撰写这套丛书，主要基于以下的三点学术思考。

一、闽南文化是中华文化的一个重要组成部分，同时又是中华文化中的一个极具鲜明特色的地域文化。闽南文化的形成及其发展，是经过了漫长的历史演变与文化磨合，以及东南沿海地带独特的地理环境等多种因素逐渐造就的。中华文化的核心价值培育了闽南文化，而深具地域特色的闽南文化又使得中华文化的整体性显得更加丰富多彩。当今，区域文化研究已经成为世界性的一个学术热点，从中华文化整体性的角度来考察区域文化，闽南文化的研究理应引起学术界的高度重视。

二、闽南文化是一种二元结构的文化结合体。这种二元文化结合体既向往追寻中华的核心主流文化，又在某种程度上顽固地保持边陲文化的变异体态；既依归中华民族大一统政治文化体制并积极为之作出贡献，又不时地超越传统与现实的规范与约束；既有步人之后的自卑心理，又有强烈的自我表现和自我欣赏的意识；既力图在边陲区域传承和固守中华文化早期的核心价值观念，却又在潜移默化之中造就了诸如乡族组织、帮派仁义式的社会结构。这种二元结构的文化结合体，可以把许多看似相互矛盾、相互排斥的人文因素，有机地磨合和交错在一起。也许正是这种二元文化结合体，在一定程度上滋生了闽南区域文化及其社会经济的持续生命力，从而使得闽南社会及其文化影响区域能够在坚守中华文化核心价值的同时，有所发扬，有所开拓。我们通过对于闽南二元结构文化结合体的研究，应该有助于对于中华文化演化史的宏观审视。

三、闽南文化是一种辐射型的区域文化。从地理概念上说，所谓闽南区域，指的是现在福建南部包括泉州、厦门、漳州所属的各个县市。然而从文化的角度说，闽南文化的概念远远超出了以上的区域。由于面临大海的自然特征与文化特征，使得闽南文化在长期的传承演变历程中，不断地向东南的海洋地带传播。不用说祖国大陆的浙江温州沿海、广东南部沿海、海南沿海，以及祖国的宝岛台湾，深深受到闽南文化的影响，形成了带有变异型的闽南方言社会与乡族社会，即使是在东南亚地区以及海外的许多地区，闽南文化的影响所及，都是不可忽视的社会现实。因此，闽南文化既是地域性的，同时又是带有一定的世界性的。在当今世界一体化的趋势之下，研究闽南文化尤其显得深具意义。

闽南文化的内涵是极为丰富深刻的，其表现形式是多姿多彩的。为了把闽南文化的整体概貌比较完整地呈现给读者，我们把这套丛书分成十四个专题，独立成书。这十四本书，既是闽南文化不同组成部分的深入剖析，同时又相互联系、有机地成为宏观的整体。我们希望通过这套丛书的出版，一方面对于系统深入地研究闽南文化有所推进，另一方面则更希望人们对于闽南文化乃至中华文化有着更为全面的了解和眷念，让我们的家园文化之情，心心相印。

最后，我们要再次对于众多关心和支持本套丛书的写作和出版的社会各界人士，深致衷心的谢意！

陈支平　徐　泓
2007 年 10 月

目　录

第一章

唐五代闽南教育的初兴

　　教育是伴随着人类社会建立而出现的人之社会化的一个必经阶段。在春秋战国时期，教育思想也出现了儒、墨、法、道诸家的分野，但是儒家教化方式终于在汉武帝时被确立为王朝教育的基本方式。从受教者看，中国古代的教育也经历了从"学在官府"向教育普及的转变。官学与私学成为中国传统教育的两轮，共同推动着中国传统教育事业的前行。

　　由于中国古代政治统治是由中原逐渐向四周扩展的，行政区划和教育机构的设置经常被认为是王化所及的标志。凡进入王朝行政系统、设置了官学的地方皆属化内；否则为化外，被称为"蛮"、"夷"、"戎"、"狄"。中原王朝对它们或和亲、或怀柔，或冲突、或战争，有时表现为中原王朝对疆域的固守，有时则是大规模的边界扩张，化外之民因而转变为化内，王朝的版图随之扩大。

　　事实上，在进入化内之前，各边境地区亦有自己的文化形态，有自己的教化方式，但相对于中原文化而言，仍显得初级和原始，因而对儒家文化往往也乐于接受。特别是作为百越之一的闽越族对中原儒家文化采取了欢迎的态度。

　　对中原儒家文化的接受有时是通过中原的官员来闽任职实现

的，有时是因为战争造成了大量的中原簪缨世家来闽避祸，从而带来了中原文化的种子。因此，较早期闽地的儒学教育往往处于家庭式的、私学的、不成规模的游动状态。

一、中唐以前闽南的教育

闽南在中国历史上属于后开发地区，即使从福建本省来看，也是较迟才得到开发的，因此教育的兴起亦晚于中原，晚于福建的其他地区。直到秦汉时期，中原汉人才开始进入泉州。三国时期，闽南为东吴政权所管辖，又有部分北方汉族人移居入泉，但文化落后的闽越族人仍是闽南的主要居民。西晋末年，中原的部分士族移居当时相对安定的闽南。《泉州府志》记载："永嘉二年，中州板荡，衣冠始入闽者八族，林、黄、陈、郑、詹、邱、何、胡是也。以中原多姓，畏难怀居，无复北向，故六朝间仕宦名迹，鲜有闻者。"据说晋江之称，即因晋人"沿江而居"而得名。

到了南朝梁朝时期，朝廷在南安增设南安郡，管理闽南事务。隋唐时，中原汉人继续进入闽南，这些移民逐渐主导社会生产，加速了闽南社会经济和文化的发展进程。

由于这些移民中有许多属于簪缨世家，自然带来了许多文化种子，这些文化种子在闽南这一远离政治中心的地区逐渐萌芽、滋长起来。

西晋永嘉年间，闽南开始有私学，这是中原簪缨世家离开原有的政治中心后做出的选择，是保持自己传统的唯一途径。这样的私学教育方式成为至唐代为止闽南地区教育的主要形式，显然这类教学很难达到较大的规模，闽南的教育落后状况仍然存在。

出现转机是在唐武则天垂拱二年（686），泉州守戍左玉铃、卫府左郎陈元光亲具奏疏，向唐王朝请建州县。朝廷批准并割泉州西南地建漳州，任命陈元光为州刺史。陈元光在《请建州县表》中说："其本则在创州县，其要则在兴庠序。"① 此举提高了闽南在唐疆域内的地位。设置政区与创办教育是纳入王朝体系的重要步骤，也成为后来福建各地发展的一种模式。

闽南的教育就在这样的背景下兴办起来了。陈元光在漳州设立州学，鼓励当地人读书。泉州也于唐玄宗开元年间兴建了孔庙，拟建泉州州学。官学的建立意味着闽南人从此可以通过科举进入王朝的政治系统，这无疑极大地带动闽南人投入教育的积极性。不过由于基础较薄弱，教育的落后状况还是没有改变。

自唐太宗感叹科举制度能使"天下英才俱入吾彀中"之后，唐王朝特别注重兴办官方学校，以招揽贤才。高祖武德元年（618），下令各地郡县设置学校招收生员；武德七年（624）又下令州县及乡里置学。针对一些州县尚未设立学校或校舍破旧的情况，高宗咸亨元年（670）再次下诏，要求各地从速建立州县官学。至唐玄宗开元天宝年间，各地州县官学已普遍设立。闽南的漳州因为陈元光的倡导，教育已进入正常发展的状态。泉州的教育落后状态仍在延续。这里不仅私学发展迟滞，科举功名阙如，也不见有什么像样的文人。唐代宗时，福建都团练观察使李琦把福州学宫从城西移至城南，礼部员外郎文学家孤独及起写了都督府儒学记，名曰《李成公碑》，碑文有"缦胡之缨，化为青衿"之语。意即由于李琦的积极倡学，闽地的教育才开始兴起，才使系结麻绳、扣戴斗笠的闽地野人，变成穿戴读书人衣冠的文人。这虽然属于文学家的夸张言语，却也在一定程度上反映了闽地与中原地区文化教育上存在巨大差异。

应该说，闽南漳州曾因陈元光的入闽而呈现出教育的初兴景象。唐中宗景龙二年（708），陈元光之子创办了松洲书院，它比

---

① 《全唐文》卷一六四，上海古籍出版社，1990。

过去被认为最早的书院海南丽正书院还早 10 年，可以说是中国最早的书院了。该书院与松洲威惠庙在建筑上合为一体，形成前庙后校的格局，规模宏大，气势雄伟。后来松洲书院历经各朝重修，一直保持这种庙堂兼书院的特点。

　　闽南的教育逐渐通过科举中试者的成就体现出来，像欧阳詹、常衮等。唐代贞元年间举进士的泉州人林蕴在《泉山铭》中说："自大历纪年，犹未以文进学者，满门终安，豪富寂寞，我里曾无闻人……予仲兄藻……遂首倡，与欧阳詹结志攻文，同指此山，誓报山灵。不四五年，继踵登第，天下改观，大光州闾。"这对闽南文化产生了极大的推动作用。

　　陈元光创办的松州书院（今浦南附近）是福建最早的书院。陈元光的儿子陈响中明经科，被授翰林院承旨直学士之职。辞官之后便主持松州书院。唐代还有潘存实在漳浦建梁山书院，周匡物和潘存实在龙溪建周潘书院，二人都中过进士。

　　唐代中叶以后，闽南地方政府官员兴起了几次办学运动，鼓励民众重视教育、参与科举。唐代宗大历七年（772），李琦出任福建泉、漳、汀都团观察处置使，致力于兴教活动。"以五经训民"，"于是一年人知敬爱，二年而学者功倍，三年而生徒祈祈，贤不肖竟劝，家而洙泗，户有邹鲁，儒风济济，被于庶政"。"由是海滨荣之，以不学为耻，州县之教，达于乡党；乡党之教，达于众庶矣"。闽南教育呈现兴盛态势。建中至贞元年间，薛播两度出任泉州刺史，积极倡导办学，鼓励士子读书仕进。席相于贞元七年（791）继薛播任泉州刺史后，建六曹都堂，特请欧阳詹写记。《晋江县志·学校》说："唐宋以来，席、常二公倡导于前，王、游二公激动于后，中间又得朱紫阳簿同往来教化，海滨邹鲁之风，闽南佛国之号，由来旧矣。"

　　常衮为福建观察使时，对泉州学子欧阳詹十分器重，把他比作"芝英"，每有宴会，总与之同席。欧阳詹每有一作，常衮即"屡加赏进"，极力鼓励，从而使欧阳詹之声望"渐腾于江淮，且达于京师矣"。常衮还举荐欧阳詹作为乡贡赴京应选。地方官员重视科举，对于促进地方教育的发展具有重要作用。欧阳詹等在地方官员的扶植和鼓励下，终于科举及第，产生了巨大的社会激励作用。明万历《泉州府志》载："泉自常衮倡学，欧阳詹应其选，迨后……文风大盛，乡民皆知向学。"在中国传统社会中，地方官员均把隆教化民放在为政的首要位置，无疑推动了学校的发展。经常是行政区划设置到哪里，哪里就出现"弦歌不绝"的局面。

二、唐后期闽南社会承平与教育扩展

唐中叶以后，闽南教育更为各方所重视。包括由个人和民间组织创办的，或官倡民办的各种形式的私学，日趋兴盛起来，并成为当时闽南社会居主导地位的教育形式，出现了"闾里之士，竞劝于学"的局面。《晋江县志·学校》说："自唐常衮为观察使，使能诗文者与为宾主之礼；刺史席相，贞元设宴东湖，礼送贡士。由是地方学子，重视文教……故晋江一邑，文章气节，直可远追古人，而并驱上国。"《南安县志·风俗》说："南安先泉郡而治，风俗最古。自唐欧阳四门以文章破闽越之荒，嗣是家诗户礼，颖秀而文者多见重于朝廷。益以紫阳过化，流风遗泽，陶淑后生，遂彬彬然与邻治称'海滨邹鲁'矣。""海滨邹鲁"是海洋区域逐渐融入内陆文化体系的标志，内陆文化此时较海洋文化更成熟、更进步，自然在一定意义上对海洋文化产生了收编作用。

由此闽南的教育呈现出跳跃式的发展状态，唐代后期泉州教育开始振兴，主要体现在三个方面：一是授徒讲学式的乡校的兴起；二是授徒讲学式的家塾与家馆的涌现；三是个人读书之所的出现。

乡校在唐代又称村学，属启蒙教育性质。乡校是由官方出面倡导创办的，以乡村的公共场所为学舍，经费自筹，聘请乡间有一定文化知识的人为教师。北方文人源源不断地移入为乡校的勃兴准备了大量的师资，中原文化在闽南这一相对偏僻之区迅速传播。

家塾、家馆也可纳入私塾，由官宦或富户人家自行设立，聘请教师在家教读子弟，或塾师自行招收学童，或数家合伙聘请塾师教授自家子弟。作为一种授徒讲学式的私学，私塾究竟何时开始出现于泉州，现无从查考。但是，唐代中后期，私塾已广泛存在。如唐永贞元年（805），德化县三班泗滨村金姓村民聘颜芳为塾师教授弟子。

闽南当地还有若干个人读书之所。这些读书之所，或由文人学士自行设立，或由官宦富室为其子弟设置，目的是以此为基地，进一步攻读，以求仕进。因此，它们一般规模不大，而且大多位于清静之地，或设于乡村，或设于山林，或借用当地的祠庙。这些读书之所名称各异，或称书堂，或称书房，或称书室，或称书院。泉州名山清源山，当时就有不少文人学士在此筑室读书，如陈中段在梅岩筑室读书，欧阳詹与林蕴在虎岩筑室读书，后人称为欧阳书室。南安名山九日山，有九日山书室，相传也是欧阳詹的读书处。诗山的高盖山上有欧阳詹的读书处，称白云书室。晋江的紫帽山、潘湖亦有欧阳詹读书处。这些读书处成就了读书人的美好愿望，更激发后人起而仿效，遂形成建立读书处、攻读圣贤书的热潮。

当时，书院也是私人读书之所，如晋江的张九宗书院、集贤书院，南安的杨林书院均属此类。

三、五代闽南教育

唐末五代离乱和光州固始人王潮、王审知率兵据闽，对闽南文化教育产生了不小的影响。唐光启二年（886），参加黄巢起义的农民领袖王潮攻下泉州城，随后占领福州，闽中各地纷纷降服。唐昭宗李晔只得于文德元年（888）任命王潮为泉州刺史，随后又任命他为福建观察使，尽有闽中五州之地。乾宁三年（896），王潮卒，其弟王审知继位，封为威武军节度使，后又被封为闽王。王审知死后，其子王延钧正式称帝，改国号为闽。王潮离开泉州后，其弟王审圭于乾宁元年（894）继任泉州刺史，历时十二年。天祐元年（905），子王延彬再继，在职26年。王氏兄弟带领大批中原士民入闽南，且兄弟父子相继主政达60年，对闽南地区的开发和文化教育的发展，起了不小的推动作用。

王氏特别注重文化教育，积极倡学，采取不少措施推动闽南教育的发展。

一是兴学，王潮在泉州办义学，拨出专门经费供师生膳食，奖掖蒙童入校学习。王审知采纳翁承赞的建议，在福州设立四门学，以教闽中秀士。此外，王氏还在府、县设学，乡间设蒙学。唐侍郎于竞在《琅琊王德政碑》上说："尝以学校之设，足为教化之源。乃今诱掖蒙童，兴行敬让。幼已则于师训，长皆置于国庠。俊造相望，廉秀特盛。"[1]

二是搜求书籍。《琅琊王德政碑》说："自燎炽西秦，烟飞东观，鲁壁之遗编莫俟，周宁之坠简宁存？……亟命访寻，精于缮写，远贡刘歆之阁，不假陈农之求，次第签题，森罗卷轴。"由

---

① 冯登府：《闽中金石志》，《石刻史料新编》，第一辑，新文丰出版社。

于兵乱,藏书大多化为灰烬,王氏积极寻访散失之书,并加以修缮整理。

三是创建招贤院。王氏在泉州北峰潘山创建招贤院,招揽中州公卿名士。该院规模颇大,环境幽雅,院内筑有馆舍,供吟诗论文者住宿,且配有亭轩、水榭,供凭眺赏景。院前竹径石蹬直达晋江边,可以放舟悠游、临矶垂钓。院后则是郁郁葱葱的清源山。唐末战乱,五代纷争,群雄角逐,战火蔓延中原,而泉州独能偏安,社会相对稳定,经济发展,加之王氏的热情延揽,礼遇有加,使僻远的泉州成了落难士子和文人的最好避难所。中原文士纷纷涌入泉州,泉州一时人才济济,为八闽之冠。他们聚集于招贤院,论时政,作诗文,传播文化,对泉州的文化教育起到了推动作用。

五代后期,留从效割据泉州,对泉州的文教事业也起了积极的推进作用。留从效,永春人,南唐保大四年(946)被当时统治福建的南唐任命为泉州刺史。保大七年(949),南唐改称泉州为青源军,以留从效为节度使。留从效统治区域包括泉州和漳州,统治时间前后 17 年。留从效注意发展文化教育事业,积极采取措施扶持学校,并曾经独立举行过科举考试,选拔人才。据《宋史·漳泉留氏世家》记载,留从效每年开设“秋堂”,通过考试,以“取进士、明经”。这是史书上仅有的关于五代时期福建境内开科取士的明确记载。留从效对文化教育的重视及相应措施,促进了泉州地区教育的继续发展。如同安县学就是在这期间建立的。当时,县令陈洪济在城南登龙坊创建县学,成为有明确记载的泉州最早建立的县学。这期间的泉州不仅沿海地区的教育继续发展,内地山区的教育也相应发展。安溪(当时称清溪)县令詹敦仁有感于当地“业儒者寡”,倡导兴办儒学。

但终唐一代,泉州各县除同安外,均未建县学;至于州学,唐代仅有孔庙而已，并未建立起正式的州学。一些感于科举落后而兴起的私学亦往往规模狭小，许多甚至只是私人的读书之所，像欧阳詹、蔡沼等都属于私学出身。唐代泉州共有 12 人登进士第，五代有 7 人登进士，即使数量属实，也仍处于一个较低的水准。即使是在福建省，闽南的文化发展程度亦相对落后。若与中原相比，则更不能望其项背了。

四、闽南教育与经济开发的互动

闽南进入中央王朝的视野之后，与中原地区的联系也迅速密切，经济呈现出飞速跃进的状态。是闽南的教育带来了经济的开发，还是经济的开发促进了闽南的教育？单方面的表述似乎都不准确，应该是闽南教育和经济开发形成了相互促进的态势。

当中原社会出现动荡之时，闽南成为中原簪缨世家避祸的所在，教育的种子由此落下。他们致力于教化事业的建立，得到了当地民众的热烈呼应，于是私学先于官学取得广泛的发展。

科举是带动闽南教育发展的重要因素。在私学的培养下，短时期内便涌现出一批优秀人才，成为人们效仿的榜样，激发了民间办学的热情，使私学更盛。"自是，闽士始知所向慕，儒风日以振起，相师不绝。"[1]

---

① 蔡清：《丰州集稿·启序》，厦门大学图书馆藏。

第二章

两宋闽南教育的大发展

宋朝刚建立时，就确立了"偃武修文"的国策，注重对孔子的尊崇和学校的兴办。建隆二年（961），宋太祖下令贡举人到国子监谒孔子，并以定例执行。建隆三年（962），又下令用一品礼祭孔子。宋真宗时，追封孔子为"元圣文宣王"，并亲自到曲阜孔庙行礼，拜谒孔子坟墓。宋真宗还亲撰《文宣王赞》，称颂孔子为"人伦之表"，追封孔子弟子72人，令中书门下及两制馆阁分撰赞文；并赐孔庙"九经"、"三史"，诏立学舍，选儒生讲学。[①]

一、两宋闽南教育兴盛的背景

两宋时期，闽南人口渐多，人们竭尽心智，寻找谋生之径。南宋曾仰丰说："居今之人，自农转而为士、为道、为释、为技艺者，在在有之，而惟闽为多。闽地偏不足衣食之也，于是散而之四方，故所在学有闽之士，所在浮屠老子宫有闽之道释，所在阛阓有闽之技艺。其散而在四方者，固日加多，其聚而在闽者，率未尝加少也。夫人少则求进易，人多则求进难。少而易，循常

---

① 李焘：《续资治通鉴长编》卷七九，中华书局，1979。

碌碌，可以自奋；多而难，非有大过人之功，莫获进矣。故凡天下之言士、言道释、言技艺者多，惟闽人为巧。何则？多且难使然也。多之中不竞易而竞难，难之中不竞拙而竞巧，不巧，求而获者有矣，未有巧而不获者也。故闽人之凡为技艺者，多擅殊举异科以进；凡自科举而为官且仕者，多擅清选华贯以显。"无论是技艺、释道、出仕、出家，还是为塾师、当代笔、营刻书、作金石、占卜、看风水、绘画，均需要一定的文化知识。

海洋经济也带动了闽南重视文化学习的风气。闽南沿海人民在朝廷实行开放政策的鼓励下，"多以海商为业"①。凡商业讯息的搜集、定价结账、签办公凭、看海图、司针路以及入番商贸等，均需掌握一定的文化知识。

自古以海商闻名的泉州石井镇，宋代即创办石井书院，兴办教育。由于福建商人有较高的文化素质，航抵高丽留驻其首都的数百海商，当地朝廷"密试其所能，诱以禄仕"；航抵交趾的海商，也往往"留在彼用事者"。泉州海商王元懋因"兼通番汉书"，备受占城国王垂青，被招为驸马。

既然多类型的转向谋生皆以一定的文化为条件，各类学校教育便得到社会的广泛支持，科举中第的殊荣也就有了公认的价值。恰值"朝廷尚文，以书诗礼乐润饰治具，天下之士皆染濯淬励，以文章自奋"②，闽南各地奉"家贫子读书"为圭臬，"非独士为然，农、工、商各教子读书，虽牧儿馌妇，亦能口诵古人语言"③。

---

① 苏轼：《苏东坡全集》卷五六《论高丽进奏状》。
② 何乔远：《闽书》卷三六《建置志》，福建人民出版社，1994。
③ 方大琮：《铁庵文集》卷三三，北京图书馆珍本丛刊本，1998。

二、两宋闽南学校、书院与科举事业

绍兴二十一年（1151），朱熹经铨试出任同安县主簿，积极修建同安县学。绍兴二十五年（1155），职兼学事的朱熹在县学大成殿后建尊经阁，并建教思堂于明伦堂之左。他"以教育为先……选秀民充弟子员，一时从学者众"。他经常与县学诸生往还，讲说修己治人之道。他要求学生要有"爱日不倦而竞尺寸之阴"的治学精神。任职同安期间，朱熹还多次到浯州（今金门县）劝学采风，使当地逐渐形成重视诗书的向学之风。此外，据说他还在同安积善里（今龙海县角尾镇）文圃山中创立文圃书院。至今同安县还保存着不少朱熹当年从事教育劝学活动的碑刻遗迹，如同安县博物馆中所收朱熹手书"青云路"石碑，便是他劝导学子应举入仕的重学思想的历史写照。此外，朱熹还数次到安溪，与诸生讲学。后人于其遗址建了凤山书院，又称考亭书院。在泉州安海镇，建有石井书院，初名鳌头书院。绍兴初，朱松曾为镇官，与士人讲学。后其子朱熹官同安，至镇访先父往事，与朱松当年的朋友耆士论说经义，镇人益勤于学。嘉定四年（1211），镇官游绎白、郡守邹应龙建书院于镇西，如州县之制，命通判朱在（朱熹之子）董其事，建大成殿、尊经堂，立富文、敏政、移忠、立信四斋，绘朱松、朱熹二先生像于尊德堂，异室而祭；明代改称石井书院。在泉州城隍庙旁，朱熹曾种竹、建亭、讲学其中，并亲书匾额。现遗址尚存朱熹墨迹"小山丛竹"石刻横额。

绍熙元年（1190），朱熹任漳州太守，在漳州城西北登高山筑室讲学，未建成便离任。后经守臣危稹续建而成，谓龙江书院，招收弟子员进行教学活动。

县学、书院的建设为士子应举提供了良好的条件，庆元五年（1199）泉州晋江的曾从龙一举考中状元，且官至副宰相，这对闽南科举事业产生了巨大的带动作用，据贾志扬《宋代学子的艰难门槛：科举的社会史》中统计，泉州在北宋时期中进士 344 人、南宋时期中进士 582 人，计 926 人；漳州在北宋时期中进士 83 人、南宋时期中进士 185 人，计 268 人。

应该说，两宋闽南科举事业兴盛与家族发展有密切的关联，在科第名录中，不难见到"三世登云，四代攀桂"、"父子一榜，昆季同年"的盛况，一些著姓大族，通过创办学校、书院，努力将应举出仕作为维持和提升家族地位的基本手段。

因此，闽南的教育很大程度上是在科举制的直接带动下而取得发展的，是科举制度推动了宋代福建文化教育的发展和普及，促进了民间重学风气的形成。随着越来越多的人及第入官，闽南的政治地位亦日显提高。

三、闽南教育与"海滨邹鲁"

由于宋朝重文的国策，各州县相继建立州县学，安溪文庙的建立正是宋朝统治者重视文治教化的结果。

早在五代后周显德二年（955），安溪已设县，在宋朝重文政策下，宋真宗咸平四年（1001）便建立了学宫，由县令佐兼掌学宫。南宋理宗景定三年（1262）置儒学主学一员，度宗咸淳元年（1265），转运提学行下选请学正、学录、直学各一员，学谕四员，长谕八员，小学教谕一员。[①] 县学的设置，使安溪文风为之一振。人们称赞说："虽濒海裔夷之邦，执耒垂髫之子，孰不抱籍缀辞。"[②]

宋代福建教育之盛，与地方州县大兴县学、州学有直接关

---

① 　嘉靖《安溪县志》卷三《官制》。
② 　范成大：《吴郡志》卷四《学校》引朱长文记。

系。宋陈必复《林尚仁端隐吟稿序》载："福建举子负笈来试于
京者，常半天下，家有庠序之教，人被诗书之泽……今世之言衣
冠人物，必称七闽。"这种浓厚的学习氛围使福建迅速成为科举
大省。《宋史·地理志》云："福建路……登科者尤多。"以至于
宋人称："福建出秀才（进士），为天下第一。"[①]

　　南宋时期，泉州泉山书院、清源书院都由官府创办。也有几
所为官建民助，即地方官倡建，经费既来源于官府，也得到民间
的资助，如安海石井书院、同安文公书院。根据宋留元刚的碑
记，当时，建安人游绛任石井镇官，上书太守邹应龙，请建书
院。邹应龙不仅批准了游绛的申请，而且从财政上给予极大的支
持，拨出公帑四十万缗以为首创，并借助行政权力，要求属下的
泉州漕运司及市舶司等衙募集资金。郡守持这种态度，有关衙司
自然不敢怠慢，于是拨出资金予以支持。南宋时赵宗正任郡守，
也拨款于府治行春门外建了被称为泉州四大书院之一的泉山书
院。官府的支持极大地推动了闽南教育的发展。

　　民间捐助也成为沿海富庶地区老百姓的自觉行动。如《安海
志》记载，南宋时，黄护因"货殖积聚"成为百万巨富的"长
者"后，对地方的教育事业极为热心。安海建镇时，他不仅献地
捐资造镇官廨，而且在官廨右侧另建了一座鳌头精舍，作为朱熹
的父亲朱松聚集生员讲学的会馆。嘉定年间发了财的安海"乡之
秀民"，积极倡建石井书院，并且慷慨捐资。创建书院花费了
400万缗，这在当时是一个不小的数目，其中绝大部分属于民间
募集。

　　显然民间捐助往往受到官府的激励。泉州郡守邹应龙于嘉定
三年（1210）上任后，捐俸倡建安海石井书院，重修晋江县学，

---

　　① 　陈必复：《陈必复文集·林尚仁端隐吟稿序》。

在明伦堂、议道堂间建六经阁，对发展泉州文教有一定贡献。韩彦直，淳熙六年（1179）知泉州，开始设置小学，用以教化民众，选择有学行的教师两名，负责训导讲说。柯述，南安丰州人，举进士前曾为泉州教授，也是泉州州学的首任教授，通百家诗史，更精于《易》，所写文章深得当时任泉州知府的蔡襄赏识。登第后当过一段时间的知县，政声很好，得到宋神宗赞赏。后官至朝政大夫，直龙图阁学士。大观二年（1108）退职归里后，继续关心家乡教育，最为突出的事迹是应泉州士绅推举，极力向郡守陈言，促成将被高惠连迁走的学宫迁回原址，并把安溪废寺刹的田产拨给学宫，以充实教育经费。宋文炳，咸平四年（1001）为安溪县令，始建学校，教化以兴。邑人为立生祠祀之。杨干，绍兴十二年（1142）知安溪，崇尚教化，迁建庙学，邑之文风自是始盛。士民慕之，为立生祠。黄朴，绍兴二十一年（1151）知安溪县，兴学校、课农桑，务尽教养之法。钟国秀，咸淳元年（1265）知安溪县，存心政教，修建学宫。诸士德之，为立生祠。[①]

　　民间捐助教育日兴还因为人们逐渐把应举放在重要位置，普遍重视子弟的读书受教育。社会通过各种形式，大力宣扬满朝朱紫贵，皆是读书人，祖宗富贵皆从读书来等观念，奉劝后人"励志科举，不当从门荫"。

　　家族组织也采取种种措施，鼓励族中子弟读书。泉州南外天源赵氏"家范"规定，凡赵氏子弟均须入学读书："自八岁小学，十二岁出就外傅，十六岁入太学，当延明师教诲。""子弟年十六以上，须能暗记'四书'一经正文，讲说大义，粗知礼义之方，然后为之冠。""子孙器识可以出仕者，须资勉之。"泉州城西弼

佐刘氏家族的"谱规"云:"宗人子孙,或科第,或发业,或孝悌,或善人,凡修谱者,皆当备赞,以为宗中劝勉。"为把子弟造就成登科入仕之材,许多家族不惜花费物力财力开办族塾。一般的家族,或利用族田族产收入,或通过族人集资的办法开办族学。少数经济基础好的富家大户则自设塾学,督促子弟发愤苦读。对于那些有望考科入选的家族子弟,提供各种优裕条件,给予重点扶持或资助,使他们能够在接受族塾教育后,进入更高层次的学校学习,受进一步的教育,进而参加科举,获得功名,步入士绅阶层,成为本家族的政治人才。家族组织物质上的支持和精神上的激励,对一些经济条件不太好的家族子弟踏上科举之途,无疑有促进作用。《泉州府志》说:"泉地风气温融,人质素实,家诗书而户业学,即卑微贫贱之极,亦以子弟知读书为荣,故泉州冠裳之士,往往发自寒薄。"民间对教育热情的高涨,是宋代闽南教育繁盛的基本动因。

地方官员不但兴办官学,还亲自讲学,教诲诸生。例如蔡襄知泉州时,既勤于吏治,也不忘以经学教诲诸生。他认为"庠序之设,所以起风化而养贤才也",因此"亲至学舍执经讲问,为诸生率"。另一位很值得一提的人物是王十朋,他对宋代泉州教育的发展和人才培养同样做出了突出的贡献。

有人记载宋代泉州儒学兴盛的情形说:"泉山南望海之滨,家乐文儒里富仁。弦颂多于邹鲁俗,绮罗不减蜀吴春。怀章近辍枢廷杰,制锦重纡学馆人。岂独光荣生邑里,须知美化浃瓯闽。"[①] 是那些致力于推广教育的士人们不断地推进着泉州地方教育的向前发展。

王十朋(1112—1171),字龟龄,号梅溪,温州乐清人,初

---

① 苏颂:《送黄从政宰晋江》,《苏魏公文集》卷七。

在梅溪聚徒讲学，绍兴年间科试，登进士第一，乾道四年（1168）知泉州。下车伊始，便会集泉州七县的县令议事，勉励他们当个有恻隐之心的好官。王十朋任职期间非常重视教育，倡建贡院并捐出自己的薪俸，还于贡院落成时赋诗激励诸生勤奋学习；每月的初一、十五都到学宫给诸生讲经义；登门拜访贤士；修姜公辅墓，建秦系祠以为士民敬奉先贤的表率；复建韩琦忠献、蔡襄安静等祠。泉州人对他的德政十分感激，在他离任时，士人攀留不得，乃越境送至枫亭驿。

地方官员对私学也十分重视。如嘉定年间知州邹应龙拨出款项促成石井书院的创办。宝庆年间，知州游九功留心教化，拨五废寺田于石井书院，以廪生徒。嘉泰年间的知州倪思也是一位积极鼓励私学的官员。

当然，泉州教育的发展亦时常受到商品经济发展的冲击。时人郑侠说："夫政教之本，学校为先也。况泉大府，乃颓檐陋宇，风雨不庇而皿用之属一有十阙，学子稍至膳粥不给，教官有职事而无廨舍，寄寓于庑下者愈岁矣。"人们"适有市舶之役而力未暇及"于教育，晋江"商舶之所出入，多珍怪异物，异时吏以卖价挂法者相仍，会狱起，主者欲市权，词所逮及，皆钩致惨治，少所假借，守以下皆堕法中"[1]。此时，行政与司法亦无法正常运行。"肆杂四方之俗，航海皆异国之商，非得轶群之材，曷抚遢方之众？"[2]"人物庶繁，驿道四通，海商辐辏，夷夏杂处，权豪比居，诉讼既多，积习仍薄，自非裁断明敏，何以镇压轻浮？"[3]早期商业发展往往不利于教育的开展。

---

① 沈括：《王君墓志铭》，《长兴集》卷一七。
② 郑侠：《代太守谢泉州到任》，《西塘集》卷七。
③ 郑侠：《代谢仆射相公》，《西塘集》卷八。

朱熹的教育思想与实践对闽南教育的发展产生了巨大的促进作用。朱熹（1130—1200），字元晦，号晦庵，别号紫阳。祖籍安徽婺源，生于福建尤溪，后侨居建阳。朱熹一生除在江西、浙江、湖南、安徽任职4年多外，其余60余年均在福建各地从事学习、著述、讲学、从政等活动。因此，朱熹基本上算福建人，其学说也被称为"闽学"。他一生"登第五十年，仕于外者九考，立朝四十日"，大部分时间从事讲学和著述活动，始终不曾放弃教育活动。朱熹创办和复兴了多所书院，并在其中进行讲学，如创办了寒泉精舍、武夷精舍和后来改为考亭书院的竹林精舍，兴复了白鹿洞书院和岳麓书院。

朱熹幼年曾随父亲到过晋江安海镇。南宋绍兴十八年（1148）朱熹举进士，随后任泉州同安县主簿，前后共5年，54岁时重游泉州，61岁知漳州时又曾到泉州。在这过程中，朱熹或因探亲，或因公务，或因访友，足迹遍及泉州郡治及泉属的同安、晋江、南安、惠安、安溪、永春、德化等县，讲学、办学、访禅问道、游览山川，留下了许多"过化"之踪迹。

在闽南任职期间，朱熹的主要行迹还是体现在教育上。他修建同安县学，整理县学藏书，在县学大成阁后建尊经阁，于明伦堂之左建教思堂。他选秀民为弟子员，向县令举荐本县进士徐应中、王宾到县学讲学。他搜集民间有用书籍，合计九百余卷。他亲自在县学为生员讲课，讲说圣贤修己治人之道，并写了《同安县谕学者》一文，鼓励士人树立信心，勤奋学习，力求尽快改变闽南文化教育相对落后的状况。他还积极挖掘地方文化资源，培养当地的向学风气。朱熹还曾利用在府治等处批书的机会，在泉州府治的不二祠、资寿寺讲学。不二祠原为纪念唐朝的欧阳詹而建。朱熹对先贤推崇备至，在此种竹建亭，讲学其中，自题曰"小山丛竹"。朱熹屡次到安海寻访父亲遗迹旧事和讲学，"见其老幼义理详悉，遂与论谈，士因益勤于学"。①

朱熹任职同安时，与永春名士陈知柔关系甚好，与南安人蔡和、杨景陆、黄谦、诸葛廷材、李亢宗等均有往来。

朱熹在闽南积极办学和亲自讲学，对泉州教育推动甚大。人们也对他充满感激。嘉定间，朱熹之子朱在为泉州通判，尊郡守邹应龙的指令建石井书院，祭祀朱松、朱熹。

泉州州学建成前后，惠安、永春、安溪、德化、南安各县也先后建立了县学。惠安县学于宋太平兴国六年（981）置县之后创建；天禧年间，县学建在县治西。乾兴元年（1022），知县事李畋塑孔子像及十哲于正殿，绘从祀诸贤于东西庑；熙宁九年（1076）移建于皇华驿左边。永春县学于庆历元年（1041）兴建于县治东的东渡桥（即今东门桥）西面；大观四年（1110），知县事留容迁至知政桥北面。安溪县学建于宋咸平四年（1001）；是年，代理知县事宋文炳、主簿弭忠信始建县学于县治西南隅；宣和六年（1124）迁于县治东。德化县学亦于北宋间始建于县治东南，具体时间不详；后迁于县治东南沙坂。南安县学亦于北宋末年筹建；靖康年间建孔庙于县治枫州西半里许，但不久毁于兵灾。宋建隆二年（961），已建于五代末的同安县学迁于县城西北两科太守坊；大中祥符九年（1016）迁于县城东南；宣和年间复迁登龙坊旧址。可见，至北宋末年，泉州各县的县学，除晋江外，已相继建立起来。这也是官学发展的重要标志。

与学校建设相适应，学官亦随之配备。皇祐年间始按例置州学教授一员，柯述即为泉州州学的首任教授。各县儒学建立后，按例置教谕或儒学事一员，职掌该县儒学事务。自崇宁二年（1103）开始，另置诸路提举学事司，职掌所属州、县学事务。

---

① 《安海志·学校》。

学官要接受严格的考核，以定升迁降黜。宋代的考核内容是经术、行义和办学成绩。大观三年（1109）八月二十三日，因泉州州学办得不成次第，受到朝廷诏令责备，不仅知州和转运判官"特降一官"，主管教育的本路提举学事同样受处罚。州县儒学的生员，为通过一定考试选拔的童生，可免费入学。至于教学内容，则以"五经"、"六艺"为基本教材。北宋时期，政府兴办教育的重点是通过发展官学把儒学传播到整个社会中去。

北宋时闽南民间办学形式多样，有书房、书堂、书室、教馆、蒙馆、经馆、村学、义塾、义学等。这时期出现了一些科举世家。如晋江曾公亮家族、同安的苏颂家族和石起宗家族、南安的吕惠卿家族、永春的留正家族等。这些家族所以人才辈出，一个直接的原因是重视教育，所办的族塾有较高的质量。又如德化杨梅人林程（1061—1129），生于书香之家，祖父林崇正，明经登第，曾任湖南永明县令。林程少时入塾读遍四书五经。他善于理财，成为一方巨富后，重视教育，兴资建塾馆，聘宿儒设帐教学，"合族子弟并而诲之"，创造了一个良好的学习环境。这个族塾规模较大，也造就了不少人物。林程的儿子林杨休，于北宋重和元年（1118）登进士第。杨休的儿子林兴宗后任浙江钱塘县令。林兴宗之子林洽、林瀛亦先后登进士第。林洽之子延赏、林瀛之子士英相继显达，一时称盛。又如德化苏钦一家在宋代出了三个进士。其家族的族塾规模也较大，在宋代培养出不少人才。苏钦于北宋宣和年间举进士，官礼部尚书。苏钦之孙苏权，南宋淳熙年间登进士。曾孙苏国兰由于出身书香世家，自幼受良好的家学教育，且自觉发愤攻读，潜心钻研不倦，故学问渊博，才华横溢，南宋宝庆年间举进士。据晋江《儒林张氏联宗谱》载，该家族"宋登进士第二十三人"。由此推论，族中的读书人必然众多。在儒林张氏家族的开基地张林村，村东龙池宫后有旧书房遗址尚在。

北宋闽南私人读书之所甚多，如泉州府城的青源山、晋江的紫帽山和灵源山、惠安的科山和龙山，都有众多此类读书之所。紫帽山上建于五代的珠明院，周边茂林芳草，景幽物美。北宋天圣年间，泉州人范承、赵诚、宋宜、陈跣读书院中，先后登第，均官至列卿，后人称珠明院为四卿堂。晋江灵水的灵源山，从北宋时起，来此结庐读书的人不少。在山上住得最久的，要算北宋晋江马平人林知。据载，林知笃学，筑望江书室于灵源山之巅。熙宁年间他曾往汴京向宋神宗上书论时政，不见下文，于是长期栖身于此读书。宁静的望江书室一直也是林知后裔们的读书之处。正是这个书室，南宋绍兴年间孕育出了名噪京华的诗人林外（林外为林知的九世孙）。该书室直到明代才废。惠安的龙山，又称为登龙峰，就因为北宋时这里曾是进士崔拱的读书之所。崔拱，惠安人，北宋惠安正式置县后的第一个进士。崔拱举进士前，曾与两个儿子一起在龙山筑室读书。父子相继登第后，乡人将龙山称为登龙峰。北宋晋江才子蔡确，据载少时就很聪明，诗文也写得很漂亮。他曾长期寄寓晋江一寺庙读书，因时间较长，僧人感到厌烦。书房前恰好有些竹子，于是他挥笔题了一首七绝："窗前翠竹两三竿，潇洒风吹满院寒。常在眼前君莫厌，化成龙去见应难。"[1]

民间创办的众多学校促进了"民向学，喜讲诵，好为文辞"风气的形成，使闽南出现了"家诗书而户弦诵"的景象。所谓"极至十室之间，必有书舍，读书之声相闻"，正是当时闽南教化兴隆的形象写照。

宋代闽南已被人们称为"海滨邹鲁"，与私学、官学的大发

---

[1]　乾隆《泉州府志》卷末《拾遗》。

展是密不可分的。

南宋的泉州偏安一隅，社会相对稳定，经济繁荣，教育事业在北宋已有的基础上，继续蓬勃发展。这期间，官学继续发展，私学更是繁荣，尤其是建立了十多所授徒讲学式的书院，为泉州古代教育增添了光彩。

南宋时期，许多州县学经修葺、改建、扩建、重建，规模有所扩大。绍兴七年（1137）知州刘子羽重建州学，就原址增高地基二尺余。正中为大成殿，殿的柱子皆用石材，殿前有露台，周围翼以扶栏。露台下为甬道和拜庭，庭外有泮池，池上架有石桥，桥上有石栏。大成殿前为大成门、金声玉振门。门外为露庭，左右为二栅门。径直往前为棂星门，门外有露庭，庭边种植木棉和榕树各数株。绍兴中，又在府学东南附设晋江县学。隆兴元年（1163），教授黄启宗建夫子泉于棂星门外东南处，傅自得为之作记。乾道年间，教授林巴建瑞莲堂于讲堂右边。淳熙年间，郡守姚宪改建庙门，修葺文昌阁及作为讲堂之用的诸斋。淳祐元年（1241），又修建孔庙大成殿。自淳熙至咸淳年间，历任泉州太守姚宪、林拜、朱全、倪思、章良能、邹应龙、黄朴、刘伟猷、韩识，教授郑瑞等先后修葺扩建。咸淳中，州学中殿毁于火灾；随后不久，知州赵希诧即加以重建。因此，州学在南宋时规制已较为完备，规模也较大。

各县县学亦不断发展。晋江县学在南宋时正式建立，因晋江县治在泉州城内，故县学亦在城内。南宋绍兴年间，在府学东侧附"兴道"、"遵德"二斋，作为晋江县学舍。淳熙四年（1177），晋江县令林爽于行春门内东仓地带建学，当时建了大成殿。绍定年间，县令赵鼎修建遵道堂。宝祐年间，知县邱元龙建中门、外门，砌两庑，塑圣贤像。咸淳年间，知县赵瑶建明伦堂，县学于是基本完整。

南安县学北宋末年建于县治丰州西，南宋绍兴年间，知县刘孔修移建于县城东五里许的黄龙溪左畔。乾道三年（1167）、六年（1170），知县鹿河、朱瑞章相继修葺。宝庆元年（1225），县令毛淮再加修葺，并增高地基。景炎年间，县学毁于兵乱。

惠安县学北宋末年迁至皇华驿。绍兴六年（1136），知县彭元达偕地方士绅柯硕材等人，又将其迁回县治西旧址。但因士子感到其地隘狭，淳熙九年（1182），知县蔡易又将其迁于登科山南面。自绍熙至淳祐年间，先后建棂星门及泮池，并在其中附设小学，规制基本完备。

安溪县学，绍兴十二年（1142），知县杨翰将之从县治西南迁至县治东南面，从此固定下来，即今文庙地。前礼殿，后讲堂，斋房四间。嘉定年间，知县赵彦侯立庙门华表。端平年间，知县吴炳建讲堂五间。此后，代有修葺。

永春县学，绍兴七年（1137），知县方渐将之从知政桥北面移于县治西的官田市，即今华岩村。20年后，知县事黄禹修葺县学仪门。淳熙九年（1182）知县陈宏规修学舍。

德化县学，建炎四年（1130）从沙阪复迁建于县治东。淳熙年间毁于大火，知县颜敏德、郑旦之、梁京、季元才等相继修建。端平年间，知县叶彦琰、胡应梅等重修。淳祐年间知县吴一鸣等重建。德祐二年（1276）再次毁于兵乱。

同安县学南宋亦有几次修建。绍兴十年（1140）在县城东南角重建，即今孔庙处。绍兴二十三年（1153）朱熹任同安县主簿，兼领学事，增建学舍，在大成殿后面建经史阁，在明伦堂左边建教思堂，又新建志道、据德、依仁、游艺等四斋。嘉定年间，知县毛当时建朱子祠于学宫之左。

南宋闽南州县学的建设，基本由财政拨款，地方官员捐输占一定份额。如端平年间，惠安县以宣妙寺产为县学田，并划了海滩一块地方。绍熙年间，安溪县令孙昭先斥废刹田为安溪县学田。嘉定三年（1210），安溪县令陈宓又拨废院田 826 石给学宫。嘉定九年（1216），县令周律再添拨绝户田 302 石，后废。

南宋泉州还设有宗学，即皇族子弟的教育场所。建炎三年（1129），赵宋王朝为了避乱，把南外宗正司移置于泉州。绍兴初年（1131），为教育皇族贵胄，他们办起学校，在府治西南袭魁坊的睦宗院东设立宗学。绍兴十三年（1143），朝廷批准设宗学教授，三年一任，"所有就任、磨勘及荐举等事"，许移州学教授条例施行。南外宗学教授有郑汝谐、李次辰、傅伯成、林淳原、林信厚、黄叔度、王迈、陈俊卿、黄自然等。宗学内有宣圣堂、彰化堂以及宗强、信厚、立爱等斋。嘉定十三年（1220），增建怀德斋，改信厚斋为升贤斋。"斋有长谕，皆以宗姓；讲书教谕，则以庶姓。"淳祐年间，知宗正事赵希衮于睦宗院内另建习说堂及浚明、严尊、忠恕、爱敬四斋，名曰清源书院。虽然这种学校只限皇家子弟入学，但其规模不小，有时生员达二三千人，远远超过州县儒学的规模。宗学生的生活费用由官府供给。宗学经费来源于朝廷拨给专款和泉州地方财政供给，而以地方财政供给为主。绍定年间，泉州每年由官府支付给宗学的经费达十四万余贯钱，使地方财政负担沉重。

南宋闽南书院甚为发达，先说泉州，绍兴十一年（1140）陈知柔创立岩峰书院，至咸淳三年（1267）赵宗正建泉山书院为止，泉州相继出现了 12 所书院。南安那所唐昭宗杨肃的读书之所，到南宋绍兴年间成为授徒讲学式的书院；晋江石井书院，嘉定四年（1211）镇官游绛在鳌头精舍的基础上建成；府城清源书院，淳祐六年（1246）知宗正事赵希衮建；府城泉山书院，咸淳三年（1267）知州赵宗正以"朱文公过化于泉"为由，改行春门

外的天宁寺而建；府城的小山丛竹书院，绍兴二十三年至二十七
年（1153—1157）朱熹与傅自得建；安溪县城的凤山书院，创建
具体时间不详；永春的岩峰书院，绍兴十年（1140）陈知柔建；
惠安龙山书院，嘉熙二年（1238）知县郑清子建；惠安科山书
院，嘉熙二年（1138）知县郑清子建；金门燕南书院，绍兴二十
三年（1153）朱熹建；同安文公书院，嘉定年间同安县令毛君
建。这12所书院，分布地域广泛，除府城外，晋江、南安、惠
安、安溪、永春、同安各县都有。可以说，泉州所属各县，除德
化县外，此时都建有书院。

　　南宋泉州的书院，从其创办者看，大体可分为三类：一是完
全由民间人士私人创建。这类书院占一半以上，如小山丛竹书
院、九日山书院、岩峰书院等；二是完全由官府创建，如泉山书
院、清源书院等；三是官建民助，如石井书院。无论是官办书
院，还是民办书院，均推崇朱熹学说，由此，朱熹理学在闽南得
到了迅速而广泛的传播。

　　若干教馆和经馆、塾学和蒙馆是泉州教育的又一支力量，补
充了官学的不足。如南安丰州人柯翰，一生笃正于学，无意功
名，以教授后学为乐。除主持同安县学外，亦设馆课徒，听其讲
学者常百余人。诸葛季文，南安人，以学行闻于时，著有《六经
诸子解》，设馆课徒，从学者众。长子诸葛廷材，从学朱子之门，
又承父业，授徒梅山故里，究心学问。傅烈，南安人，精通经
史，尤其深谙《易》，举进士前长期设馆授徒，"户屡常满"。庆
元五年（1199）第进士，历南剑、惠州教授。杨景陆，南安人，
开禧年间进士，博闻强识，著有《汉唐通鉴》、《史志解》、《春秋
解》等。居南安莲塘，聚徒讲授经史，数百人跟从他学习。蔡
和，南安人，不求仕进，在家潜心研习《易》学。朱熹任同安主
簿时，路经于此，造访蔡和。二人交谈融洽，谈道论理，往往数

日方才离去。蔡和后来同北溪陈淳在泉州设馆讲学，以义理之学著称。他讲学时条理明备，议论平实，改变了以往士人拘泥章句、文章浮华不实、义理空洞的学风。名士郑思忱、郑思水、苏思恭、王次传、卓琮等，都跟从蔡和、陈淳学习。郑思忱，安溪人，贯通经史，尤精于《尚书》，设馆于西溪畔，生徒常数百。陈知柔，永春人，绍兴年间登进士第，因不愿阿附秦桧受到排斥，前后曾四次授官而无职事，以至辞官回家。举进士前，曾于所居住的达埔乡岩峰村建岩峰书院，作为读书之所。弃官归隐后，他在永春讲学，也曾到泉州设馆讲学，同时从事著述。据载，他在泉州城内讲学时，虽然"寓居僧房，四壁肃然"，然而"归者日滋，从学者众"。郡守王十朋对他的品德、学问、诗文和教学都十分推崇。陈知柔对当时永春乃至泉州的教育事业，都产生了积极的影响。

南宋泉州民间办学中还有一种独具特色的"蕃学"，主要是服务于在泉州经商的阿拉伯商人子弟。"蕃学"除了学习自己民族的文化外，也学习汉文化，有的学子还参加科举考试。如蒲寿庚的弟弟蒲寿晟，不但科名得中，而且诗也写得不错。

南宋时泉州地方已出现社学。《南安县志·风俗》中说："二月初一前后，社师入学。"弘治省志说："宋盛时，泉乡里各有社学。岁前，父兄商议择师，至日里推一人为东，以诸生姓名具关帖。"

泉州的教育成就可以从科举功名数量中得到印证。南宋前后近150年，开进士科51次，泉州举子榜榜有名，且数量众多。正奏名含特奏名进士单榜少于5人的，只有南宋末年的3榜；单榜5人至10人的有11榜，11人至20人有17榜，21人至30人有19榜，30人以上有4榜。绍熙元年（1190）余复榜有35人；庆元五年（1199）曾从龙榜有36人；绍定二年（1229）黄朴榜也有 34 人。而庆元二年（1196）邹应龙榜，泉州举子的表现更是特别突出，达到创记录的 40 人，不仅是唐宋以来泉州单榜进士最多的一榜，且后来元、明、清三代也再没有一榜能够超越，可谓空前绝后。南宋泉州正奏名进士 538 人，特奏名 341 人，合计共 924 人，总数几乎是北宋的一倍。南宋泉州平均每一榜有 18 人，按年均达 6.5 人。

南宋时期，漳州的书院有很大的发展，以诏安而言，离建县前 400 年左右的宋代，就创建了石屏书院、渐山书院、丹诏书院、傍江书院和五儒书室。石屏书院于宋绍兴二十年（1150）为儒士陈景肃（陈元光后裔）所建，作为读书之处。同时来此讲学的还有翁待举、吴大成等六人，后人又称之为七贤庵。时属漳浦南诏场的丹诏书院于绍定年间由漳浦县尉周申创建，筑有讲堂、斋舍，颇具规模。龙溪县则有龙江书院和观澜书院。宋绍熙年间，朱熹知漳州府时，建成龙江书院。宋蔡汝作创观澜书院，初名文山书院，亦名安澜书院。

宋代闽南的教育进入兴旺发展的阶段。官府设置了大量的学田，保证教育的发展。"自庆历以来，（闽）郡县皆得立学，学之有田者相望也。"[1]

宋代闽南学田的来源，一为钦赐田，北宋初府州县学的赐田一般为五顷到十顷，熙宁四年（1071），宋神宗又下诏令：诏诸路置学宫，州给田十顷为学粮，无有学田不及者益之，多者听如故。[2] 泉州府学"宋绍兴间……给田十余顷，征租税……为养士需。"[3] 此外还有废寺田，这方面史书中不乏其例。

---

① 光绪《浦城县志》卷三五《艺文》。
② 李焘：《续资治通鉴长编》卷二三一。
③ 乾隆《晋江县志》卷四《学校志》。

四、朱熹对闽南教育的带动

朱熹在宋代福建书院发展史上具有重要地位。仅在闽南，就在任同安主簿时在安溪建考亭书院，又叫凤山书院。

在泉州安海镇，建有鳌头精舍。绍兴初，朱熹父亲朱松曾为镇官，与士人讲学。后朱熹官同安，至镇访先父时事，与朱松当年的朋友耆士论说经义，镇人益勤于学。嘉定四年（1211），镇官游绛白、郡守邹应龙建书院于镇西，如州县学之制，命通判朱在（朱熹之子）董其事，建大成殿、尊德堂，立富文、敏政、移忠、立信四斋，绘朱松、朱熹先生像于尊德堂，异室而祭。明代改称石井书院。

小山丛竹书院。在泉州城隍庙旁，朱熹曾种竹、建亭并讲学其中，还亲书匾额。

在漳州有龙江书院，位于漳州城西北登高山，朱熹于绍熙元年（1190）任漳州太守，在此地筑室讲学，未及建成便离任。后数十年，守臣危积始建成，谓龙江书院，招收弟子员进行教学活动。

宋代闽南还有晋江泉山书院，是咸淳三年（1267）由权守赵宗正建成的；嘉定四年（1211），镇守游绛在鳌头书院基础上再建而成的石井书院；嘉泰三年（1203）郡守宗希衮建的清源书院；以及绍定间南诏场西尉周申建的丹诏书院等。

宋代福建士子应科举之试的积极性被激发，贡院的建设也不断更新。如泉州于"乾道以前，试士于泮宫"，后于乾道五年（1169）建立了贡院，随后还三次扩建。① 漳州贡院也建于乾道年间，后来漳州乡居学者陈淳还曾写信给知州说："若夫贡院，

---

① 阳思谦：《万历泉州府志》卷二四《杂志·古迹类》贡院条。

奉天子明诏宾兴之地，在此邦关系为尤急，尤不可不择形胜之最者处之。"他建议另觅适当地点，"为后进日增之计，创新贡院"。① 南宋的这些建贡院之举措，为福建教育的发展提供了无限的动力。

宋代福建科举业的发展显然也得益于家族的维持和发展。诚如王定保所说："三百年来，科第之设，草泽望之起家，簪绂望之继世。孤寒失之，其族馁矣；世禄失之，其族绝矣。"② 家族能为应试学子提供较好的经济基础，形成众人帮一人走向成功的局面。

宋代是书院发展的黄金时期，也是书院被人们大量关注的开始阶段。书院的消长与州县官学的盛衰、科举取士的方针政策密切相关。当州县官学兴盛，尤其是规定士人必须入官学一定时日方可参加科举之时，书院发展的空间非常小；相反，如果官学体系不发达，科举限制小时，书院总能作为一种新兴的力量弥补官学的不足，促进教育事业的发展。在书院私学性较重的宋代尤其明显。北宋时期，由于三次大规模的兴学运动，州县官学得到了政府的积极支持，加上当时福建在全国的文化和政治地位相对不太高，书院发展有限。南宋以后，官学教育出现了各种问题，质量较差，同时加上朱熹及其门人等理学家的倡导和实践，福建书院走向繁荣。根据刘海峰、庄明水编的《福建教育史》和白新良主编的《中国古代书院发展史》整理记载，两宋时期福建大约有 57 所书院，而福、泉、漳三府书院分布情况如下表：

---

① 《北溪大全集》卷四三《拟上赵寺丞改学移贡院》。

② 王定保：《好及第恶登科》，《唐摭言》卷九。

表2-1　宋代福建福州、泉州、漳州三府建书院一览表

书院名称	院址	建立年代	创建纪要
鳌峰书堂	闽县	南宋	状元陈诚之读书处
龙首涧书堂	闽县	北宋	状元许将尝肄业于此
拙斋书院	侯官	宋	原为林之奇与其徒吕祖谦讲道处
三山书院	侯官	南宋	宝祐二年（1254），提刑王创建
古灵书院	侯官	北宋	陈襄读书处
龙江书院	福清	宣和六年（1124）	镇官陈邻重修
石塘书院	福清	景定四年（1263）	林公遇讲学处
浣溪书院	古田	宋	朱熹书匾
嵩高书院	古田	宋	
螺峰书院	古田	宋	朱熹书"文昌阁"额
魁龙书院	古田	宋	
泉山书院	晋江	咸淳三年（1267）	权守赵宗正建
石井书院	晋江	嘉定四年（1211）	镇官游绛在鳌头精舍基础上建
清源书院	晋江	嘉泰三年（1203）	郡守宗希衮建
龙江书院	龙溪	南宋	漳州府守危稹创建
丹诏书院	漳浦	绍定年间（1228—1233）	南诏场西尉周申建

　　从上表可以看出福、泉、漳三府约占福建的三分之一，其中福州府占了 11 所，漳州只有 2 所。林拓在《福建文化的地域性考察》一书中把宋代福建文化状况分为四个文化中心地带：建溪一线及浦城、邵武一带，莆田、福清一带，晋江一带，闽县、侯官一带。不难看出，各书院大都处于文化中心，而边沿地带几乎没有。福州府的 11 所学院，都处于经济交通要道或文化中心地带，如闽县、侯官。福清和莆田构成了沿海中部地区的文化密集地带，古田虽然没有处于文化中心地带，但它特殊的地理位置

使它成为福州府和建溪一线的文化中转站，自然文化氛围就不同了。泉州在宋代是最重要的港口之一，其繁荣程度毋庸赘述。正是经济的高度繁荣，人才流动加快，促进了文化的发展，从而加快了书院的建设，反过来，书院的发展也促进和进一步巩固了文化中心的地位。反观漳州地区，尽管部分地区开发比较晚，但整体经济相对落后，同时又处于边沿地带，所以在文化方面就处于弱势。

第三章

元代闽南教育的中落

一、元政府对闽南的文化政策

元代政府的科举政策倾向保守。蒙古统治者思想深处视汉族及汉文化为异类，因而在统一中国后，对科举并不重视。入仕者多非科举及第者。如《闽书》载："谢子龙，字云从，惠安人，力学无专家，文章典实有意趣，诗亦温润，兼工录书。至正中，辟分教郡庠，守契玉立重之，撰述多出其手，有集数卷。"《泉州府志·文苑》载："诸葛泰，字亨甫，晋江人。父元中，以人才辟举仕松江府同知。泰少聪敏，有学行。以父荫授汀州路明溪巡检，未久告归，居家力学，经传奥义，多所发明，永乐中刊《四书大全》，诸儒姓氏，首列泰名。"科举地位低且名额少，而入仕者大多未经科举，必然对元代泉州地区的教育产生重大影响。元统治者又实行极具民族等级色彩的四等人制，即蒙古人为一等，色目人为二等，汉人为三等，南人为四等，不同人等政治地位与经济待遇都有明显差别。这种差别在科举制中也体现出来。各级考试时，蒙古人与色目人为一类，汉人与南人为一类，分卷、分场考试。考试内容、宽严标准、录取比例、及第授官等都有较大差别，蒙古人、色目人备受优待，占有极为有利的地位，而对汉人和南人却要求苛刻。元代闽南人属南人，在科举方面处于不利地位。

但元代统治者也办教育，目的是缓和民族矛盾、笼络人心，鼓励汉人创办书院也主要是力求加强对知识分子的控制。书院的山长必须由政府委派，书院的教授、学正、学录、直学等职务的任命、提升也都由政府批准。通过这些措施，使书院置于政府的有效监管之下。

元代统治者还推行民族歧视政策，优遇蒙古人，停止科举达40余年，直到延祐元年（1314）方正式恢复开科取士，其后又屡废屡兴，终元之世，一共只举行过 16 次进士考试，录取进士1100 多名，且多数为蒙古贵族。

二、元代闽南教育的由盛转衰

在上述背景下，闽南教育进入闭门不问政治的时期。书院成为求学问的理想场所，加之处于深山之中，官府有些鞭长莫及。

宋元间发生在泉州的战争以及元末亦思巴妥兵乱也给教育以巨大打击。南安县学、惠安县学和德化县学都毁于兵祸，杨林书院、清源书院也在元兵进入泉州后遭到毁坏。

元代闽南教育的发展也不是全无可书之处。州县学必须加以修复，这也是元朝政府的要求。泉州府学、晋江县学和永春县学均有所增建，德化县学得以重建，南安县学和惠安县学则被移建。

元大德三年（1299），福建都元帅札剌立丁重修泉州府学明伦堂；十年（1306），总管李贤翼、整治学校官林坤修大成乐。至治元年（1321），筑杏坛于棂星门南。至顺年间，府学也曾加以修葺。至正年间，造大成乐，铸礼器，筑石桥于泮池。

晋江县学于元代元贞年间由县尹刘润建棂星门；大德六年（1302）县尹边邦息建时雨堂，翼以四斋，县学于是完整。

永春县学于元延祐四年（1317）由县尹李文崇饰殿堂，作祭器，建经籍库、明伦堂四斋及道源堂；至正十二年（1352）由县尹卢琦重修明伦堂及左右四斋，中经寇乱，至正十五年（1355）始成。

德化县学在南宋德祐二年（1276）毁于兵祸，元代元贞元年（1295）起重建，规模略备。

南安县学于宋景炎年间毁于兵乱。元代延祐至泰定年间，县尹李日晔、刘孚相继修建。元统二年（1334），县尹刘升火儿建孔庙殿庑、戟门、棂星门，并于殿左建尊道堂，殿右建明伦堂。至正年间，又开泮池。至正十七年（1357）县尹李宗闵放弃原址，移建于县治东侧。旋因县学逼近县署，至正二十二年（1362）学录周异观、县尹孔公俊还建鹏溪旧址，又与邑幕林通饰圣贤像。二十三年（1363），学录方和卿复修。二十四年（1364）毁。二十五年（1365）教谕刘克文修庙殿、戟门、明伦堂。二十六年（1366），摄县事乃穆泰修两庑、明伦堂，翼以两斋。从此固定下来，此后均有修葺扩建。

惠安县学于南宋德祐二年（1276）毁于兵乱，元贞元年（1295），县尹赵仲臣移建于县治左的登庸铺，自此固定下来。至正元年（1341），县尹吴桀廉拓修大成殿。四年后，县尹陆文英修明伦堂，堂后为尊经阁，堂前为崇贤堂，四周筑围墙。是年，又以没收罪人的田产充为县学田。至正二十一年（1361）县学由毁。二十四年（1364），摄学事孔希文、县尹陈孚中等重建。但县学尚未竣工，元朝就灭亡了。

安溪县学于元初一度修葺，至正十四年（1354）毁于兵乱。

同安县学于大德年间重建经史阁，至正十五年（1355）重修学舍。

元代泉州还有蒙古学、阴阳学和医学三类官学，体现了蒙古族统治的一个特色。

这时期，私塾、家塾、书堂等各类私学有一定发展。元初刘君辅在石狮祥芝创办的芝山书塾，有一定影响。刘君辅（1251—1321），号西桥，生于宋淳祐年间，幼年丧父，长大后发奋努力，咸淳年间一度出任县主簿，后弃官经商，成为一个拥有36个庄园，年收田租8.4万石的大财主。发家致富后，于至元三十一年（1294）在祥芝大堡创立芝山书塾，聘请邱葵、林兴祖诸名师任教。该书塾随后又有所扩建。据《芝山书塾记》记载："延祐元年（1314）甲寅，圣天子以新科取士，罢黜诗赋，崇尚经学，翁之子昆仲四人挟其能，踊跃就试，有司负公道避世嫌不敢取，归而克志于学，谓麟经夫子之亲笔，百王之大沪也，以此而取科第庶可无愧。一日，三郎子礼跪请于翁曰：'书塾迫狭无以为藏修游息之地，又不立先圣先师遗像，无以昭揭诚敬。圣经贤传与群书杂处，篇佚散乱，无以为庋藏之所，请撤而大之。'翁嘉其言而领其请，乃作燕支堂以奉先师，堂之后为斋，斋之后为炉亭，左经右史，诗文以与诸生隶习。斋之两序各有房以备寝息……每岁捐谷三百石以为塾之廪，责子弟廉干者司其出纳，使师有岁俸，生徒有日膳，春秋二丁及俸给膳羞之堂外，有余资储以待用三岁。"[1] 可见芝山书塾达到了一定规模。

取得功名的人往往能惠及乡里。如卢琦（1306—1362），字希韩，号奎峰，惠安峰尾人，从小就受较好的家庭教育，励志治

---

① 《温陵芝山刘氏大宗谱牒》。

学。他曾继宋代惠安进士卢瞻在科山读书，卢瞻也是峰尾人。卢
琦慕怀先哲，曾有《卢子读书处》一咏："卢子读书处，山高草
木深。如何螺水里，永夜作龙吟。"这诗表现出卢琦的抱负，深
得老师余子贤的赞赏。至正二年（1342）卢琦登进士，成为元代
泉州史上三进士之一，也是惠安县唯一的进士。卢登第后，虽然
最高只做到永春、宁德县尹，但在任时颇留心教育。至正十二年
至十六年（1352—1356），任永春县尹，捐俸倡修学宫，先后建
称戟门、棂星门、光斋亭、明伦堂，并"凿地为泮池，梵石以潴
水，跨桥其上，环以栏杆"。又扩大学田，延聘名儒讲学，并亲
自考察学生的学业成绩。因此，使永春一境晏然，"阖邑明人伦，
知廉耻，保信义，持忠孝……官曹事少，学风翕然，教化大行"。
至正十六年（1356）调宁德，永春父老乞留无效，于是为他建
庙，设生祠奉祀，并由翰林林泉生写了《永春县知县卢公去思
碑》，以表纪念。还有一位叫契玉立的，字世玉，新疆维吾尔人，
元代延祐年间进士。至正九年（1349），以正议大夫泉州路总管，
升任泉州达鲁花赤。至正十年（1350），兴建学校，倡修泉州儒
学明伦、议道二堂及西庑斋舍、先贤祠等。

　　元代闽南书院在官府的视野之外，有了自我的发展，如同安
和龙溪书院新建而成。这或者可视为朱熹理学的后续影响。

　　漳州府属山区本来文化相对落后，正所谓"漳在闽粤极南，
漳浦又漳之南，山谷阻深，民獠杂处，比年强横，缮甲兵，据租
税与吏抗，固为难治"。元政府出于整顿地方社会秩序的目的，
开始重申教化："新州者，新学之兆也。新学者，新士习之机也。
士无科举之累，盍亦思古人所谓人伦者为何事……斯无负于国家
设学之意。"① 鼓励士子读书是为了端正社会风气，客观上也带

① 程矩夫：《闽县学记》，《雪楼集》卷一一。

动了教育的发展。

元代闽南的教育继续发展，并不因为科举考试一度停止而受到影响。因为元代对教育本身依然是重视的，采取了一系列切实的措施，如在各地设立路、州、县学等。程矩夫《雪楼集》卷十一《闽县学记》说："闽为福附庸，非深山穷谷比，士风之盛，五百年于此矣。科举废，后生五所事，聪明日以放恣，诗书而刀笔，衣冠而皂隶。小有材者溺愈深，居近利者坏愈速，不能不蹈先儒之忧。天朝嘉惠学校，隶名者复其身，德行文学必由此选，是学校重矣，况邑于民尤近哉。今堂宇新，士习盍与之俱新……由一邑之善士，为一国之善士，庶几庠序不徒设，道德可尽信。"由这段史料可见，元代停止科举考试确实导致部分士子迷失了读书的方向。但闽地县学设立后，学生的赋税被免除，这无疑对其安心向学有积极意义，亦有利于本地区文化和道德水平的保持。

朱彝尊《日下旧闻》说："书院之设莫盛于元，设山长以主之，给廪饩以养之，几遍天下。"这是说元朝平定江南后，许多宋儒不愿为官，也不肯到元朝所设的官学中去讲学，而是退隐建书院，专心于个人的读书与研究。幸运的是，元朝政府采取了较为开明的政策，对各地设书院采取宽容与鼓励之方针，目的当然更在于缓和民族矛盾，尽快实现王朝的社会安定。

在这种大背景下，闽南无疑具有自设书院的理想环境，除了至正十年（1350）县尹孔公俊在同安设有大同书院之外，又有浯江书院设于金门，至正元年（1341）有文公书院，在漳州龙溪有泰定年间里黄元渊设的龙江书院。

福建大约新建了20所书院，三府书院情况请看下表：

表 3-1 元代福建三府书院创建纪要

书院名称	院址	建立年代	创建纪要
养正书院	侯官	至正十七年（1357）	
勉斋书院	侯官	至正十九年（1359）	原南宋赵师恕所建精舍
玉峰书院	福清	至正二十五年（1365）	
东山书院	霞浦	元	
城南书院	古田	元	在宋乾道间县学基础上建
西山书院	浦城	延祐元年（1314）	真德秀裔孙建
大同书院	同安	至正十年（1350）	县尹孔公俊建，祀朱熹
浯江书院	同安	元	司马令某建
文公书院	同安	至正元年（1241）	
龙江书院	龙溪	泰定年间（1324—1328）	

三府占新建书院的一半，比例又有所提高。修复前代书院有16所，三府中有福州侯官三山书院、福州长乐兰田书院和漳州龙溪南溪书院。这时期书院分布的总体格局与宋代没有很大的差别，主要集中在几个文化中心地带。但一些边缘沿海地区文化有很大的发展，正在一步步缩小与中心地区的差距，如同安一下就新建了三所书院。这些书院填补了原来的空白，显示着泉州南部和漳州地区文化的进步。

元代闽南社学也在官方的倡导下取得一定发展。《新元史·食货志》载，至元二十三年（1286）令："诸县所属村庄，五十家为一社，择高年晓农事者立为社长……每社立学校一，择通晓经书者为学师，农隙使子弟入学。"而按《庙学典礼》卷六《成宗设立小学书塾》所言，大德四年（1300）令于每乡创立小学书塾一处："今后每社设立学校一所，择通晓经书者为学师，于农隙时月，各令子弟入学，先读《孝经》、《小学》书，次及《大学》、《论》、《孟》、经史，务要各知孝悌忠信，敦本抑末。依乡原例，出办束脩。如自愿立长学者，听。若积久学问有成者，申复上司照验。"这说明元朝统治者为了化民成俗，维护社会秩序，很重视农村基层的教育活动，力图以儒家的伦理来规范社会。这种在农闲季节开设的学校，既不影响正常的农事，又可以收普及教育之效，因而取得了较普遍的认同，乃至明清时期仍相沿不改；并和义学一起，组成包括闽南在内的各地最常见的基础教育机构，直接或间接地为科举准备了人才资源。

到元仁宗即位之后，科举制的恢复已被提到议事日程上来，但由于元朝仍把民族歧视意识贯彻到科举之中，闽南科举及第人数相对较低。《八闽通志》记载泉州仅2人，漳州仅1人；《福建通志》记载为泉州2人，漳州3人。总体而言，科举成绩不显著，但这并不表明闽南教育没有发展，只是人们的教育活动并不致力于科举，而更着力于基础教育或道德教育。

当然，元朝的科举状况也极大地挫伤了闽南士子的热情。《泉州府志·宋列传》云："邱葵，字吉甫，同安人，为诸生居海屿中，号钓玑，风度凝然，如振鹭立鹤。少有志于紫阳之学，初从信州吴平甫，授《春秋》。亲炙吕大奎、洪天锡之门最久。宋末，科举废，绝意进取，杜门刻志励学，耕钓自给，不求人知。晚一意致书，所著有《易解》、《春秋通义》、《礼记解》、《四书日讲》、《经世书声既济图》、《周礼补亡》。后元遣御史马泊庸来征，托种圃自匿。已而率达鲁花赤携贝至家，竟力辞。有却聘述诗一首，庸等取其遗书以去，故其著述多无传……配享朱子祠。"《泉州府志·文苑传》载，蒲之"祖心泉，故梅山守察，宋国危，遂隐身读书，遗诗若干卷，刘克庄序之"。同书"隐逸"篇又载："庄圭复，字生道，号容斋，晋江青阳人，笃志厉行，以文学名。少从游于邱葵，值宋季流乱，手未曾释卷。诚信孝友，建祠宇，立祭田。入元隐于青阳，吟咏自如。"

三、元代闽南教育与外贸

元朝统一中国后，曾八次在泉州设省，迁行省于泉州，并开放对外贸易，使泉州成为中外海上交通的重要枢纽，成为东方著名大港。据载，元代与泉州有通商贸易关系的国家和地区达 98 个之多，泉州港"四海舶商，诸蕃琛贡，皆于是乎集"①。元代海外贸易的发展需要基本的文化知识作为支持，客观上带动了闽南地区文化教育的普及。

由于泉州社会安定，外贸和生产发展，为教育的恢复与发展提供了较好的环境与一定的经济基础。而元统治者的相关政策，也在一定程度上刺激了泉州教育的发展。

元代泉州州县儒学曾得到不同程度的修葺、重建或移建，有的还有所发展。像泉州府学、晋江县学和永春县学得以增建，德化县学得以重建，南安县学和惠安县学被移建等。

元朝的闽南教育几乎与科举脱离了关系，却也在客观上推进了教育的社会化，加上元朝政府提倡社学，力图以儒家的伦理来规范社会，基层教育演化为一种化民成俗的活动，也有利于普及文化常识。

---

① 庄弥邵：《罗城外壕记》，乾隆《泉州府志》卷一一《城池》。

第四章

明代闽南教育的官私系统

一、闽南官学的建立与扩展

明代闽南的教育与全国许多地方一样，与科举制度运行的关系更加密切了，学校几乎成了科举的附庸。无论是官方创办的学校，还是民间兴办的学校，均在科举的旗帜下呈现出勃勃生机。

随着明王朝对闽南海洋区域地位之重要性的认识日益加深，闽南地区增设了若干行政区划，官学的设置与之相配套而成立。在官学设立之前，各类民间办学就纷纷谋求官方的承认，在官学设立之后，各类民间办学又竭力与官学相配合，共同推动着闽南教育的发展。

闽南教育发展的另一个重要标志是有一批较高功名获得者跻身于朝廷，影响着明朝政府的边疆政策，使闽南区域进一步受到中央政府的重视。

朱元璋由南方起兵，带领汉人推翻了北方少数民族政权蒙元的统治，建立了大明王朝。尚在开国前元朝的至正二十五年（1365），草莽出身的朱元璋就建立了国子学。一方面迎合众多汉族士人心态，获取他们对自己的支持，另一方面也希望改变自己的形象，以文才武略争取高层士大夫们的认可和支持。他一改元朝统治者压制科举的态度，积极发展学校教育，一边继续征战，一边建立和完善文教制度，逐渐建立了以"科举必由学校"为原则的教育体制。洪武二年（1369），朱元璋谕中书省臣说："学校之教，至元其弊极矣。上下之间，波颓风靡，学校虽设，名存实亡。兵变以来，人习战争，惟知干戈，莫识俎豆。朕惟治国以教化为先，教化以学校为本。京师虽有太学，而天下学校未兴。宜令郡县皆立学校，延师儒，授生徒，讲论圣道，使人日渐月化，以复先王之旧。"① 为了使行军打仗的武夫也知书识理，推行教化，明朝廷不特在府、州、县设学，还在军事建构单位卫上设学。洪武八年（1375）令天下广设社学，收纳村童读书其中，教化以学校为本的思想深入到乡野里社。明朝以国子学、府州县卫学、社学为体系的科举教育系统基本建立起来。

朱元璋建立明王朝后，程朱理学成为政府的主导思想，福建因长期受程朱学说影响，得以较顺利地进入了科举考试的快车道。于是，明清时期，闽南的科举事业和教育事业相互促进，书院及各类学校都有了长足的发展。

洪武元年（1368），明朝政府将福建元代但路改为福州、兴化、建宁、延平、汀州、邵武、泉州、漳州8府。洪武二年（1369）谕令："朕惟治国以教化为先，教化以学校为本。京师虽有太学，而天下学校未兴。宜令郡县皆立学校，延师儒，授生徒，讲论圣道，使人日渐月化，以复先王之旧。"② 由此，"盖无地而不设之学，无人而不纳之教。庠声序音，重规叠矩，无间下邑荒徼，山陬海澨。此明代学校之盛，唐、宋以来所不及也。"据《八闽通志》、《福建通志》记载：成化七年（1471）府同知蒋

---

① 张廷玉：《明史》卷六九《选举志》，中华书局，1974。
② 同①。

浚、知县陈栗创建了漳平县学，知县施洋于正德十四年（1519）建平和县学，嘉靖十年（1531）通判陈贤建诏安县学，隆庆元年（1567）知县唐九德建海澄县学，隆庆三年（1569）知县董良佐建宁洋县学。这些县学都是在设县当年或次年建成，体现了行政设置与教育设置同步的特征。

明洪武二十一年（1388），置福建沿海5卫指挥使司，下辖12个千户所。这5个卫分别为：设在福宁州治（今霞浦县）东的福宁卫，设在福清县海口镇东的镇东卫，设在莆田县城东的平海卫，设在泉州府城东南的永宁卫，设在漳浦县城东北的镇海卫。这些地方只有军事设置，而这些地方军人的子弟有的送到地方学校读书，有的则于卫所设置专为军人弟子的学校，被称为卫学。

明弘治二年（1489）黄仲昭修成的《八闽通志》卷四五《学校》中说："平海卫学，在卫城内。正统八年（1443）始建学设官，权寓指挥陆辚廨舍，设四斋。后斋宇颓圮，复迁寓晏公庙。天顺八年，提调学校佥事游明始以旧都指挥佥事姜铭安廨舍创建庙学，即今所也。指挥同知王辅塑先圣四配像。成化九年（1473），指挥同知钱棠重修殿庑并戟门，改建明伦堂及廨舍，规制始备。"成化十二年（1476），莆田人宋叔昭上疏奏请近卫民生附平海卫学，得到批准。清人朱珪《记略》曰："正统时，在卫多佳子弟，有司请就卫立学。而莆阳才俊往往弦诵其中。"[1] 这表明卫学实际上弥补了地方官学的不足。

关于卫学设立的原因，明人陆容说："本朝军卫旧无学，今天下卫所凡与府州县同治一城者，官军子弟皆附其学，食廪岁贡与民生同。军卫独治一城无学可附者，皆立卫学。宣德十年（1435）从兵部尚书徐琦之请也。其制，学官教授一员，训导二员。武官

---

① 《福建通志》卷六三《学校·兴化府》。

子弟曰'武生'，军中俊秀曰'军士'。卫学之岁贡始于成化二年（1466）五月，从少保李公贤之请也。其制，每二岁贡一人，平时不给廪食，至期，以先入学者从提学御史试而充之。"①

镇海卫学的创设较为特别。正统年间，礼部勘合令镇海卫军人子弟诸生附于漳浦县学。因镇海卫位于漳浦县东南九十五里，"诸生以僻远辞，乞自设学延师，许之"。后镇海卫的郑晋、周瑛、陈珠等相继科举成名，于是文庙学舍之制渐起。成化二十一年（1485），卫指挥使张文奏乞照平海卫正式设立儒学，嘉靖元年（1522）巡按王以旂复奏之，得到许可。开始时建庙与学在两处，嘉靖二十六年（1547）训导张奋扬请合为一处，到嘉靖三十四年（1555）乃建学舍在文庙之左。当时，惠安人张岳撰有《镇海卫乡贤祠碑》，谈到了景泰、天顺年间，由镇海卫学培养出来的陈、周二公以学行闻于天下的事迹。②

官学能不断扩建增宏既体现了官府对教育的态度，亦能促成尊师重教的社会风气，产生教育全社会大众的效果。官学的基本设置包括明伦堂、议道堂、礼殿、斋舍、尊经阁、棂星门、廨舍、泮池、射圃等。泉州府学、晋江县学、惠安县学、安溪县学、永春县学、同安县学都在知府、知县、教谕的不懈努力下日益得以健全。③但有时因为自然原因，有时则因为战争等人为原因，学舍时常面临废坏的困境，倘若地方官员不能致意于此，则地方教育的衰落不可避免；反之，教育的繁荣局面就能得到维持和强化。

---

① 陆容：《菽园杂记》卷六。

② 何乔远：《闽书》卷三七《建置志·漳州府》，福建人民出版社，1994。

③ 参考陈笃彬、苏黎明：《泉州古代教育》，第130—133页，齐鲁书社，2005。

官学的经费主要来源于官府，正德十一年（1516），巡按御史胡文静、程昌、金事潘鉴别始以布金废院田 200 亩充为学田，收田租为泉州府学经费。万历十九年（1591），兴泉道参议朱熙洽发没官田 10.4 亩，收租充府学。二十八年（1600），郡守窦子冉以同安县废院寺有田 525 亩久为豪民私占，申报收为官田，每年拨 262.5 亩纳租府学，作为修理学宫、赈助贫生的费用。三十八年（1610），推官伍维新发入官赃银 144 两，买南安报亲寺、延福寺田地 68.1 亩，每年征租以六成交府学。

晋江县学：万历二十年（1592），巡按御史邓栋将黄储名下柳洋坑田 44 亩，僧广浩名下资福岩田 18.2 亩、山地 10 亩，尽数追入官，给佃耕种，每年征租充县学师生公用，并刻石立碑于明伦堂。三十八年（1610），推官伍壬新发入官赃银置田 68.1 亩，晋江县学分得四成，得 27.24 亩。

惠安县学：隆庆二年（1568），因朝廷用兵于广东、福建，清理僧寺的田租充军饷，知县萧继美从清理法石寺田内拨出 40 亩为县学田。万历三十一年（1603），知县罗继宗变卖学宫积谷，买军屯产业若干亩充学田，年载租八十石。

安溪县学：嘉靖三十一年（1552）造册时，计有学田 494.4 亩，学山 523.7 亩。万历三十九年（1611），永宁卫军林俊泰与罗养仔争告，丈出剩余额田 4.2 亩，府推官将其拨为安溪学田。

永春县学：明嘉靖元年（1522），知县柴镶始以官田市的原县学宅地出卖充作县学经费。后来知县罗汝泾又迁县学于官田市，以地处白马的田园 24 亩充作学田，并在官田学宫西垦田 70 亩，学宫地基并泮池地收租 20 石，又增加没官隐匿田 22 亩。

德化县学：嘉靖九年（1530）知县许仁召赁紫阳书院门墙外旧有铺店六间，以年得租银 3.6 两为县学生员纸笔油烛之费。又申报提举学道准予拆毁几处神庙及中林院，得基地 74 亩估价出租，年得征银 11.98 两，充作县学费用。万历元年（1573），知县秦霖捐置学田 12 亩于北城外，县学又拥有位于大洋山的学山一座。二十七年（1599），知县吴景梅拨上涌乡绝户田 87.18 亩，此时再拥有坐落上涌乡、珠地乡学山两座，位于珠地乡、五华寺、陈吴乡学田三段。

从上列情况看，各县学发展状况并不一致，往往视地方官员对教育的重视程度、地方清理废寺状况、地方没官田地及其流向等因素而不同。总体而言，闽南地方官员大多较为重视教育的发展，特别是嘉靖以后，随着经济的逐渐繁荣，教育亦呈现出相对繁荣的局面。

明代闽南官学的设置与全国基本同步，有县治卫所，一般即设有官学。要弄清楚官学的设置状况，首先必须弄清楚此期建置。明代闽南有泉州、漳州二府。泉州府下辖晋江、南安、惠安、德化、安溪、同安、永春七县及相关卫所，漳州府下辖龙溪、漳浦、龙岩、南靖、长泰、漳平、平和、诏安、海澄、宁洋十县及相关卫所。管辖建置状况列表描述如下：

表 4-1　明代闽南府、县、卫、所设置表

府	县、卫	设置时间	下 辖 卫 所
泉 州	泉州府	洪武元年(1368)	泉州卫指挥使司，永宁卫指挥使司，左、中、右、前、后五千户所
	晋江县	洪武元年(1368)	福全千户所
	南安县	洪武元年(1368)	
	惠安县	洪武元年(1368)	守御崇武千户所
	德化县	洪武元年(1368)	
	安溪县	洪武元年(1368)	
	同安县	洪武元年(1368)	金门千户所、高浦千户所、中左千户所
	永春县	洪武元年(1368)	

续表

府	县、卫	设置时间	下　辖　卫　所
漳 州		洪武元年(1368)	
	龙溪县	洪武元年(1368)	
	漳浦县	洪武元年(1368)	镇海卫、守御六鳌千户所、左、中、右、前、后五千户所
	龙岩县	洪武元年(1368)	
	南靖县	洪武元年(1368)	
	长泰县	洪武元年(1368)	
	漳平县	成化六年①(1470)	
	平和县	正德十四年②(1519)	
	诏安县	嘉靖九年（1530），改弘治十八年(1505)所设南诏守御千户所而成	玄钟守御千户所、铜山守御千户所
	海澄县	隆庆元年③(1567)	
	宁洋县	嘉靖四十五年(1566)改正统十一年(1446)置东西洋巡检司而成④	

　　资料来源：何乔远：《闽书》卷三三《建置志·泉州府》，卷三七《建置志·漳州府》，福建人民出版社，1994。

---

　　①　张廷玉：《明史》卷四五《地理六》，中华书局，1974。

　　②　同①。

　　③　张廷玉：《明史》卷四五《地理六》，中华书局 1974 年版载为嘉靖四十五年（1566）；文渊阁《四库全书》史部·地理类·都会郡县之属·福建通志·卷三·建置沿革载为嘉靖四十四年（1565）。

　　④　同①。

从表中可见，闽南县治在明初基本形成，泉州府的建置相对稳定，几乎没有变化。漳州府的建置变化较多，随着时间的推移，析县的现象较为多见，漳平、平和、诏安、海澄、宁洋皆为后来析县所设。县的增设，往往是统治者出于加强某一地区管理的需要。如平和县之设，即是为了平息寇乱，这从南靖生员张浩然等的言辞中，可见明晓："南靖县治，僻在一隅，相离芦溪、平和、长汀等处，地里遥远。小民罔法，今虽奸渠扫当，犹计一时，未规长久。乞于河头中营处所，添设县治，引带汀、潮，喉襟清宁，人烟辏集，道路适均，政教既敷，盗贼自息。"① 县治的增设、政治军事力量的加强有利于维护该地区的社会秩序。与本文讨论相关的，则是县治增设地区学校教育的发展。便利的就学环境则为这些地区的人们提供了更便捷的读书、赶考条件，从而带动了闽南教育的扩展。如镇海卫初无官学，读书人往往要走很远的路到邻县上学，后来诸生请求在镇海卫设学，几经努力，镇海卫学从借庙堂读书到嘉靖年间终于建起了自己的学宫。教育条件的改善，使得更多人可以参与到考取功名的活动中来，明中期后，从镇海卫学考取的进士、举人人数也渐多见。

为了更好地说明闽南官学发展情况，下面对闽南官学的建立、变迁状况做一梳理。朝廷虽然并未将书院纳入国家承认的官学体制，但书院的设置，一部分是为了发扬传播某一特定学派的学术思想，还有相当一部分是祀朱熹，讲授理学，服务科举。尤其是明代朝廷将程朱理学定为国学后，朱熹享有至高无上的地位，闽南作为朱熹曾经生活和讲学的地方，对朱熹更

---

① 何乔远：《闽书》卷二九《方域志·漳州府·平和县》，福建人民出版社，1994。

是推崇备至。官办的书院此时也多有发展。由府县行政长官或
巡按、提学、总兵等所创建的书院占了很大比例。如嘉靖八年
（1529）巡按御史聂豹、提学副使郭持平建泉州府城一峰书院；
嘉靖八年（1529）晋江县令钱梗建南塘书院；嘉靖二年
（1523），安溪知县龚颖建凤山书院；嘉靖三十年（1556）知县
王渐造建养正书院，景泰五年（1454）知县李清建丁溪书院；
嘉靖三年（1524），永春知县柴镳建文公书院；嘉靖七年
（1528）德化知县许仁建紫阳书院，嘉靖二十六年（1547）德
化知县绪乐山建丁溪书院，嘉靖四十年（1561）德化知县张大
纲建龙浔书院；崇祯年间，惠安知县赵玉成建文发书院。由于
书院为官府所办，有财政拨款加以支持，官府拥有控制权，这
类书院较注重讲学，时常能聘请具有一定素养的名儒。明朝廷
将地方科举人员多寡作为考察地方官员政绩的一个指标，因此
大多地方官不得不关注科举教育。"自明代中期以后，生员游
学风气形成，出现了一大批游士"，"正德以后，国学之制渐
隳，科举之弊益显，士大夫更是大倡讲学之法"。[1] 在全国学
宫不兴、书院渐盛的背景下，闽南地方官有的亲自创办书院，
与诸生讲学其中。因此，我们将部分书院也作为官学考察的参
考部分。明初即下令全国设社学，虽然社学很快不兴，它作为
诸生童蒙教育的场所，具有浓厚的国家教化性质，故亦将其作
为考察对象。

---

① 陈宝良：《明代儒学生员与地方社会》，第141页，中国社会科学
出版社，2005。

表4-2　明代闽南官学设置表

府县卫儒学		书　院	社学
泉州府学①	洪武八年(1375),知府张灏偕郡人何大荣重修 洪武二十三年(1390),御史钟道元训导陈诚重建 洪武三十一年(1390),知府□器、教授欧阳初重修 永乐初,知府姚恕、教授彭九恩、指挥王监修 永乐中,教授曾振、指挥王 正统十一年(1446),金事陈祚修 天顺二年(1458),守张岩迁学门;提学游明别建学门 成化间,守陈勉修 弘治六年(1493),知府李哲修葺 弘治十七年(1504),同知于茂修 正德十五年(1520),知府葛恒修 嘉靖三年(1524),守高越修庙学前路 嘉靖六年(1527),知府顾可久修泮池二桥 嘉靖十七年(1538),知府王士俊清复学西庚门河沟	石井书院②	成化十二年(1476),知府徐源、推官柯汉重建 弘治十年(1497),知县罗惠重修,门外立华表	
		泉山书院③	明初,改建为晋江县儒学 洪武二十二年(1389),御史钟道元等改建 正德十年(1515),知府葛恒移建于县学前蔡巷内 嘉靖十六年(1537),郡守王仕俊购祀田为祠,朱熹孙出资	
		一峰书院	嘉靖八年(1529),罗伦建④ 万历丁巳,守蔡善继重新配祀 崇祯间,更名为清源书院⑤	

①　据怀荫布:乾隆《泉州府志》卷一三《学校一》整理,同治九年(1870)刻本。

②　据怀荫布:乾隆《泉州府志》卷一三《学校一·书院》整理,同治九年(1870)刻本。

③　同②。

④　据阳思谦总辑:万历《泉州府志》卷五《规制下·书院》整理,1985年重印,明万历四十年(1612)刻本。

⑤　据怀荫布:乾隆《泉州府志》卷一四《学校二·晋江县学》整理,同治九年(1870)刻本。

续表

府县卫儒学		书　　院		社学
泉州府学	嘉靖二十二年(1543),俞咨伯重建明伦堂,推官叶遇春修泮池桥 嘉靖三十一年(1552),教授唐尧宾修庙学 嘉靖三十五年(1556),知府熊汝达尹庐仲建尊经阁 嘉靖四十五年(1566),知府万庆知县谭启扩建 隆庆元年(1567),知府万庆修射圃 万历十年(1582),改建敬一箴亭为教授廨 万历二十二年(1594),知府汪道亭修殿庑门 万历二十八年(1601),知府宝子称重修尊经阁并新祭器等 万历四十二年(1614),大学士李廷机修	欧阳书院①	成化十八年（1482）,致仕通判张庸建 嘉靖十年（1531）,南安人欧阳深重建 万历二十年（1592）,欧阳深子拓而新之	
晋江县学②	洪武初,于泉山书院建 永乐中,训导詹景威等建礼殿、戟门 正统五年(1440),典史张嘉会购民地建棂星门 正统十年(1445),金事陈祚、知府曾宏修并增建米廪、馔堂 天顺二年(1458),张岩扩明伦堂建尊经阁 成化二年(1466),知府欧阳复建号房 成化十二年(1476),推官柯汉扩号房	梅石书院	嘉靖八年（1529）,改净真观建	未知

①　据阳思谦总辑：万历《泉州府志》卷五《规制下·书院》整理,1985 年重印明万历四十年（1612）刻本。

②　据怀荫布：乾隆《泉州府志》卷一四《学校二·晋江县学》整理,同治九年（1870）刻本。

府县卫儒学		书　　　院	社学
晋江县学	成化十八年(1482)，知府陈勉筑学墙 弘治十七年(1504)，同知于茂扩建号房 正德十二年(1517)，教谕朱文简等新修 正德十四年(1519)，复修棂星门等 正德十五年(1520)，葺尊经阁 嘉靖三年(1524)，知县张文宿修号房、殿庑等，建训导厅、文明坊 嘉靖九年(1530)建敬一亭 嘉靖十四年(1535)，知县韩岳葺尊经阁 嘉靖十五年(1536)，建启圣祠 嘉靖二十二年(1543)，知府程秀民、知县宋大勺重修 嘉靖四十年(1561)，知县卢仲佃建观德堂 嘉靖四十五年(1566)，教谕章堂置礼器 万历十七年(1589)，知县沈天启修 万历三十年(1602)，教谕娄拱北建济美坊 万历三十三年(1605)，训导、知县等修大成殿，新祭器 万历三十六年(1608)，佥事、知县修明伦堂、戟门、棂星门等 万历四十六年(1618)，知府蔡善继重修	梅石书院	
	洪武、永乐间知县罗安修斋舍、仪门 宣德二年(1427)，教谕包源明重建	无	未知

续表

府县卫儒学		书　　院	社学
南安县学①	宣德三年(1428),知县余庆拓泮池 宣德六年(1431),知县朱旭撤殿庑新之 正统十年(1445),佥事陈祚、知县俞宗玉重修 天顺二年(1458),邹琏葺号斋 成化十八年(1482),提学佥事、知县筑堂斋 弘治二年(1489),知县黄济建馔堂、号房,新修 弘治十一年(1498),知县沈诚重建斋舍号房等 嘉靖三年(1524),知县颜容端重修 嘉靖九年(1530),知县陈楚华建敬一亭 嘉靖十五年(1536),知县王训建启圣祠 嘉靖二十八年(1549),知县唐爱重修,凿泮池 嘉靖三十七年(1558),倭寇侵坏,知县夏汝砺建三寓馆为学官舍 隆庆元年(1566),同知丁一中建亭 万历三十四年(1606),地大震,知县周绍祚重修 万历四十一年(1613),知县史孔吉建文明阁 崇祯二年(1629),摄县事唐一澄建文昌祠 崇祯五年(1632),知县李九华重修明伦堂 崇祯十四年(1641),知县韦克济重修庙殿	无	未知

① 参考怀荫布:乾隆《泉州府志》卷一四《学校二·南安县学》,同治九年 (1870) 刻本。

府县卫儒学		书　　院	社学
惠安县学①	洪武四年(1371)，知县罗泰建明伦堂 洪武二十九年(1396)，知县冯靖作馔堂 永乐四年(1406)，知县陈永年新殿庑、棂星门、戟门、泮池等 永乐十二年(1414)，教育虞浩作射圃、观德亭 宣德六年(1431)，知县高显重建馔堂修二斋 宣德八年(1433)，金事鲁穆移泮池于戟门外 宣德十一年(1436)，主簿毕祯重建大成殿 正统元年(1436)，重建明伦堂 正统十一年(1446)，金事陈祚修 成化十九年(1483)，知县张桓修 弘治五年(1492)，知县虞坤建尊经阁、号房 弘治十五年(1502)，同知于茂拓泮池 正德六年(1508)，提学副使杨子器易两斋 嘉靖三年(1524)，知县万夔修 嘉靖九年(1530)，知县莫尚简建射圃、观德堂等 嘉靖十五年(1536)，知县邱民改藏书库为祠 万历二十五年(1597)，知县刘一阳修 万历三十四年(1606)，训导林腾修廨舍 万历四十二年(1614)，知县陈淙修庙学 天启七年(1627)，知县邓英浚泮池 崇祯十三年(1640)，教谕沈瓒更改门字	无		九所

---

① 参考怀荫布：乾隆《泉州府志》卷一四《学校二·惠安县学》，同治九年（1870）刻本。

续表

府县卫儒学		书　　院	社学
德化县学	成化十六年（1480），知事狄钟广之 弘治十七年（1504），令胡潜重建 嘉靖十八年（1539），教谕秦璇、训导张泮率诸生修 万历元年（1573），令秦沾广之	丁溪书院　嘉靖中，令绪东山建	十所
		紫阳书院　嘉靖中，令许仁建	
安溪县学①	洪武六年（1368），掌教事郡士蒋宗禧倡议重建 洪武十四年（1381），知县侯士举建 永乐三年（1402），知县陈善宁重修 正统十二年（1447），佥事陈祚、知县路亨扩建 成化初，提学游明修 成化十年（1474），知县谷廷怡增建斋舍 成化十八年（1482），教谕盛凤仪修斋舍，增建号房馔堂 正德六年（1511），知县王廷佐修明伦堂，建神库、神厨宰牲房 正德十三年（1518），知县张俊修两斋 正德十六年（1521），知县龚颖改建 嘉靖八年（1529），知县黄怿扩射圃，建名宦乡贤祠	紫阳书院②　嘉靖中，提学副使邵锐议建，监生吴辉捐地，知县黄怿成之 嘉靖三十五年（1556），知县王渐造改建 嘉靖三十九年（1560）毁③	三十六所
		凤山书院　正德十六年（1521），知县龚颖于凤山庵改为朱文公书院，后废 嘉靖三十五年（1556），知县王渐造就启圣祠前建朱文公祠，祠前为书院	
		养正书院　嘉靖三十五年（1556），知县王渐造建 嘉靖三十九年（1560）毁④	

---

①　据怀荫布：乾隆《泉州府志》卷一五《学校三·安溪县学》整理，同治九年（1870）刻本。

②　安溪县各书院建、修年代参考怀荫布：乾隆《泉州府志》卷一五《学校三·安溪县·书院义学》，同治九年（1870）刻本。

③　嘉靖三十五年、三十九年两条参考阳思谦总辑：万历《泉州府志》卷五《规制下·书院》，1985年重印明万历四十年（1612）刻本。

④　同③。

续表

府县卫儒学		书　　院		社学
安溪县学	嘉靖十八年(1539)，知县殷杰迁名宦祠于谯楼西 嘉靖二十四年(1545)，令汪瑀移名宦祠于谯楼右 嘉靖三十五年(1556)，知县王渐造建敬一亭、启圣祠 嘉靖三十九年(1560)毁于寇，隆庆元年，知县蔡常毓、陈綵相继重建 万历四年(1576)，知县俞仲章修 万历十五年(1587)，知县冯时鸣作泮池于棂星门外 万历三十三年(1605)，知县高金体移名宦祠 万历三十九年(1611)，署县事孙文质修大成殿等 万历四十八年(1620)，知县王用予修明伦堂等	养正书院		三十六所
同安县学①	洪武七年(1374)，令吕复重建 正统九年(1444)，佥事陈祚重修 天顺五年(1461)，丞刘珣器新 成化六年(1470)，提学佥事游明复射圃于旧址 成化八年(1472)，推官柯汉建观澜亭 成化十一年(1475)，知县张逊建观德亭、膳厨、乡贤祠、号房 弘治十八年(1505)，县丞张启重建号房、米廪、泮池 正德十一年(1516)，知县杨敩增书	文公书院②	成化十二年（1476），张逊复建 嘉靖中，林希元请郡推官叶遇春建 隆庆初，知县王京建仰止亭增筑书舍	九所
		双溪书院	明侍郎蔡复一故宅	

----

① 据怀荫布：乾隆《泉州府志》卷一五《学校三》整理，同治九年(1870)刻本。

② 同安各书院建、修年代参考怀荫布：(乾隆)《泉州府志》卷一五《学校三·同安书院社学》，同治九年（1870）刻本。

府县卫儒学		书　　院		社学
同安县学	正德十五年(1520),知县赵汝弼新明伦堂、两斋,设文公祠 嘉靖元年(1522),教谕陶佶修棂星门、米廪、廨舍、尊经阁 嘉靖九年(1530),建敬一亭 嘉靖十三年(1534),建启圣祠 嘉靖二十八年(1549),通判吴岳修 嘉靖三十年(1551),知县彭士卓教谕陆倨立科目题名碑 隆庆元年(1567),知县酃一相修① 万历二十年(1592),邑簿曾一欧修 万历二十八年(1549),知县洪世俊修石塔 万历三十三年(1554),王世德重修名宦、乡贤祠 万历四十四年(1565),知县徐应秋、教谕万德鹏重修	大同书院	成化十二年(1476),知县张逊重建②	
永春县学	正统中,金事陈祚修 弘治间,令周鲁重建 弘治十五年(1502),同知于茂迁址今地 嘉靖五年(1526),令柴镶改建于白马山之阳	文公书院③	嘉靖三年(1524),令柴镶建 嘉靖四十一年(1562)毁	十三所

① 隆庆及其以后据孙尔准修、陈寿祺纂:《福建通志》卷六六《学校·永春州》整理,同治七年(1868)正谊书院刻本。

② 据阳思谦总辑:万历《泉州府志》卷五《规制下·书院》,1985年重印明万历四十年(1612)刻本。

③ 同②。

续表

府县卫儒学		书　院	社学
永春县学	嘉靖三十一年(1552),令罗汝泾复迁于官田旧址 嘉靖三十九年(1560),毁于倭 嘉靖四十四年(1565),令谢裒复建于县东 隆庆五年(1571),知县陈九仪建启圣祠 万历三十五年(1607),知县范时化建尊经阁 泰昌元年(1620),知县周午庆与邑绅扩建	文公书院	
漳州府学①	洪武十三年(1380),知府白寿重修大成殿及两庑 洪武二十八年(1395),知府王仲谦修明伦堂四斋 洪武三十年(1397),知府钱古训修大成殿 宣德八年(1433),教授张骥建后堂 天顺二年(1458),知府谢骞重建明伦堂及四斋 成化十年(1474),知府张贵建斋舍二十间 成化十八年(1482),知府姜谅同提学金事任彦常新庙学 成化二十二年(1486),知府修飓风坏之尊经阁,建号房 正德六年(1511),知府陈洪谟重浚丁水	芝江书院② 洪武二十三年(1390),守钱古训令刘孟雍创,祀文公 正统中间,守甘瑛修 嘉靖二十八年(1549),令林松修,以威惠庙租银入膏火 建溪书院 洪武十二年(1379),乡人苏廷贵建以教子弟	正德年间建三所;万历间五所;龙瀛义塾;守钱古训立

----

① 据李维玉:光绪《漳州府志》卷七《学校·学宫·漳州府学》整理,清光绪三年(1877)芝山书院刻本。

② 漳州府各书院建、修年代依据李维玉:光绪《漳州府志》卷七《学校·漳州府义学书院》整理,清光绪三年(1877)芝山书院刻本。

续表

府县卫儒学		书　　院		社学
漳州府学	嘉靖十年(1531),知府隆金章建敬一亭 嘉靖十二年(1533),巡海副使罗英增建号房三十一间 嘉靖二十八年(1549),龙溪知县林松捐银一百二十二两 嘉靖三十一年(1552),知府卢璧修号房等 嘉靖四十一年(1562),推官邓士元重修明伦堂 隆庆四年(1570),知府罗青霄重修 隆庆六年(1572),增设学田 万历二十一年(1593),推官龙文明重修敬一亭 万历三十八年(1610),知府闵梦得查复南街丽泽堂故址辟为泮池	养正书院	隆庆六年(1572),知府罗青霄议迁县学于此处,先建书院于此	
龙溪县学①	洪武十年(1377),知县刘宪、教谕林原重修 宣德五年(1430),知县沈庸修大成殿 天顺七年(1463),知县周琳增高屋基重建明伦堂 成化元年(1465),同知章俊修尊经阁 成化十年(1474),知府张贵教买地拓之	霞桥书院	邑人林同建	不详
		龙江书院②	知府王文、陈洪谟相继重修 嘉靖三十年(1551),知府孙裕开新路 嘉靖三十五年(1556),知县蔡亨嘉毁淫祠,设五经书院 嘉靖四十五年(1566),知府唐九德重修	

① 据孙尔准修、陈寿祺纂:《福建通志》卷六四《学校·漳州府·龙溪县》整理,同治七年(1868)正谊书院刻本。嘉靖十三年条据李维玉:光绪《漳州府志》卷七《学校·学官·龙溪县儒学》整理,清光绪三年(1877)芝山书院刻本。

② 据吴宜燮:乾隆《龙溪县志》卷四《学校》整理,清光绪五年(1879)吴联熏增补重刻本。另,李维玉光绪《漳州府志》卷七《学校·漳州府义学书院》载,龙江书院在漳州府学。

府县卫儒学		书　　院		社学
龙溪县学	成化二十一年(1485)，知县李杰重修 弘治间，知县汪凤复学门路 正德四年(1509)，知府罗列复明伦堂故址 正德七年(1512)，知府陈洪谟、知县失立诚扩 正德十三年(1518)，知府钟湘改凿泮池 嘉靖十三年(1534)，知县刘天授复泮池于原址 嘉靖二十八年(1549)，知县林松浚泮池 嘉靖三十六年(1557)，知县蔡亨嘉修殿庑明伦堂 隆庆三年(1569)，教谕王宪春重修堂及仪门 万历三十八年(1610)，知县计元勋重修学宫等	邺山书院①	明詹事黄道周讲学于此，建讲堂，四方之士从游者数百人	
		观澜书院②	洪武间，贡士郑深道请重新 弘治七年(1494)，布政林同迁于文山麓 正德四年(1509)，知府罗列请设祀田 万历十二年(1499)，议非私创，免毁	
		江东公馆		
		甘棠公馆		
漳浦县学③	洪武初，知县张理开扩地建大成殿等 洪武十五年(1382)，知县李贤建学庑，立卧碑 永乐中，县丞黄礼增建学廪	鸿江书院④	明初乡人陈彝则建以授徒 正统十二年 (1447)，毁于寇，后其子孙修葺以教乡子弟	

①　据吴宜燮：乾隆《龙溪县志》卷四《学校》整理，清光绪五年(1879)吴联熏增补重刻本。

②　出处与邺山书院、龙江书院记载同，然《漳州府志》载不如《龙溪县志》详细。

③　据陈汝成：光绪《漳浦县志》卷九《学校志·学官》整理，1936年漳州古宋铅印本。

④　同③。

府县卫儒学		书　院	社学
漳浦县学	永乐三十五年(1437),教谕黄志仁重建戟门 宣德九年(1434),府通判关谅广庙学门前路 正统中,同知李恕凿泮池 正统九年(1444),金事陈祚劝邑士助资修建一新 成化六年(1470),知府徙明伦堂增教谕、训导廨 成化十五年(1479),知县金泓修两廊号房等 成化十九年(1483),知县江瑾更建膳堂,修射圃 弘治四年(1491),知县王臣重建戟门、棂星门等 正德四年(1509),知县胥文相于建学仓 正德十七年(1522),教谕率诸生追回被侵地 嘉靖四年(1525),县丞潘钰砌庙前路 嘉靖五年(1526),推官黄直重建明伦堂 嘉靖六年(1527),知县周仲竖碑坊、科贡题名 嘉靖九年(1530),知县周仲建名宦、乡贤二祠 嘉靖十年(1531),知县郑禧改建敬一亭 嘉靖二十年(1541),县丞王兰改膳堂为启圣祠	东瀛书院 文明书院①	在镇海卫,祀朱文公 明大学士黄道周讲学处	

① 据陈汝成:光绪《漳浦县志》卷九《学校志·书院》整理,1936年漳州古宋铅印本。

续表

府县卫儒学		书　　院	社学
漳浦县学	嘉靖二十八年(1549),通判陆体仁修启圣祠 隆庆四年(1570),教谕陈泾复修号舍并庙宇① 万历三年(1575),知县房寰率廪生拓泮池增石渠 万历四年(1576),知县房寰修乡贤祠 万历六年(1578),知县朱廷益增修启圣祠 万历七年(1579),并修名宦祠 万历九年(1581),署教谕黄应龙修射圃仰止楼 万历二十二年(1594),诸生葵宗禹鸠资拓泮池 万历三十二年(1604),知县允诸生、缙绅博士弟子捐金修毁坏之庙学 万历三十三年(1605),教谕陈所立清查号舍文契,造册立案,申请于县。先是号舍,自万历七年(1579)以后,诸生居业者以修葺受直券约相授,典直日增,甚至旁落币人手,官舍几为民业。至是,居者修理之费始不许增为典直,永著为令。崇祯中,知县余日新以诸生为董修庙学	文明书院	
镇海卫学②	正统间,镇海诸生以僻远请自设学 嘉靖三年(1524),始以佛堂延师讲学		

① 据李维玉：光绪《漳州府志》卷七《学校·学官·漳浦县儒学》整理，清光绪三年（1877）芝山书院刻本。

② 据李维玉：光绪《漳州府志》卷七《学校·学官·镇学卫儒学》整理，清光绪三年（1877）芝山书院刻本。

续表

	府县卫儒学	书　　院	社学
镇海卫学	嘉靖二十六年(1547),训导张奋扬合庙学为一 嘉靖三十四年(1555),于文庙左建儒学,教谕廨 万历二年(1574),知府刘志业重修学宫		
龙岩县学①	洪武二十九年(1396),知县吴子昇重修 洪武三十五年(1402),修 宣德四年(1429),知县胡成重塑圣贤像 正统十年(1445),金事陈祚盛修庙学 成化十年(1474),知县韦济移明伦堂、教谕廨 成化十六年(1480),知县陶博重修 弘治十七年(1504),知县黄廷圭建应奎楼 正德六年(1511),知县余成移明伦堂于旧址 嘉靖十一年(1532),知县陈瀛建棂星门 嘉靖三十四年(1555),知县汤相重建 万历十五年(1587),知县吴守忠建穿堂,筑明伦堂阶梯 万历四十年(1612),教谕程栻建启圣祠	新罗书院②	明知县杨开泰改为瀛龙书院	十六所王氏义学,明邑人王源建

---

① 据郑丰稔:民国《龙岩县志》卷一三《学校志·学官》整理,1945 年厦门风行印刷社铅印本。

② 同①。

续表

府县卫儒学		书　院	社学
南靖县学①	洪武三十三年(1400),知县杨通重建大成殿 永乐十三年(1415),教谕易成重建明伦堂 正统三年(1438),寇毁 嘉靖四十五年(1566),知县林挺春更建大成殿 隆庆五年(1571),知县曾球复建文庙两庑棂星门 万历二十二年(1594),知县陈宗愈迁建学宫 崇祯二年(1629),知县何世廷重建	新罗书院	明知县杨开泰改为瀛龙书院	十九所
长泰县学②	洪武二十年(1387),建大成楼于殿南 建文元年(1399),教谕章参更讲堂为明伦堂,建崇文楼,更尊敬堂为学仓神厨 正统十年(1445),佥事陈祚重修 天顺元年(1457),知县裴显改建棂星门 成化十六年(1480),知府姜谅因知县请修明伦堂、两斋、膳堂 嘉靖四年(1525),推官黄直修大殿、两庑、训导廨、教谕廨 嘉靖十二年(1533),知县陈塘建启圣祠,敬一亭 嘉靖二十八年(1549),知县王用文修两斋及院墙	泰亨书院	明教谕章参建	三十三所

----

①　据李维玉:光绪《漳州府志》卷七《学校·学官·南靖县儒学》整理,清光绪三年(1877)芝山书院刻本。

②　据李维玉:光绪《漳州府志》卷七《学校·学官·长泰县儒学》整理,清光绪三年(1877)芝山书院刻本。

续表

府县卫儒学	书 院	社学
长泰县学	嘉靖三十一年(1552),知县张杰夫建名宦祠 嘉靖三十七年(1558),知县萧廷宣徙名宦乡贤祠 万历十七年(1589),飓风坏殿寝 万历二十八年(1601),知县捐俸倡缙绅捐修 崇祯灾,俱成灰烬		
漳平县学①	成化七年(1471),同知蒋浚、知县陈粟建 正德五年(1510),知县汪淳重建明伦堂 正德七年(1512),重建先师庙 嘉靖元年(1522),署县照磨傅华修棂星门 嘉靖二年(1523),署县经历沈松主簿周全修两庑 嘉靖二十六年(1547),署县朱召修两庑及号舍 隆庆五年(1571),知县章达修 万历五年(1577),知县陈所志修 万历三十七年(1609),知县傅文勋重建 万历四十六年(1618),知县彭圾修 崇祯十一年(1638),教谕何九云建祭器库	心源精舍② 明曾汝檀建与诸生讲学	各乡俱缺,民间自为家塾③

---

① 据蔡世钹修、林得震纂:道光《漳平县志》卷二《规制志·学校》整理,1986 年影印清道光十年（1830）刻本。

② 漳平县书院条据孙尔准修、陈寿祺纂:《福建通志》卷六六《学校·龙岩州·漳平县》整理,同治七年（1868）正谊书院刻本。

③ 朱召修、曾汝檀纂:嘉靖《漳平县志》卷六《学校·社学》,1985 年漳平县影印本。

续表

府县卫儒学		书　　院	社学
平和县学①	正德十四年(1519)建县,知县施祥建明伦堂 嘉靖二十三年(1544),庙宇坏,知县赵进、邑博廖瑚重建 嘉靖二十七年(1548),知县谢明德修 万历二十一年(1593),教谕黎宪臣修明伦堂 万历三十八年(1610),知县黄应明移建教谕廨 万历四十五年(1617),知县陈复初、训导重修 崇祯六年(1633),知县王立准教谕陈奎辉重修	太平公馆 旧县公馆 平和公馆 黄井公馆	四所
诏安县学	正德十四年(1519),知县施祥建明伦堂 嘉靖十年(1531),通判陈贤建② 嘉靖二十三年(1544),知县赵进、邑博廖瑚重建 嘉靖二十七年(1548),知县谢明德修 隆庆五年(1571),知县陈素蕴扩泮池 万历间,知县黄元立重修③ 万历二十一年(1593),教谕黎宪臣修明伦堂	南溟书院　在铜山千户所,祀朱文公	七所义学,明邑人许伯寿建

---

① 据李维玉:光绪《漳州府志》卷七《学校·学官·平和县儒学》整理,清光绪三年(1877)芝山书院刻本。

② 嘉靖十年条据李维玉:光绪《漳州府志》卷七《学校·学官·诏安县儒学》整理,清光绪三年(1877)芝山书院刻本。

③ 隆庆五年、万历间两条出处与嘉靖十年条同。

续表

府县卫儒学		书　院	社学
海澄县学①	隆庆元年(1567),知府唐九德建明伦堂、东西二斋、号舍、仪门、省牲所、泮池、教谕廨 万历三十二年(1604),知县姚之兰重修建敬一亭 天启二年(1622),知县刘斯球倡捐,易土以石 崇祯五年(1632),知县梁兆阳重建殿庑敬一亭	清漳书院② 隆庆元年（1567）,知府唐九德、同知邓士元建	十所
宁洋县学③	隆庆三年(1569),知县董良佐建 万历六年(1578),知县邓子番重新布局 万历十八年(1590),知县宋炼作坊表仪门等 万历三十六年(1608),教谕张巽进建尊经阁	预章书院 祀宋儒罗从彦	七所

资料来源：主要依据陈宝良：《明代儒学生员与地方社会》，中国社会科学出版社，2005。

总体而言，随着闽南日益被纳入明朝统治者的视野，闽南官学逐渐呈现扩张趋势，表现在以下两个方面：首先是官学设置空间的密集化。成化七年（1471），漳平设学宫，正德十四年（1519），平和、诏安设学宫，嘉靖三年（1524），镇海卫设学，

---

① 据李维玉：光绪《漳州府志》卷七《学校·学官·海澄县儒学》整理，清光绪三年（1877）芝山书院刻本。

② 据孙尔准修、陈寿祺纂：《福建通志》卷六六《学校·龙岩州·宁洋县》整理，同治七年（1868）正谊书院刻本。

③ 据孙尔准修、陈寿祺纂：《福建通志》卷六四《学校·漳州府·海澄县》整理，同治七年（1868）正谊书院刻本。

隆庆开港，海澄和宁洋也开始设立学宫，新县治的设置带来新县学的设置，在原来县治一分为二的基础上，县学也翻一番，原来远离县治中心的人可以就近上学，官学设置空间的密化带来了官学涉及人群的扩大，这从后文闽南进士举人表的统计也可以看出来，县治的增加带动了地区进士举人总数的增加。其次是府县卫学学宫规模的扩大。虽然学宫经不住岁月、自然和人为灾害的折腾，时日长久，梁木凋腐；大风、洪水、地震、倭寇肆掠、人为侵占，都会给学宫带来损失和破坏。因此学宫规模不可能保持在一个恒定不变或者总是扩展的状态，而是有损有建，呈波浪曲线前进，但总体规模却在扩展，曲线总体呈上升趋势。从各府县卫学的修建中，可以看出这一点。虽然勤政爱民与否与地方官员个人素质有关，科举教育的发展与否与国家政策有关，但出生科举的官员们大都乐于修建学宫，这不仅是他们出于自身的体验，也是其政绩的重要体现，因此学宫几乎历任皆有修建，其规模则呈现出扩展趋势，后一官员在前一任的基础上，总力图能有所发展，以表明自身的努力。因此，后任者往往在原有规模的基础上，有所扩大，或新建一仪门、戟门、棂星门，或增建乡贤祠、名宦祠，或增建敬一亭、泮池、石桥，或加尊经阁、号房，或增添祭器，或增加学田。如镇海卫学，嘉靖三年（1524）设立时，连正式的讲堂都没有，只用一佛堂延师讲学；嘉靖三十四年（1555），终于有了儒学学宫，还有了教谕廨。祭祀是官学教育中不可或缺的重要部分，以祭祀为主体的礼数规范着读书人的言行，朱元璋令天下广设学校的目的即是教化天下，使天下人皆知礼数，因此懂礼成为区别读书人与村野莽夫的标志。如社学朔望之礼："朔望前期，设先师位。质明，先生先至，立先师位前，西向，父老坐左右塾。序入，击云板玉声，冠者、童子、以次入，立两阶下。两生升堂，四拜先师，四拜先生，分立。唱：

'四拜，先生弟子皆拜。'唱：'撤神位。'唱：'布席，一生正几，先生南面坐。'唱：'举案，两生举先生前。'唱：'登歌者就位，分立两楹之下，击钟鼓者皆上。'唱：'进书，一生捧小学置于案上。'唱：'诸生皆上，由两阶上，重班立先生左右，北上，毋越毋哗。'唱：'请教，先生讲立教一章。'唱：'歌诗。'唱：'进茶。'唱：'请益。'先生讲明伦一章。唱：'歌诗。'唱：'进茶。'唱：'请益。'先生讲敬身一章。'歌诗。'唱：'进茶。'唱：'谢教。'诸生以次降阶。唱：'四拜。'唱：'撤案，少休。'或令诸生讲书，或与习礼审乐。乃罢，以次序出。察其容貌比礼，节奏比乐，言辞舒朗，义理畅达者书之。比选补弟子员，以三物兴之，与众举之。"① 一板一眼，如唱京剧，每一步都有来历。社学之讲礼如此，更何况是府县学了。有的府县学设有专门的乐舞生、祭器，用于祭祀。祭祀规模的大小反映了官员、诸生对儒学的重视程度，体现官学的地位。祭器的设置如学宫一样，损失破坏无常，但闽南官学祭器总体上处于增加态势。如万历二十八年（1600），泉州知府更新了祭器；崇祯十一年（1638），漳平县学建立了祭器库等等。再次是府县卫学学田规模的扩大。明代学校经费并未纳入国家财政专项体系，而是仿宋制设立学田，以学田养学校。学校之修缮增建、诸生之廪饩、祭祀典礼等等，皆从学田和社会捐助中来。学田的多寡直接关系学校发展的规模。总体而言，明代闽南官学学田处于增加态势，以泉州府学田的设置变迁为例。"一府学田正德丙子（正德十一年，1516）巡按御史胡文静、程昌、金事潘鑑以布金废寺充学租，嘉靖二十年（1541）有例变卖寺田，因概卖，隆庆元年（1569），知府万庆查价偿之，

---

① 叶春及：《惠安政书》卷一一《社学篇》，第 361—362 页，福建人民出版社，1987。

追田还学，共一顷九十亩九分一厘八毫；一万历十九年（1591）
廪生吴希澄澄公众用银三十七两买王东田坐学池边，共五坵，
租轮管，为会课费，后官发庄明，找买官地银偿之，田归本
学，召佃收租公用，计田五亩六分；一万历十九年（1591）带
管兴泉道参议朱熙洽发没官王君成买王有怀等田地一十亩四
分，载租一十九石七斗，充学公用；一万历二十八年（1600），
郡守窦子侑申议以同安奇江庄应入官田伍百二十五亩，每年拨
二百六十二亩五分纳租，府学拨二百六十二亩五分纳租，同安
该县征追银两，一半解府发学为修理学宫赈助贫生费；一万历
三十八年（1610）推官伍维新奉提学佥事熊尚文发杨世联等入
关赃银一百四十四两买南安报亲、延福二寺田地六十八亩一
分，每年征租以六分入府学、四分入县学给诸生会课，府学每
年得租六分，该四十亩八分六厘。"[1] 从正德至万历，泉州府
学学田层层累加，不断滚大。明代中后期该地区科第的发展，
与此无不关系。将牵涉进官司的田产或银两断给学校使用，在
这一时期表现较为突出。

　　闽南官学虽然总体呈扩展趋势，但也有地区分布的差异。尤
其是明嘉靖及其之后。晋江进士举人辈出，与之相符的是，其学
宫修理也颇为勤密，终明一代，可查的有二十四次。其他县学如
同安、南安、龙溪、漳浦等也颇为类似。与之相反，德化在整个
明代科举都并不太繁荣，其学宫修治也较少。德化县学可查的建
修记录，终明一代只有 4 次。科举发达的县治自始至终都处于科
举强县的地位，虽然明中后期闽南各县进士举人数都呈增长趋
势，但科举老牌强县在此期内仍旧是老大，如晋江、同安、龙

---

① 阳思谦总辑：万历《泉州府志》卷五《规制志下·学田》，1985
年重印明万历四十年（1612）刻本。

溪、漳浦四县，而落后地区的发展也并没有超越其原有地位。这种地区分布不均衡的现象，一方面与各县已有的人文积淀不同有关，另一方面则与各县的经济发展状况有关。晋江、同安、龙溪、漳浦都是沿海经济较发达的县，或为府治所在地，政治经济条件都比远在内地山区的德化、龙岩、漳平等要强。明成化及其以后新设立的漳州府五县，虽然在一定意义上扩展了闽南官学的地理和人群范围，但不可能使之一跃而成为龙头科第之邦。宁洋县的进士举人数则几乎为零，只有万历二十五年（1597）出过1名举人。

结合后文闽南进士举人统计表，闽南官学以正德为线，大致可以划分为两个阶段，一是正德及其以前，二是嘉靖及其以后。与学者对全国"正德以后，国学之制渐隳"的描述有所不同，正德之后虽然科举制的弊端日益体现，官学产业时有被侵占的现象，但从闽南地方官员的学宫修建记录看，闽南官学的发展势头反倒更猛了。这是明王朝逐渐认识到海疆地区的重要性，更加强了对闽南沿海地区的管理的体现，嘉靖万历两朝的修建记录，学田设置和学产清查记录也更为多见。特别是府学和靠近府学的县治，记录较偏远县治为多。晋江的全部24条修建记录中，有一半是在嘉、万年间完成的，漳浦县学的30条修建记录中，也有十五条是在嘉、万年间完成的。嘉、万年间对县学学田的设置更多，泉州府学学田设置主要在嘉靖、万历年间形成，晋江的学田设置在万历年间以两次设置完成，漳浦学田以嘉靖三次、万历两次设置完成。明代泉州府学、漳浦县学在正德以前并无学田，晋江县学在万历以前亦无学田。从记录中，还可以看到追查学田、学产的现象。但时日长久，由于管理疏漏，加之部分官员的懈怠，府县学学田、学产被侵占的现象也时有发生。如漳浦县学，万历三十三年（1606）就发生了教谕陈所立清查号舍的事件。

嘉靖及其以后官学的发展离不开书院的推动。从书院修建记录来看，此期间创建了不少书院，如一峰书院、梅石书院、丁溪书院、紫阳书院等等。书院一方面讲学，一方面服务于科举，对官学的发展起到了一定促进作用。此期间游学风气逐渐形成，书院甚至成为诸生受教的主要场所。

《闽书》所载社学数量虽无年段标识，更未能反映社学的兴废变迁状况，但它以数字在一定意义上表明了闽南官学向里社的延伸。明初朱元璋下令地方官督促在各地设立社学，但法令执行过程中就变了样："有愿意读书者，无钱不许入学；有三丁四丁，不愿读书者，受则卖放，纵其愚顽，不令读书；有父子二人，或农或商，本无读书之暇，却乃逼令入学，有钱者又纵之，无钱者虽不暇读书，亦不肯放。"[①] 延聘师资收入尚难维持塾师生活，时日长久，社学渐废。从前表可以看到，明中后期，民间自行设学的现象较为多见，如漳州府、龙岩、漳平、诏安等，都有民间自行设立的义学。从社学、义学授课内容来看，它们仍属于官学教育的范畴。识字、习礼、读书，涉及的内容都是"四书"、"五经"，不离儒家经典。"诵读书熟不贵多，如资性能记千字以上者，只读六七百字，不得尽其聪明。年小者，只教一二句而止，或教《孝经》、《三字经》，不许用《千字文》、《千家姓》、《幼学诗》等书。以次读《大学》、《中庸》、《论语》、《孟子》然后治经句。读少差，必一一正之。食后，施午学之教，歌诗，习书数。凡复午学升堂如平旦仪。就位立，听云板命坐。不必作对句，用颜鲁公字体点画，照洪

---

① 朱元璋：《御制大诰》卷四〇《社学》，转引自陈宝良：《明代儒学生员与地方社会》，第152页，中国社会科学出版社，2005。

武正韵楷书《诗经》：《鹿鸣》、《菁莪》、《关雎》、《四牡》、《伐木》、《棠棣》、《蓼莪》、《采繁》、《采苹》、《南山有台》、《缁衣》、《淇奥》，抑诸篇有关系可歌者各一篇……"[1] 从社学向义学发展的变迁看，明代闽南民间办学经历了从官方督促到民间自觉的过程。

·　在牵涉进学宫修建的人群中，主要有地方官员如知府、知县、佥事、通判、推官、同知、教谕、训导等，其中知县和教谕是出现最多的角色，其次还有县学诸生。排除各人对儒学的忠诚，作为官员，学宫建设是其政绩的表现，学宫的好坏则直接关系到教谕的工作生活环境，而诸生学在学宫中更是冷暖自知。诸生在学宫修建中往往是直接的劳动力：万历二十二年（1594）漳浦修县学时，诸生自己拓泮池；万历三十二年（1604），诸生捐金修庙学。在泉州府学田的设置过程中，万历十九年（1591），廪生捐设学田 5.6 亩。不过关于诸生参与其中的记载多见于明中后期。闽南科第事业的兴盛，是在官民双方的共同努力下达成的，这点将在后文再加以说明。

朝廷对儒学生员数额屡有规定，明初规定府学 40 人，州学 30 人，县学 20 人，在学诸生，学校给廪米，每人每月六斗，有司还给鱼肉。随着时间推移，人数渐增，要求进入儒学考取功名的人也越来越多。宣德中，朝廷只好下令于廪生之外设"增广生"，在京府学 60 人，在外府学 40 人，州学 30 人，县学 20 人，朝廷承认的法定诸生数额翻番。尽管如此，仍不能满足人们进儒学考取功名的需求。成化中，再于增广数额之外增收，附于诸生之末，称之为附学生员。附学生员之数，就难得考订了。不过据陈宝良的一则统计，可以窥见一斑。廪膳

生和增广生的数额是特定的，而附学生员的数额往往是他们的好几倍。嘉靖年间，宁国府附学生员的数额还基本维持在廪膳生与增广生总数的两倍左右，到万历年间，就飙升到五倍、六倍甚至七倍，由此似乎不难理解张居正下令减裁天下生员的原因。

表4-3　嘉靖、万历年间宁国府生员数比较　　　单位：人

年　代	学　校	廪膳生	增广生	附学生	总　数
嘉靖年间 (1522－1566)	宁国府学	40	40	100	180
	宣城县学	20	20	80	120
	南陵县学	20	20	70	110
	泾县学	20	20	70	110
	宁国县学	20	20	30	70
	旌德县学	20	20	40	80
	太平县学	20	20	70	110
万历年间 (1573－1619)	宁国府学	40	40	350	430
	宣城县学	20	20	280	320
	南陵县学	20	20	160	200
	泾县学	20	20	260	300
	宁国县学	20	20	200	240
	旌德县学	20	20	243	283
	太平县学	20	20	210	250

资料来源：陈宝良：《明代儒学生员与地方社会》附表18，第516页，中国社会科学出版社，2005。

闽南廪膳生、增广生、附学生确切数额无考，但从闽南举人数和钱茂伟的一组数据，可以有所推测。嘉靖十六年（1537），福建乡试录取率为3.1％，嘉靖四十三年（1564），福建乡试录

取率为 4.0%，万历十三年（1585），福建乡试录取率为
3.0%。① 明中后期福建乡试录取率在3%－4%之间，在学生员
数相当于已知举人数的25倍到33倍，闽南一县万历一朝可能达
到1万人。在明代社会环境下，这并不难理解。国家重视科举，
重用科举人才的做法，无疑给读书人以很大鼓舞。明代用官之途
有三，即进士、举贡、吏员，而进士在这三者之中，是最受重视
的。"其系进士者，则众向之，甚至以罪为功；其系举人出身者，
则众薄之，甚至以功为罪。至于保荐，则进士未必皆贤，则十有
其九；举人未必皆不肖，而十曾无其一。至于升迁，则进士治绩
之最下者，犹胜于举人治绩之最上者。即幸而有一二与进士同
升，到了后来，还是进士之俸多，升官又高，举人之俸少，升官
又劣。若夫京堂之选，则已成了进士的专利，举人已不复可得。
万历以后，更是形成了定例：州、县印官以上、中为进士缺，
中、下为举人缺，最下乃为贡生缺。举、贡历官，虽至方面，无
非是广西、云、贵等僻地。"② 在待遇差别悬殊的背景下，加之
一些以读书起家而名扬天下的成功案例的带动，对朱子有着深厚
敬仰之情及人文地理优越感的闽南人投身科举的热情高涨不下。
嘉靖之后，闽南禁而不止的民间海外贸易不断发展，经过各级官
员、民众的努力，隆庆元年（1567）终于下令于漳州月港开港，
从偷偷摸摸走向光明正大的民间海外贸易发展得红红火火。闽南
对外商业的丰实，带动了内地商业、手工业的发展，进而为有着

---

① 三个数据分别来自薛应新：《方山文录》卷八《福建乡试录序》，
汪道昆：《太涵集》卷二〇《福建乡试录序》，王世懋：《王奉常集》卷九
《入闽试士录序》，转引自钱茂伟：《国家、科举与社会——以明代为中心的
考察》，第289页，北京图书馆出版社，2004。

② 陈宝良：《明代儒学生员与地方社会》，第267页，中国社会科学
出版社，2005。

浓厚读书热情的闽南人创造了良好条件，更多人可以更好地投身到科举中。

表4-4　明代闽南进士、举人统计表　　　　单位：人

县属	科名数	洪武三十一年（1398）	建文四年（1402）	永乐二十二年（1424）	宣德十年（1435）	正统十五年（1450）	景泰七年（1456）	天顺八年（1463）	成化二十三年（1487）	弘治十八年（1505）	正德十六年（1521）	嘉靖四十五年（1566）	隆庆六年（1572）	万历四十八年（1620）	天启六年（1626）	崇祯十七年（1644）
晋江	进士	10	0	20	0	1	0	2	5	21	14	83	24	128	14	54
	举人	27	1	54	8	4	12	5	30	49	42	203	57	320	64	107
同安	进士	3	0	4	0	0	1	1	1	1	3	18	6	31	3	10
	举人	10	1	18	1	2	3	0	4	6	11	57	10	78	20	23
南安	进士	0	0	3	0	0	0	0	2	3	3	10	1	28	3	10
	举人	1	14	1	1	1	1	3	9	9		26	11	73	17	31
惠安	进士	0	0	2	0	0	0	0	0	2	1	14	0	16	1	7
	举人	5	0	8	1	1	2	1		5		33	5	44	12	15
德化	进士	0	0	0	0	0	0	0	0	0	0	0	0	0	0	0
	举人	0	0	3	1	0	0	0	0	1	1	0	1	0	7	2
安溪	进士	1	0	0	0	0	0	0	0	0	0	2	0	3	2	1
	举人	1	2	3	1	1	1		1	3	1	5	1	19	10	7
永春	进士	0	0	0	0	0	0	0	0	0	0	0	1	4	0	0
	举人	0	0	0	0	0	0	0	2	0	2	0	2	13	1	2
龙溪	进士	4	0	7	1	5	3	4	8	5	2	10	3	24	3	9
	举人	14	2	27	10	18	29	10	29	17	19	41	11	87	20	31

续表

县属	科名	洪武三十一年（1398）	建文四年（1402）	永乐二十二年（1424）	宣德十年（1435）	正统十五年（1450）	景泰七年（1456）	天顺八年（1463）	成化二十三年（1487）	弘治十八年（1505）	正德十六年（1521）	嘉靖四十五年（1566）	隆庆六年（1572）	万历四十八年（1620）	天启六年（1626）	崇祯十七年（1644）
漳浦	进士	1	0	0	0	1	0	2	5	2	5	21	5	48	4	13
漳浦	举人	5	0	7	1	4	10	1	22	12	10	63	18	150	19	39
龙岩	进士	0	0	3	0	1	0	0	1	0	1	0	0	3	0	1
龙岩	举人	2	1	10	1	3	2	0	2	3	0	1	2	8	5	2
长泰	进士	1	0	4	1	4	1	0	0	1	3	1	0	12	2	4
长泰	举人	2	0	19	1	5	1	2	3	1				12	2	4
南靖	进士	1	0	2	0	1	1	1	0	0		4		1	1	3
南靖	举人	4	0	9	1	4	2	7	3	0	3	0		11	1	4
漳平	进士									0	0	0	1	2	0	2
漳平	举人								1	0	0	6	0	2	2	1
平和	进士											0	1	0	0	5
平和	举人										0	4	0	22	4	4
诏安	进士											2	0	5	1	1
诏安	举人											9	2	10	2	3
海澄	进士												0	18	0	4
海澄	举人												1	51	6	10
宁洋	进士												0	0	0	0
宁洋	举人												0	1	0	0

资料来源：本表进士数根据多洛肯：《明代福建进士研究》，附录二《福建各府、州、县各科进士统计表》，上海辞书出版社，2004。举人数和贡生数根据

孙尔准修、陈寿祺纂：《福建通志》卷一五二《选举志·明进士》至卷一六
〇《选举志·明武举》，同治七年（1868）正谊书院刻本。漳浦县数额包括镇海
卫数额。漳平、平和、诏安、海澄、宁洋部分年代记录空白，因县治尚未成立。

明代官学管理机制也是较为完备的。洪武时，府学设教授，
州学设学正，县学设教谕，各又设立训导四名、三名、两名，称
为学官，各人按照等级不同而俸薪有所差异。然明代学官素有
"冷官"之称，待遇并不高。学官三年一任，任满经过考核决定
升迁降黜。考核包括业绩考核和业务能力考核两个方面。业绩是
考核的主要部分，府学中举者九人，州学中举者六人，县学中举
者三人，为业绩上等；若教官再能在业务能力测试中考过经义，
即予以升迁。举人少于额数者为平等，即使考过经义亦不予以升
迁。若中举人数极少甚至没有，又考不过经义，就要遭到黜降
了。正统元年（1436）专门设立了提学官，景泰元年（1450），
提学官被废，天顺六年（1462）复设。提学专督学校，不理刑
名。"《八闽学政》是从'勤其课、公其鉴、时其饩、昭雪其诬
罔、修举其废坠'这几个方面来要求'提调官'的……提学更偏
重于通过宏观调控的方式来执掌一省学政，从具体的事务和矛盾
中脱身，而致力于从制度上营造良好的大环境，把工作做得更
好。"① 提学官相当于今天的教育厅长，专责一省教学事业。它
的设置，无疑有助于学校教育的发展。对在学诸生也有考核。正
德后，诸生根据所享有的待遇，分为廪膳生、增广生、附学生三
种。提学官对诸生按照岁考分等。"提学官在任三岁，两试诸生。
先以六等试诸生优劣，谓之岁考。一等前列者，视廪膳生有缺，
依次充补，其次补增广生。一二等皆给赏，三等如常，四等挞

---

① 董兴艳：《孤本文献〈八闽学政〉暨明代教育史相关问题研究》，
第 16、23 页，厦门大学硕士学位论文，2005 年 6 月。

责，五等则廪、增递降一等，附生降为青衣，六等黜革。继取一二等为科举生员，俾应乡试，谓之科考。其充补廪、增给赏，悉如岁试。其等第仍分为六，而大抵多置三等。三等不得应乡试，拔黜者仅百一，亦可绝无也。"① 此所谓六步黜陟法。此外还要应对教官的月考、季考，监察御史、巡按司巡历的抽查，考试优则奖，劣则罚。有时是教官与学生一道受罚，不仅会遭遇罚俸，还可能遭受皮肉之苦。如监察御史、巡按司巡历巡查时，"考试各府、州、县教官生员，如府生员十二员，州八员，县六员，学不进者，罚守令俸钱半月，教授、学正、教谕、某科训导各俸钱一月；府二十员，州十六员，县十二员，学不进者，守令罚俸钱一月，教授、学正、教谕、某科训导黜退；若府二十员之上，州十六员以上，县十二员以上，学不进者，守令笞四十"。② 明朝廷虽无学校财政专项，但地方学校一般设有学田，府县赋税收入中也会留存部分作为儒学开支。儒学杂役人员、学官办公用品、学宫修缮等等，都会有所罗列，从《惠安政书》中的罗列可见："生儒进学，每次约五十五名，每名花红彩旗银一钱七分。五年二次，共银十八两七钱，每年该银三两七钱四分，减旧□两七钱六分。季考生员约三百七十八名，每名试卷□赏银一钱五分，年该银五十六两七钱。察院按临考校生员每次约三百七十八名，每名试卷供赏约银四分，三年二次，共银三十两二钱四分，年征银一十两八分。提学道岁考生员约三百七十八名，试卷供赏等用，年该银五十二两一钱，减旧二十两八钱一分。一、岁贡生员两年一次往京路费银六十两，两院各助银三两，旗扁五钱。陪贡二

---

① 张廷玉：《明史》卷六九《选举一》，中华书局，1974。

② 嘉靖《尉氏县志》卷二《官政类·庙学》，转引自陈宝良：《明代儒学生员与地方社会》，第221页，中国社会科学出版社，2005。

名，每名盘缠二两，共七十两五钱，每年征三十五两二钱五分，减旧八两五钱。一、科举三年一次，应试生儒六十一名，每名盘缠银二两，共一百二十二两，年该四十两六钱六分六厘七毫。眷录生一十名，每名盘缠银一两四钱，共一十四两，每年该四两六钱六分六厘七毫。新举人约以四名为率，每名旗扁贺礼等项银八两，共三十二两，每年一十两六钱六分六厘七毫。旧科举人约以二十名为率，每名盘缠银三十两，酒席五钱，共六百一十两。年征二百三两三钱三分四厘。新进士约二员，贺礼牌匾等项银八两，共一十六两。每年该征五两三钱三分三厘四毫。武举人约以三名为率，每名盘缠银一十五两，共四十五两。每年该征银一十五两。"① 从考试纸张、眷录、阅卷、举人往京会试盘缠、贺礼旗匾等项，可谓详细。较为完善的学校管理体制是闽南官学得到发展的制度保障。

闽南不特文人辈出，武将也在全闽雄居榜首，这是闽南社会习武风气盛行的直接产物。晋江、同安、龙溪、海澄是武将出产最多的地区。隆庆开港后，海澄武进士在万历年间即达 10 人。在全闽拔尖人才分布中，闽南体现出中层庞大的特征。状元仅产生过两名，而榜眼和传胪则占了全闽的一半甚至更多。

表4-5　明代闽南武科进士、举人表　　　　单位：人

县治	嘉靖年间		隆庆年间		万历年间		天启年间		崇祯年间	
	进士	举人	进士	举人	进士	举人	进士	举人	进士	举人
晋江	4	52	0	9	34	154	3	10	2	7
同安	2	23	1	3	8	11	0	1	1	3

---

①　叶春及：《惠安政书》三《版籍考·纲》，第52—54页，福建人民出版社，1987。

续表

县治	嘉靖年间		隆庆年间		万历年间		天启年间		崇祯年间	
	进士	举人	进士	举人	进士	举人	进士	举人	进士	举人
南安	0	5	0	4	1	7	0	5	2	9
惠安	0	0	0	1	0	15	2	5	0	0
龙溪	1	0	2	0	14	0	1	0	0	0
漳浦	1	0	0	0	4	0	0	0	0	0
海澄	0	0	1	0	10	0	6	0	1	0
长泰	0	0	0	0	1	0	0	0	0	0
平和	0	0	0	0	0	2	0	0	0	0

资料来源：孙尔准修、陈寿祺纂：《福建通志》卷一六〇《选举志·明武进士、明武举人》，同治七年（1868）正谊书院刻本。因闽南嘉靖前无武进士、举人，故从嘉靖朝始统计。万历间漳州府的举人数疑记载不确，进士尚且有那么多，举人数则为零，不可信。

表4-6　闽南状元、榜眼、探花、会员、传胪统计表　　单位：人

	人数	分布年代	生源	福建全省总数（不分年代）	占全省总数的比例（％）
状元	2	宣德五年（1430） 万历四十七年（1619）	漳州长泰 泉州永春	11	18
榜眼	6	永乐十三年（1415） 隆庆二年（1568） 万历十一年（1583） 万历十四年（1586） 万历二十年（1592） 万历四十一年（1613）	漳州南靖 泉州晋江 泉州晋江 泉州晋江 泉州晋江 泉州晋江	12	50

	人数	分布年代	生源	福建全省总数（不分年代）	占全省总数的比例（％）
探花	4	宣德二年（1427） 嘉靖三十八年（1559） 万历三十五年（1607） 万历四十四年（1616）	漳州龙溪 漳州漳浦 泉州晋江 漳州龙溪	10	40
会员	4	嘉靖二十九年（1550） 万历十一年（1583） 万历二十九年（1601） 万历四十七年（1619）	泉州南安 泉州晋江 泉州同安 泉州永春	12	30
传胪	6	嘉靖二十九年（1550） 万历二十年（1592） 万历二十三年（1595） 万历二十九年（1601） 崇祯七年（1634） 崇祯十三年（1640）	泉州晋江 泉州南安 泉州晋江 泉州同安 泉州晋江 泉州晋江	9	67

资料来源：刘海峰、庄明水：《福建教育史》，第 163、165、166、168、169 页，《明代福建状元表》、《明代福建榜眼表》、《明代福建探花表》、《明代福建会员表》、《明代福建传胪表》，福建教育出版社，1996。

综上所述，明代闽南官学经过元代中落后，得到了恢复和发展。嘉靖及其以后，闽南官学一改相对低迷的态势，蓬勃发展，成为全闽科第龙头。它并未如全国其他地区一样，走向衰退，而是在明王朝加强海疆区域管理的政策指导下，地方官员和民众积极致力于学宫的建设和管理，经过官民的共同努力，闽南呈现出文武人才辈出，科第欣欣向荣的局面。

二、商业与闽南民间办学的兴起

明代闽南商业发展较宋元时期又上了一个新台阶，因为明中叶后，全国形成了专业性的经济区域，经济发展的互补性进一步增强，长途商业贸易兴盛起来，为商人牟取厚利开辟了广阔的前景。商业的丰厚利润时常流向教育事业，从而带动了闽南民间办学的兴起。

福建是朱熹长期讲学之地，他集理学大成而创闽学派。尽管明代全国各地出现了更多的思想流派，福建仍以闽学自居，崇祀朱熹。福建地区自宋元以来形成的浓厚读书风气，在明代得以继续和发扬。方志风俗记载中，读书习文为不可抹去的一笔，成为撰写者们的一大骄傲。"泉郡人文之盛，甲于全闽，人占毕而户弦歌……经学之儒彬彬辈出，党塾子弟年方幼龄，多有能诵十三经者。晋邑岁科童子试者几五六千人，他邑亦不减十之二三，虽有佳文，不能以入彀也。"[①] 再如漳州："宋以来尚儒，故俗嗜读书，六岁以上出就传其以儒术著者，有理学之儒，有气节之儒，有文学事功之儒，最下名利之儒极矣。"[②]

在生存压力日渐增大的闽南，虽然科举之路并非唯一获得更好生存条件的途径，但"万般皆下品，唯有读书高"，"书中自有黄金屋，书中自有颜如玉"等观念，仍然得到民众的认同。尤其是生活艰难的家庭，这些理论更成为应举者寒窗苦读的精神支撑。官至礼部尚书的李廷机，年少时家境贫寒，但他以优异的成绩被泉州府学选为贡生，得到进太学深造的机会。万历四十一年（1613）中进士继而被授予翰林院编修的杨景辰，少年时家境贫寒，在岳父家得到读书机会，成为诸生后，一边在乡中设立蒙馆，教授村童，赚些银子补贴家用，同时并未放弃自己的科举求名之路，终于于万历四十年（1612）中举，第二年中进士，成就

---

① 转引自陈笃彬、苏黎明：《泉州古代科举》，第128页，齐鲁书社，2004。

② 李维玉：光绪《漳州府志》卷三八《民风》，清光绪三年（1877）芝山书院刻本。

了读书理想。一些家族也注重培养天资聪颖的孩子，让他们有条件求功名于学宫。一些实力较强的家族或家庭，更会在家里设置塾馆，延请师资，教授学童；有些则送孩子到名师大儒门下，耳濡目染，亲临其教。

随着闽南商业地位进一步提升，科举事业更蒸蒸日上。根据刘海峰《明代福建举人分区统计表》，终明一代，泉州共产生1689名举人，漳州产生1003名举人，分别居福建全省的第三、四位，位居一、二的分别是福州和兴化。从表中可见，自隆庆开港，泉州、漳州历年中举人数皆多于福州、兴化，在举人总数上，泉州是福州的两倍还多。从进士人数分布来看，也有类似情形。大概随着举人基数的扩大，进士人数也随之增多。纵观有明一代，沿海四府进士分布自嘉靖起开始发生变化，泉州首次超过一直位居一、二的兴化，成为第二进士大府。隆庆开港后，泉州和漳州的进士人数都超过福州与兴化，万历年间差距最大，泉州是老牌进士大府福州的三倍还多。从表中可见，虽然隆庆开港后，漳州进士人数也每每超过福州与兴化，但与泉州相比，仍存在差不多一倍的差距。因此有明人说："吾闽之属八，而文献惟泉州最著。"① 从具体家族来看，单个家族中出现多位读书人的也不乏其例。"惠安玉埕《骆氏族谱》载，明代中后期该家族有文进士一人，武进士一人，举人一人，三考出身三人，荣政十余人，诸生三十余人。安海镇黄氏家族明代后期连出数名侍郎以上的大官。"② 有兄弟俩双双中举的，如南安人黄华瑞和黄华秀兄

① 郑振满、（美）丁荷生：《福建宗教碑铭丛编（泉州府分册）》卷一《泉州府城·晋江县·明万历十七年重修晋江县学记》，第127页，福建人民出版社，2003。

② 王日根：《明清民间社会的秩序》，第458页，岳麓书社，2003。

弟，就于万历十六年（1588）双双中举，次年黄华秀再中进士。
也有一家连着几代中进士的，如人文胜地晋江的两家，一为赵恒
家，赵恒为嘉靖十七年（1538）进士，官户部郎中，其子赵日新
为万历二年（1574）进士，官户部主事，孙子赵世典为万历十四
年（1586）进士，官鲁府左长史；二为丁自申家，丁自申为嘉靖
二十九年（1550）进士，官至格州知府，其子丁日近为万历十七
年（1589）进士，官至南京户部主办，孙子丁启浚则为万历二十
年（1592）进士，官至刑部左侍郎。

表4－7　隆庆至崇祯福建沿海四府举人数目统计表　　单位：人

年代 ＼ 府名	福州	兴化	泉州	漳州
隆 庆	30	21	89	33
万 历	248	218	561	357
天 启	51	42	129	64
崇 祯	78	79	194	88
合 计	407	310	973	542

资料来源：刘海峰、庄明水：《福建教育史》，第152页，《明代福建举
人分区统计表》，福建教育出版社，1996。

表4－8　明代福建沿海四府进士统计表　　单位：人

府名 ＼ 年代	洪武	建文	永乐	宣德	正统	景泰	天顺	成化	弘治	正德	嘉靖	隆庆	万历	天启	崇祯
福州	66	6	102	18	23	15	21	82	35	40	149	10	63	7	32
兴化	14	4	40	8	13	16	21	70	43	69	113	6	75	9	34
泉州	14	0	30	0	1	3	3	0	26	21	128	32	212	23	83
漳州	7	0	15	2	12	5	14	0	8	41	11	121	11	42

资料来源：多洛肯：《明代福建进士研究》，附录二《福建各府、州、县各
科进士统计表》，上海辞书出版社，2004。

在众多读书人中才华横溢者很多，通过科考门槛而进入统治阶层的士子们，被统治者授予大大小小的官职。他们无论高官低位，大都在各自的岗位上，做出或大或小的业绩。万历十四年（1586）登进士的何乔远，官至户部右侍郎、南京工部左侍郎，他写下的《闽书》，记载了那个时代福建的风土人情，成为今人研究明代福建的重要史料。嘉靖十四年（1535）考取武进士的俞大猷，则是明中叶沿海的抗倭名将，领导军民在沿海抗倭斗争中立下了汗马功劳。从出入皇宫的内阁大学士，到穷乡僻壤的教书先生，闽南人数不胜数。出身科举又将一生大量精力投入教育事业的人物，更是层出不穷。蔡清31岁中进士后，并不急于求官上任，而是称病在家，设立讲堂，传授学业；官至湖广总督、太子少保的张岳，也在泉州创办一峰书院，亲自给学生授课。除此之外，还有很多读书人，在文学、思想、史学、军事等方面，不仅为当时的人们，更为后人留下了精神遗产。如万历乙未进士黄志清（1563—1598）及其妻邱应仪（1564—1635）都擅长吟诗作赋，他们在自家住宅专门修建"尺远斋"书轩，点以假山、拱桥、楼亭，缀以松竹，飞红走翠，闲时便在此读书阅卷，吟诗作对。邱应仪传下《听月》诗一首："夜静楼高接太清，椅栏听得十分明。摩空轧轧冰轮转，捣药铿锵玉杵鸣。曲奏霓裳音细细，斧侵丹桂韵丁丁。忽然一阵天风鼓，吹下嫦娥笑语声。"[①] 我国历史上第一个招收女学生的思想家李贽，其要求个性解放、个人自由的思想，有着时代进步的因素。

闽南商业发展与其科第兴盛存在某种必然联系，单从漳州府社学数字的变化，就不能再说二者之间只是"偶然"。"漳州一地的社学高达280所，且集中于龙溪县（206所），与龙溪

───────────────

① 李灿煌：《泉南掌故札记》，第25页，国际文化出版公司，1998。

附近月港的兴起有关。明代漳州月港兴盛之时，一度成为福建的经济中心，它对闽南社会经济的作用已无须赘言。它兴盛于景泰年间而衰落于天启以后，盛极一时的漳州社学到了崇祯年间亦呈退潮之势。"① 另一件有意思的事情，就是晋江榜眼、探花的年段分布。历史上晋江共产生了 14 名榜眼、探花，其中唐宋年间 7 名；从洪武兴学到隆庆开港，这段时间一名也没有，自隆庆二年（1568）到万历三十五年（1607），这段时间为 7 名，占全部人数的一半。此段时间，刚好是闽南商业地位日渐突出的时期。② 从上文漳泉地区举人、进士分布年段来看，隆庆开港之后，士子人数也大大增加。正如当时人议论安溪科第兴盛的状况："安溪为邑，居于泉望。民俗殷富，山川钟秀，代不乏人。使教育之所，弗奠乃居，欲其全美，亦惟艰哉！昔文翁化蜀，以兴学校一事，照耀简册，为万古美称。矧闽南文献之地，非若岷山、导江之比，庶而富，富而教。"③

明代闽南教育的一个闪光点就在于民办教育呈现出兴旺的势头。社学和义学的发展主要依托于民间力量。虽然社学自明初起就由官方倡导，但具体运作基本有赖于民间经费的投入。景泰二年（1451），御史许仁达按察泉州，曾令设立社学。天顺元年（1457），知府张岩又令各县乡村立社学。据弘治二年（1489）修撰的《八闽通志》载：泉州设置了 31 所社学，其中晋江 15

①　林拓：《文化的地理过程分析——福建文化的地域性考察》，第114 页，上海书店出版社，2004。

②　数据参考李灿煌：《泉南掌故札记》，第 61 页，国际文化出版公司，1998。

③　郑振满、（美）丁荷生：《福建宗教碑铭丛编（泉州府分册）》卷四《安溪县·重修学斋记（明永乐三年）》，第 803 页，福建人民出版社，2003。

所：中和、圣泉、晋安、紫云、临漳、文兴、罗英、镇雅、荣寿坊、徐山、静瞵、潘江、杨茂、和光、圆通。南安县 4 所：集贤、育材、集英、文会。惠安县 4 所：登龙、忠恕、信义、行满。安溪县 4 所：龙津、清溪、蓝溪、儒林。永春县 4 所：上杨、儒林、寿峰、龟龙。

闽南商业的发展为民间办学的兴起提供了物质条件，物质的繁荣使得教育成为需要和可能。处于强大官方文化边缘的闽南地区，远离朝廷，也远离省会政治中心，务实的商业精神使他们在选择教育时，并不死板执著于科考功名，弃儒从商与由商而儒对他们并没有太大心理障碍，一切以生存的需要为转移。正如多洛肯所说："他们对儒学的态度与建宁府的士子是完全不同的，建宁府的人是将儒学看成比生命还珍贵的人生追求，而闽南人则把儒学看成是谋生的一种途径，其从事儒学，多是为了在科举上谋得功名。"[①] 明中后期闽南官学日益衰落的大背景下，闽南商业的发展带动着经济实力的提升，民众投身教育的热情大大提高，闽南民间办学活跃起来，并呈现出以下三大特点：一是适应家族幼童教育，一些家族设有族田、义田或专门的书灯田、学田，供族中孩子上学，家塾、族塾、社学蒙馆大量产生，塾师奔走于各家，或者自立馆舍，教授村童，相对处于游走状态。二是适应官学僵化衰退、生员求学科考的需要，在地方官员或一些名儒支持下，产生了层次相对较高，主要以科举考试为目的，也学习其他知识的书院、精舍、馆舍等，生员慕儒师之名奔走求学，生员相对处于游走状态。三是商人们的义气在教育投资中得到彰显。在海外贸易发展中

---

① 多洛肯：《明代福建进士研究》，第 172 页，上海辞书出版社，2004。

受益的闽南人，都乐意捐输给本家族教育或地方官学、书院等，这体现出闽南人重情重义以及对家族、家乡的关爱与责任感。

以安海为例。在安海商人中，要求发展文化，要求提高文化知识者，大不乏人，也出现"儒贾兼之者"的商人。这种亦儒亦商的商人，其地位已异于旧时的商人，他们往往遍交名士，扩大自己的眼界，这就为文化发展提供了有利的条件。

安海文化的繁荣，首先表现在重视教育。乡人陈启文经商久之，有所盈余，即曰："爱族姓莫若教学，乃自置砚田、塾田各若干亩。"① 海商颜理学对资助族人"读书登第"之事，特别慷慨，族有颜魁槐，幼孤无力就学，颜理学助之，"自白衣为诸生至南宫，一切经费，胥为取办"②。

在兴建校舍方面，自宋代建立石井书院以后至明代，几经重修，都由乡人集资。此外，尚有王慎中居处，其匾曰："江南书舍"，后改为"简易堂"。③ 可见安海的文化教育是比较发达的。

安海商人受当地浓郁文风影响，多于业余爱好诗文。如陈启文"少略涉书知大义"④；王陞"少敏悟过人，读书已熟，久而不忘，尝潜投里塾小说，泛览多识"⑤；黄虞稷"七岁能诗，语出惊人"⑥，后来拥有八万余册的藏书，据此编成颇为知名的目录学著作《千顷堂书目》；杨乔"十岁通经史大义"；民族英雄郑成功少年时也就读于安海。浓厚的学风，造就了安海的文名。有

---

① 同治《泉州府志》卷五九《明笃行》。
② 《安海志》，第367页。
③ 同上书，第243页。
④ 同①。
⑤ 同①。
⑥ 同①。

明一朝，安海中进士 33 人，中武进士 4 人，中举人 18 人，中武举人 25 人，仅万历四十年（1613）一科，安海即中了 5 名举人。①

安海商人依托其文化积累，以"智勇仁强之才，可以吐发胸中之奇"，郑芝龙父子及其家族，就是安海商贾善于"争时斗智"的典型。他们能成为安海的大财团，形成"八闽以郑氏为长城"的局面，除了当时的社会、政治、经济因素外，他们所具有的文化素质是至关重要的。安海商人的足迹遍及全国，"多服贾两京都、齐、汴、吴、越、岭"②，"衣食四方者，十家而七"③。

由于明代安海已成为一个对外贸易的港口，与世界各地往来频繁，有些人甚至掌握了外语。如李寓西"已徙南澳，与夷人市，能夷言，收息信于他氏"。"能夷言"成为对外贸易的有效武器，"其通事多漳、泉、宁、绍及东莞、新会之人"④。

自宋元以来，闽南即有浓厚的商业气息。明初，朝廷为了巩固统治，实行海禁，然屡禁不止。至嘉靖之后，倭乱稍息，社会环境相对安定。"嘉靖壬戌（1562）至崇祯甲申（1644）一百余年（作者注，实为 82 年），休养生息。他不可知，即如霞林是吾母外家，吾常游其处，一年报新生子多至数十人。一姓如是，他姓可知，一乡如是，他乡可知。"⑤ 随着人口压力的增大，沿海人民迫于生计私自出洋贸易者不绝于籍。"生齿日繁，民不足于

---

① 《安海志》，第 269 页。
② 《镜山文集》卷五二。
③ 《镜山文集》卷五八。
④ 《明经世文编》卷三九五。
⑤ 余飏：《莒变纪事》，转引自郑振满：《明清福建家族组织与社会变迁》，第 174～175 页，湖南教育出版社，1992。

食，仰给他州，又地滨海，舟楫通焉，商得其利而农渐弛。"①
"澄，水国也。农贾杂半，走洋如适市。朝夕之皆海供，酬酢之
皆夷产。"②"嘉禾为屿，山断而海为之襟带，自国朝以来，徙丁
壮实尺籍，长育子孙。今冠带邵右往往辈出，生齿若一悬。其地
上硗下卤，率不可田，即田，不足食民三之一，则土人出船贸粟
海上，下至广而上及浙，盖船以三百余，间者县官之上匮，命中
贵人监诸省税。"③"安平之俗好行贾，自吕宋交易之路通，浮大
海趋利，十家而九。"④"明中叶以后，欧人相继侵入远东水域。"
"东西方直接贸易网络的形成激发了对远东商品的大量需求，也
带动了远东贸易地区的经济开发，由此创造了前所未有的谋生机
会。"⑤据张燮《东西洋考》记载，闽人足迹遍布交趾、占城、
暹罗、下港、柬埔寨、大泥、旧港、马六甲、哑齐、彭亨、柔
佛、丁机宜、思吉港、文郎马神、吕宋、苏禄、猫里务、美洛
居、文莱、东番、日本、红毛番等等。隆庆元年（1567），朝廷
部分开放海禁，自明初以来被压抑的闽南商业在明中后期开始光
明正大地发展。

　　明代以降，泉州港由于海禁、淤塞等原因，日渐衰落，代之
而起的，是走私基地漳州月港及泉州安平港。月港深居九龙江

　　①　李维玉：光绪《漳州府志》卷三八《民风·衣食》，清光绪三年
（1877）芝山书院刻本。

　　②　张燮著、谢方点校：《东西洋考》，第17页，中华书局，1981。

　　③　何丙仲编：《厦门碑志汇编》（一），《铭功纪念·明嘉禾惠民碑》，
第22页，中国广播电视出版社，2004。

　　④　李光缙：《景璧集》卷一四《二列传》，转引自李玉昆：《泉州海外
交通史略》，第54页，厦门大学出版社，1995。

　　⑤　转引自庄国土：《海贸与移民互动：17—18世纪闽南人移民海外
原因分析——以闽南移民台湾为例》，《华人华侨历史研究》2001年第
1期。

口，隐蔽水深，便于泊船，同时远离福建政治中心，不为官府关注，其往南则是走私猖獗的粤东地区。"泉州海商以安平港为基地从事走私贸易，或多往漳州，参与当地活跃的走私贸易。"① 走私商人或携闽产之瓷器、茶叶、纺织品、纸张、锅釜、书籍、字画、果品、医药、山货②等等私自出洋贸易，或勾引外国如日本、荷兰等船只，进港贸易。月港渐发展为远东著名的海贸中心。"每岁孟夏以后，大舶数百艘，乘风挂帆，蔽大洋而下，而台、温、汀、漳诸处海贾往往相追逐，出入蛟门中。"③ "漳州地区的月港成为走私贸易的中心，有以'二十四将'闻名的海寇集团。""隆庆元年（1567），明朝部分开放海禁，开禁地点即在偏远的漳州月港。""每年从月港进出的远洋大船多达 200 余艘。"④ "至 17 世纪初年，每年从月港扬帆的船舶多达 300 余艘。""这些华人商舶，遍历东西洋的 47 个国家，西班牙、葡萄牙、荷兰也各自通过其贸易转运港马尼拉、澳门和西爪哇的万丹与月港间接贸易。多达 116 种外国商品及更大量的中国产品（更多是手工产品），通过闽南海商水手在月港进出口。"⑤ 17 世纪初，月港衰落，但泉州安平港代之而起，成为闽南最大的海外贸易港口。"泉南之安平港镇，民居万户，其地滨海，山川风气之所钟，文

---

① 庄国土：《论 17—19 世纪闽南海商主导海外华商网络的原因》，《东南学术》2001 年第 3 期。

② 外贸的物品之细目参见李玉昆：《泉州海外交通史略》，第 58 页，厦门大学出版社，1995。

③ 张邦奇：《张文定甬川集》，转引自庄国土：《海贸与移民互动：17—18 世纪闽南人移民海外原因分析——以闽南移民台湾为例》，《华人华侨历史研究》2001 年第 1 期。

④ 庄国土：《海贸与移民互动：17—18 世纪闽南人移民海外原因分析——以闽南移民台湾为例》，《华人华侨历史研究》2001 年第 1 期。

⑤ 同①。

物衣冠之所都，不特财宝金帛之所聚而已也。"①

据张燮《东西洋考》记载，闽人所贸地区如交趾、占城、下港、大泥、旧港、思吉港、吕宋、日本等地，物产所录，皆有金银。而西方殖民者的到来，更是携来了大量金银。如吕宋："银钱，大者七钱五分，夷名黄币峙。次钱三钱六分，夷名突唇。又次一钱八分，名罗料厘。小者九分，名黄料厘。俱自佛朗机携来。"② 闽南商人或私自出洋，走南贩北，以小本起家，逐渐做大，或依于舶主，逐涛泛波，远走南洋，与当地土著贸易，或与西方殖民者斗智斗勇，历经艰辛，往往也能获利丰厚，盛载而归。"东洋吕宋，地无他产，夷人悉用银钱易货，故归船自银钱外，无他携来，即有货亦无几。"③ "安平一镇在郡东南陬，濒于海上，人户且十万余，诗书冠绅等一大邑。其民啬，力耕织，多服贾两京、齐、汴、吴、越、岭外，航海贸诸夷，致其财力，相生一郡人。"④ 富商巨贾不足为奇，"端淑，晋江安平屿头蔡氏女也，生而其家有万金之资。妇翁松厓公行贾于四方，既饶，则买田治室，以逸其余生。诸妇诸女被服衣履之具，仰于四方之产；治衣制履，馔宾祀祭，取于书直之佣，丝毫不以自亲也。"⑤ 有名者如谢老、严山、洪迪珍、张维、吴平、曾一本、许二、王直等等，最有名的莫过于郑氏海商集团了。亦有外商聚居于此。如

---

① 怀荫布修：乾隆《泉州府志》卷十一《城池·安海城》，同治九年（1870）刻本。

② 张燮著、谢方点校：《东西洋考》，第 94 页，中华书局，1981。

③ 同上书，第 132 页。

④ 何乔远：《镜山全集》卷五二《杨郡丞安平镇海汛碑》，转引自李玉昆：《泉州海外交通史略》，第 55 页，厦门大学出版社，1995。

⑤ 何丙仲：《厦门碑志汇编》（八），《墓志墓表·明亡室蔡氏圹志》，第 482 页，中国广播电视出版社，2004。

因国变而留居泉州的锡兰王子，在泉州广置产业。"福建东南沿海地带，尤其是泉州府、漳州府二府民间海外贸易的高涨，成为全国少有的富裕府州。"① 国家对过往港口船只及货物所抽之水饷、陆饷，即是一笔不小的财富，所谓"天子之南库"。"万历三年（1575），中丞刘尧海请税舶以充兵饷，岁额六千。自万历四年，饷溢额至万金，刊入《章程录》。至十一年，累增至二万有余。二十二年，饷骤溢至二万九千有奇。"② "我穆庙时除贩夷之律，于是五方之贾，熙熙水国，刳艅艎，分市东西路。其捆载珍奇，故异物不足述，而所贸金钱，岁无虑数十万。公私并赖，其殆天子之南库也。"③ 对闽人家族而言，亦可改善生计，提高生活质量。如晋江《蔡氏族谱》载："景思、景秋为弟，周夫为兄，均有骨肉厚爱。思叔弟也……娶妇后，遂往吕宋求赀，叠寄润于兄弟，二兄景超全家赖之，修理旧宇，俾有宁属，秋后归来，分惠银两，各拨十五石与兄及侄，管章为业，秋季弟……乙丑年（1565）自吕宋归，将所赀买地盖屋，与兄侄公分，周夫伯兄也……弱冠，遂求赀吕宋，初归娶妇，再归为二弟择姻娶妇，赎祖地基及宅盖屋，皆自己赀，与弟公分，仍同二弟往吕宋，出本银令之经纪，日后各有四十余金，归又拨租十石，付其管业。"④ 经商获利归来者，常常又带动乡族外出，走南闯北，下海经商。如："隆庆年间，吕宋开洋，募华人为市。初，无人以应。镇商

---

① 多洛肯：《明代福建进士研究》，第 171—172 页，上海辞书出版社，2004。

② 张燮著、谢方点校：《东西洋考》，第 132—133 页，中华书局，1981。

③ 同上书，第 17 页。

④ 转引自林金枝：《从族谱资料看闽粤人民移居海外的活动及其对家乡的贡献》，《东南文化》1990 年第 3 期。

李寓西、陈斗岩，首航吕宋与贸，获成巨利归，安平人乃多从而趋智，几至十家而九。"①

　　根据刘海峰《明代福建举人分区统计表》，终明一代，泉州共产生 1689 名举人，漳州产生 1003 名举人，分别居福建全省的第三、第四位，位居一、二的分别是福州和兴化。然自隆庆开港，泉州、漳州历年中举人数皆多于福州、兴化，在举人总数上，泉州是福州的两倍还多。因此有明人说："吾闽之属八，而文献惟泉州最著。"② 且不论闽南商业发展与其科第兴盛是否存在某种必然联系，从漳州府社学数字的变化，也不能再说二者之间只是"偶然"。"漳州一地的社学高达 280 所，且集中于龙溪县（206 所），与龙溪附近月港的兴起有关。明代漳州月港兴盛之时，一度成为福建的经济中心，它对闽南社会经济的作用已无须赘言。它兴盛于景泰年间而衰落于天启以后，盛极一时的漳州社学到了崇祯年间亦呈退潮之势。"③ 时人论为："安溪为邑，居于泉望。民俗殷富，山川钟秀，代不乏人。使教育之所，弗奠乃居，欲其全美，亦惟艰哉！昔文翁化蜀，以兴学校一事，照耀简册，为万古美称。矧闽南文献之地，非若岷山、导江之比，庶而富，富而教。"④

　　此外一些学者也认为，福建沿海地区科举事业的发达，与商

---

　　① 《安海志》，转引自李玉昆：《泉州海外交通史略》，第 160 页，厦门大学出版社，1995。

　　② 郑振满、（美）丁荷生：《福建宗教碑铭丛编（泉州府分册）》卷一《泉州府城、晋江县·明万历十七年重修晋江县学记》，第 127 页，福建人民出版社，2003。

　　③ 林拓：《文化的地理过程分析——福建文化的地域性考察》，第 114 页，上海书店出版社，2004。

　　④ 郑振满、（美）丁荷生：《福建宗教碑铭丛编（泉州府分册）》卷四《安溪县·重修学斋记（明永乐三年）》，第 803 页，福建人民出版社，2003。

业繁荣不无关系。"漳州在明代前期所出进士一直处于第四、第五的地位，落后于福州、兴化、泉州，但随着漳州、泉州商品经济的高度发展，嘉靖后期漳州已将福州、兴化这两个人才辈出的地方抛在后头，成为仅次于泉州的福建第二大人才基地。"① "这种科第集中沿海而又相当'均匀'地分配于沿海诸府，想象中应与正德以后与欧洲葡萄牙等国的长期走私性通商有关。"②

由于社学由民间经营，兴废变动颇大，嘉靖年间仅泉州府曾发展至 223 所，南安也有 30 所，安溪 36 所，永春 25 所，德化 9 所。反映了嘉靖时期官民双方都特别注重教育的发展。

隆庆四年（1570），惠安知县叶春及在其所著《惠安政书》中说：惠安县凡乡村办社学，必须在前一年农历十二月，由乡里父老按乡里大小和子弟多少，确定办学规模，提出拟聘的教师，造册呈报县提学官审批。所拟聘的教师必须是品学兼优、端重有威者，还应参加县会考。该考选之后，才由乡里父老于次年正月，携彩礼聘书登门躬请。对教师的师表师德也提出了严格要求，比如穿戴必须整齐，不得謷笑或奴颜婢膝，不得奉上欺下或言行不一，不得靠师生之分索取财物等等。如果违犯上述禁例，小则由乡里父老警戒，大则报县罪斥。如果做得好，县里辄予以表扬。在学生的管理方面，要求学生入馆时先立誓戒。规定未成年的学生应"从俗总角"，即收束头发，已成年的学生戴平头巾；穿绢布直领，不许穿绫丝纱罗；出入不许乘轿骑马；虽富贵子弟，冬不用炉，夏不用扇；按年龄大小就座。学生要接受教训，

---

① 多洛肯：《明代福建进士研究》，第 159—160 页，上海辞书出版社，2004。

② 何炳棣：《明清进士与东南人文》，载《中国东南地区人才问题国际研讨会论文集》，第 217 页，浙江大学出版社，1993。

如无故逃学，第一次罚诵书二百遍，第二次挞罚并罚纸十张，第三次除挞罚外，加罚学生家长。犯有小过失的，教师便与相对端座，整天不同他说话，直至改正为止。嗜酒赌博，骄逸不服管教的，重加处罚。教师每月都将逃学和犯有过失的学生告知父老，严重的呈报县提学官。

社学注重的是人性的陶冶，所读以《百家姓》、《千字文》等为主，兼经、史、历、算。隆庆、万历之际，社学的教育内容还包括："六行"即孝、悌、谨、信、爱众、亲仁；"六艺"即礼、乐、射、御、书、数；"六事"即洒、扫、应、对、进、退。每天分早学、午学、晚学三段施教。早学主要教以诵书，练习句读，以能熟读为要，不求读多，以《孝经》、《三字经》、《大学》、《中庸》、《论语》、《孟子》等为教材。午学主要授以诗歌、书法、算学，选《诗经》和《九章算法》为教材。晚学教习礼仪，温习所读之书。结业后可以参加童生试，"以备选补生员名缺"。

叶春及等人注重社学建设，取得了显著的成果，带动了惠安等地读书风气的兴起。面对当地"愚民自称师长，火居道士及师公师婆，圣子神姐，大开坛场，假画地狱，私造科书，伪传佛曲，摇惑四民"的状况，叶春及下令毁掉了许多神庙里的神像，改神庙为社学。德化知县许仁也"毁淫祠，创社学"，极大地净化了当地的社会风气。

明代闽南民办书院亦颇兴盛。泉州清源山上的欧阳书院原为欧阳詹的读书之室，已荒废很久。成化年间，远判张庸等向社会募捐立志修复。嘉靖年间，欧阳詹的后裔欧阳琛及欧阳模重修并加以扩大，称欧阳书院。在这一时期，还有顾铂在清源山泰嘉岩建的新山书院，万历年间何乔远建的休山书院，安溪人詹仰庇建的巢云书院，晋江洪天馨建的龙泉书院，南安举人傅阳明建的五桂堂书院，南安潘鲁泉建的孔泉书院，戚继光建的鳌江书院等。

这些创办人堪称地方大儒，以自身的学术威望支撑起这些书院的运行。像何乔远的休山书院，赢得了泉州及其他地区士子的景从，所谓"慕镜山而思造门者踵相接"，史载"凡士入温陵而不能得其一言一字者，以为辱"。

明末一些不愿阿附权贵的官员纷纷回归故里，从事起把教育与研究结合起来的独善其身的事业。易学大师蔡清在水陆寺设馆，远近学子，千里来投，像陈琛、林希元、张岳都聚到他的麾下，乃至形成了被称为"清源二十八宿"的闽南理学流派，叫"清源学派"。

在明代闽南教育中，私塾在社学之外亦蓬勃发展。其中的师资也包括一些科第失意者、一些辞官归里者。李贽父亲李钟秀在泉州开馆课徒，李贽少时亦随其父在该馆读书。晋江人郭贤成化年间举人，不求仕进，居家教授学生，门生有多人中举人，名噪一时。晋江邱有岩之父邱寿民，深于经术，四方争致为子师，设席安平，李光缙的父亲也曾就学于门下。邱有岩辞官后，亦在故里筑书室，课督子孙。晋江人李廷机，隆庆年间中解元，万历年间中榜眼，但在登科之前，为养家糊口，亦曾设塾课徒。万历年间，永宁东瀛刘氏家族集长老议事，商定各家参照资产，每年出资，购置田产，创办族塾，培养族中子弟。何炯，晋江人，少时家贫，发愤力学，尤潜心于《易》，后设馆课徒，"从学者数百人"。嘉靖年间举岁贡。郭彦贵，晋江人，潜心为学，终生不仕，设馆课徒，门人众多。吴权，晋江人，正德年间副榜举人，设塾授徒，"读书讲学以终身"。陈洪壁，晋江涵江人，刻苦学《易》，设塾授徒，"游庠者必进质为解"。南安人苏希拭，少时博览群书，为文敏捷，十八岁时赴童生试获第一名，隆庆间登进士，授许州知府，不到一年即遭权贵打击而罢官。后居杨梅山下，自设家塾，课督子孙读书。陈储秀，南安梅溪人，少时曾就读于梅溪骑龙寺学馆，成绩优异，后在该学馆教书。嘉靖年间连第进士，官至粤东按察使。李文赞，南安人，嘉靖举人，村居三十余载，设馆教学，"邑人士多从之学"。诸葛廷材，南安人，"授徒梅山故里，究心学问"。林转亨，"以力学通经，授徒于郡城。手揖经书纂疏便览以授生徒，一时学者捧为指南"。①

惠安张坑的张岳家族，构有塾学"龙山书室"为子孙读书之处，以"非力学无以树门户"为族训。安溪人林鸿儒，好读书，博学能文，六经子史无不通晓，对《尚书》尤其精研，著有《尚书目录》。在家讲学授徒，从学者很多。郑中衡，安溪人，曾任清流教谕，后设塾授徒，"优游磷下二十载"。潘景，安溪人，"博览群书，隐居教授，人仰春风"。安溪人李仕亨，少年时期精经史，天启年间进士。登第前，设馆授徒多年。崇祯年间德化进士赖垓的祖父赖孔教、父亲赖廉，皆贡生出身，长期执鞭山区塾学，过着清贫俭朴的塾师生活，勤恳教学不倦。赖垓受家学熏陶，加上好学不倦，由恩贡应顺天府乡试中举人，次年连捷进士。吴聪，同安人，弘治举人，"杜门著书，设馆讲学，四方从游者众"。林同，福州人，洪武中寓居同安，户部李文郁奉以为师，率其徒受学，"居家教授，学者崇之"②。

《闽书·风俗》记载：明代泉州"儿童诵读声闻于道，士挟一经，俯首忼心……是以缙绅先生，为盛于中原文圃"。隆庆《泉州府志》载："国朝科第文物之盛，彬彬与上国齿。会闾里山海之间，家诗书而户业学，即卑微贫贱之极，亦以子弟知书为荣。故泉中冠裳之士，往往发自寒薄。"乾隆《泉州府志》载：明代泉州"诗书弦诵之风达于七邑"。"泉郡人文之盛，甲于全

①　民国《南安县志》卷一〇《学校》。
②　同治《同安县志》卷七《学校》。

闽，人占毕而户弦歌……经学之儒彬彬辈出，党塾子弟年方幼龄，多有能诵十三经者。晋邑岁科童子试者几五六千人，他邑亦不减十之二三，虽有佳文，不能以入彀也。"《晋江县志》载：晋江自嘉靖、隆庆以来，士人读书多开元、承天二寺，至于文庙、两庑、尊经阁、先贤祠宇及附廓山寺，"皆老生耆宿授徒之所"，"十室之内，必有书舍。保贩隶卒之子，亦习章句……大乡巨族，则多社塾。"明代陈叔刚《重建夫子庙碑记》说："南安去郡治最近，号称剧邑，百里之间，弦诵相闻。"此外，如惠安"人知力学，科目日盛，学者谈道理攻古文辞，不专为时文以应科举"。安溪"士通经学者倍于往日"，"穷乡极谷之士亦饶于文词"。明代泉州人李光缙在万历二十一年（1593）曾把闽粤两省的风土民情作对比说："（闽）民足智好讼，君子尚儒，小人务耕，习诗书而娴于礼，有邹鲁风……冠带衣履，粤士一之，闽士十之。"[①]他认为福建当时的文风超过广东。这些都反映泉州乃至整个闽南教育的发展。

明代漳浦人黄道周讲学于龙溪的邺山书院、漳浦的明诚书院，龙溪的芝江书院、养正书院、建溪书院、霞桥书院，海澄的清漳书院漳浦的养正书院、鸿江书院，长泰的泰亨书院（文公书院）、状元书院、龙津书院，诏安的崇文书院、南溟书院、新成书院等。

明前期福建仅新建书院5所，且集中于漳州府。该府诏安县直到嘉靖九年（1530）才析漳浦县而置，但因傍江书院位处诏安县地，故方志将其列入该县。明代前期书院基本在朱熹理学的思想笼罩之下，明后期，学术自由思想抬头，漳州书院迅速增加，泉州书院则缓慢发展。原因在于漳州海港经济的带动使书院的新

---

① 《景璧集》卷一。

建已深入到僻远小县，泉州则由于港市衰落，书院随之而消沉。

由于明代科举制度的全面展开，功名成为最有诱惑力的手段，吸引着人们投入到科举事业中，地方官亦往往以此为政绩，于是，明中叶以后，学校的教学活动日渐流于形式。"隆万以后，学校废弛，一切循故事而已。"教育的教化职能逐渐被削弱，有时甚至引起恶性循环。

应该说，地方教育的发展与当地社会经济的发展关系密切。当嘉靖年间，福建商品经济进入了一个长足发展的阶段，地方社学、义学亦大量建成。如漳州一地的社学高达 280 所，且集中于龙溪这一海上贸易获得大发展的县。

三、明代闽南官学、民学的相互关系

终明之世，镇海卫共出了 22 名进士，平海卫则出了 1 名进士。清朝康熙十七年（1678）镇海卫被裁撤，次年平海卫学也归并入莆田县学，从此，在福建教育史上一度出现的卫学便成为历史名词。

明初朱元璋注重由学校选才，元朝曾经兴盛的书院进入了发展的衰落期。但嘉靖以后，书院之补充官学之不足的趋向又逐渐明显。仅闽南所立书院就有：晋江梅石书院，嘉靖八年（1529）由巡按御史聂豹、提学副使郭持平等建；一峰书院，嘉靖八年（1529）由按察副使郭公等建，后改名叫清源书院；同安鳌江书院于嘉靖间由总兵戚继光视师时创建；安溪凤山书院于正德十六年（1521）由知县龚颖改凤池庵为凤山书院；漳浦的崇正书院于嘉靖二年（1523）由提学邵锐建；海澄的清漳书院于隆庆元年（1567）由知府唐九德、同知邓士元建；南靖的欧山书院于万历二十二年（1594）由知县陈宗愈建；诏安的崇文书院于嘉靖二年（1523）由督学邵锐建，初为社学，后改为书院；新成书院于嘉靖年间由知县吴桂改老子宫建书院；德化的紫阳书院、丁溪书院于嘉靖七年（1528）由知县许仁建；龙浔书院于嘉靖四十年（1561）由知县张大纲建；永春的文公书院于嘉靖三年（1524）由知县柴镰建；宁洋的钟灵书院于万历二年（1574）由知县邓于蕃建。

由于闽南许多地区在明初并没有行政设置，这些地方的民办书院甚至在明初禁止建书院的情况下仍能有所发展。如诏安的傍江书院于明初即由陈汶辉隐居在此而建。漳浦的鸿江书院于洪武年间由乡人陈彝则建。有些地方尽管有行政设置，书院甚至还是由官员们倡导设置的。如龙溪的建溪书院于洪武十二年（1379），由乡人苏廷贵创建，邑儒刘宗道执教；芗江书院于洪武二十三年（1390）由知府钱古训、知县刘孟创建；长泰的泰亨书院于洪武三十三年即建文二年（1400）由教谕章参建。这些都反映了福建教育文化事业发展有自己的特殊性。

明代闽南改寺观为书院的情况较为普遍。如安溪的考亭书院又称凤山书院，正德十六年（1521）知县龚颖改凤池庵而建。邹鲁《凤山书院记》记载："安溪县治之西一里许，有庵曰凤池，枕山临溪，形胜佳绝。自宋以来，淄流据之。绍兴中，我晦庵朱文公来簿同安时，以按事留县三日，极爱县之泉石奇峭，谓绝类建、剑间山水佳处，往往发泄于吟咏之间……正德己卯（1519）冬，吉水龚侯颖以乡进士来尹是邑，锐精图治，被废俱兴。岁辛巳（正德十六年，1521），以修县志，稽其详，慨然有感，乃偕鲁辈诣庵登眺，喟然曰：'斯山斯水，其吾道文明之胜概乎！吾当祛左道，植名教，俾我文公之神化不徒想象于无象也。'于是改庵为朱文公书院，肖像于堂中。"①

与安溪凤山书院类似的是同安的文公书院，又叫朱文公书

---

① 陈寿祺：《福建通志》卷六三《学校·泉州府》。

院，或大同书院。该书院始建于元至正十年（1350），为当时县令孔公俊所建，也是为了祭祀朱熹，院址初在城隍庙左，后毁。明嘉靖年间，邑人林希元请于督学邵锐，迁建书院于大轮山绝顶。林希元记此事说："予思昔文公守漳时，建书院于开元禅刹之后，属句题门有'五百年逃墨归儒'之语，盖公之用意深矣。同，公始仕之地，'梵天'又其时常游咏之处。予用公故事，欲作书院禅刹之后，以部东门之阙，未有任者，以告学宪邵公锐，会公至，相与登刹访旧，历方丈、战龙松，至瞻亭石……且作书院矣，会改官去……壬子（嘉靖三十一年，1552）夏，学宪朱公衡得南勋部洪君朝选之书，乃率予往观，慨然责成于彭侯士卓，阅两月而功成。予往观之，登堂四望，凡同山川，咸来献美，盖经营之始，不图其胜之至于斯！于，以近继考亭，远望洙泗，藏修油息而不懈，是在学者。"① 该书院同样选择了与禅寺毗连，可见书院与禅林有着共同的清修追求。

从明代书院发展情况看，多数书院是由各级府县行政长官创建的，有的虽为民间起请，但仍需要由官府主持兴办。如龙溪的芗江书院，便是里人杨彦章、洪乾请求，知府钱古训、知县刘孟雍创建的。② 这体现了官府对民间力量的积极利用，也反映了官民追求的一致性。

由官方力量维持的书院往往能长久维持，且更显声威。如泉州的一峰书院，是于嘉靖八年（1529）由按察副使郭持公为纪念市舶提举司罗伦而创建的。罗伦号一峰，江西永丰人，曾经任翰林修撰。初入仕，即上疏数千言议论朝政，因之落职，任提举泉南市舶司，后弃官回家，杜门讲学，高风亮节，深为天下信服。

---

① 何乔远：《闽书》卷三三《建置志·泉州府》。
② 黄仲昭：《八闽通志》卷四五《学校·漳州府》。

嘉靖八年（1529），按察副使郭持平巡历至泉州，与泉州府别驾李侯文、节推徐侯照利用城北丛祠旧材，建筑书院以祀罗伦。"既又治其斋居、讲堂，下及庖湢之属，择士之有志者居之，延乡进士王宣专职其教。是夏，顾侯及晋江尹钱君梗至自京师，则教士、续食之法讲求益备，而书院之传可久不废矣。"① 纪念罗伦重在提倡一种精神、一种文化，官府致力为之，颇能发挥教育的作用。

尽管明朝中叶以后曾有过几次大规模的禁毁书院之举，但因为闽南书院甚少与政治斗争挂钩，因而少受牵连，不过据《福建通志》卷六二至六六《学校》记载，明代新建的 85 所书院中，有 35 所到清代已圮废或改为祠堂、佛寺。

社学和义学是明代统治者所竭力倡导的，闽南顺应其势，在社学和义学的发展上取得了长足的进步。嘉靖《永春县志》卷二说："正统处，又令提学官及司府州县官严加督课，由是民间里社皆知向学。"从黄仲昭于弘治二年（1489）修成的《八闽通志》卷四四、四五《学校》与何乔远于崇祯二年（1629）修成的《闽书》卷三二至三七《建置志》的比较来看，泉州由 39 所增加至 80 所，而漳州则由 280 所降至 96 所，虽然这其中可能有统计标准不一致的情况，但从趋势上看，确实呈现出泉州社学教育迅速发展的状态。这其中民间投入显然在其中占有重要位置。

嘉靖《安溪县志》卷四说："社学之设，所以教童蒙始学之人，盖欲正其心术，端其志行，异日入国学，为国之用。"社学的基本功能是教化性的。吕坤《社学要略》便说："乡间社学以广教化，子弟读书，务在明理，非必令农民子弟人人考取科第也。"叶春及任惠安县令时，亦特别注重修建社学："南门社学

---

① 何乔远：《闽书》卷三三《建置志·泉州府》。

……陈氏、吴氏主之。龙盘社学……陈氏主之。香山社学……张氏主之。马龙社学……胡氏主之。鳌塘社学……黄氏主之。北坝社学……连氏主之。上流社学，骆氏主之。凡言主之者，主教读馆馈以宾礼礼之。"① 社学由大家族管理，变民间力量为官府的资源，有力地促进了基础教育的发展。

义学是另一种在闽南获得较大发展的学校形式。早在洪武年间，漳州知府钱古训就在龙瀛设立了一所龙瀛义塾。② 诏安县义学为永乐年间乡人许伯寿建，在县北新安村，其后许氏子孙世代维持修建。

参考闽南官学发展阶段的划分，明代闽南官学与民学的相互关系，同样可以划分为两个阶段，即一是正德及其以前，二是嘉靖及其以后。正德及其以前，整个闽南的教育都处于相对低迷的状态，此期全闽之首，是福州府和兴化府。福建偏离南北两京，穷山恶水，少为朝廷所重视；而福建内陆，情况更是如此。嘉靖初，随着日本进入战国时期，倭寇骚扰中国沿海的情况越来越重，浙闽粤沿海作为抗倭的重要战场，开始受到朝廷更多的关注。在朝廷的海禁政策下，走私贸易猖獗。对外贸易的发展充实了福建沿海的经济实力，闽南亦在其中受益匪浅。经济实力的增长为闽南教育的发展奠定了良好的物质条件，嘉靖及其以后民间力量的强大促进了闽南民间办学的良好发展。抗倭和开港事件促使朝廷对闽南投入更多注意力，在各级官员和地方群众的努力下，闽南官学亦呈现出一片兴旺景象。官学与民学相互影响，共同营造了闽南人文气盛的局面。

前期，闽南官学处于相对主导的地位，民学相对不发达。

---

① 嘉靖《惠安县志》卷九。
② 《福建通志》卷六四《学校》。

朱元璋建国即着手落实他的教化思想。订立了基本的教育制度，初步建立了从国子监学到府州县学到社学的官学教育体系。在他执政的 31 年中，闽南官学体系建立起来，各地官学普遍得到了恢复和发展。闽南一如全国之制，府学生员 40 名，县学生员 20 名，府学设教授，县学设立教谕，各又设训导，与诸生授业其中。为了使诸生等安于就学，还设立了廪米等，按月支取，供教师和学生生活。官学大都设立了教谕廨、训导廨、号舍等，供教师和诸生住宿。朝廷还于儒学旁设卧碑，劝导诸生用心功课。与学宫相配套的教化设施，还有乡贤祠、名宦祠、科目提名碑等等，诸生朔望参拜，日日感化，务使其心向贤能。学校大都设立了祭器等，用于春秋、朔望祭祀先贤。更有一系列学官考核、诸生考核、学校礼仪等规章制度，规范学校管理。地方官员也乐于撰写劝学书文，勉励士子求学。这一切的努力，奠定了闽南官学发展的基础。

为了解决官员供应不足的问题，洪武选士，各省并无数额限制，甚至规定各省推荐贡生名额，数额不足的地方官员要受罚。在朝廷督促下，各地官员勤于修建，发展官学。尽管如此，闽南科举之额并不乐观，闽南漳州泉州二府相加，往往不如福州一府之数，一直到正德年间，这种状况也并未改变。此期各朝除洪武、永乐、成化外，其他都未能超过 20 年。朝代过长，后期往往君王腐朽昏庸，权力旁落，然而朝代更换频繁，也不利于一项政策的长期推行，对社会稳定要求较高的学校教育，更是容易因此受负面影响。闽南民间办学虽在洪武时期有所表现，一些社会人士如苏廷贵、陈彝等，创办书院，读书讲学，往后所载似乎少见。可以说，明代正德及其以前，闽南官学在官府的支持下得到了恢复，民间办学的力量尚如星星之火，尚未燎原。

表 4-9　明代闽南新建书院一览表

书院名称	院址	建立年代	创建纪要
建溪书院	龙溪	洪武十二年（1379）	乡人苏廷贵创建，邑儒刘宗道执教
芗江书院	龙溪	洪武二十三年（1390）	知府钱古训、知县刘孟创建
泰亨书院	长泰	洪武三十三年即建文二年（1400）	教谕章参建
鸿江书院	漳浦	洪武间（1368－1389）	乡人陈彝则建
傍江书院	诏安	明初	陈汶辉隐此
凤山书院	安溪	正德十六年（1521）	知县龚颖改凤池庵为书院
崇正书院	漳浦	嘉靖二年（1523）	提学邵锐建
崇文书院	诏安	嘉靖二年（1523）	督学邵锐建，初为社学
文公书院	永春	嘉靖三年（1524）	知县柴镳建
鳌江书院	同安	嘉靖间（1522－1566）	总兵戚继光视师时创建
紫阳书院	德化	嘉靖七年（1528）	知县许仁建
丁溪书院	德化	嘉靖七年（1528）	知县许仁建
梅石书院	晋江	嘉靖八年（1529）	巡按御史聂豹、提学副使郭持平等建
一峰书院	晋江	嘉靖八年（1529）	按察副使郭公等建，后曰清源书院
心源精舍	漳平	嘉靖间（1522－1566）	曾汝檀建
新成书院	诏安	嘉靖间（1522－1566）	知县吴桂改老子宫建书院
龙岩书院	龙岩	嘉靖间（1522－1566）	知县胡景华、汤相建
石埭书院	龙岩	嘉靖间（1522－1566）	知县汤相将士民为其所建寺改书院
龙浔书院	德化	嘉靖四十年（1561）	知县张大纲建
霞桥书院	龙溪	明代	邑人林同建
新罗书院	龙岩	明代	知县杨开泰改为龙瀛书院
清漳书院	海澄	隆庆元年（1567）	知府唐九德、同知邓士元建

书院名称	院址	建立年代	创建纪要
养正书院	龙溪	隆庆六年（1572）	知府罗青霄建
钟灵书院	宁洋	万历二年（1574）	知县邓于蕃建
仰止书院	龙岩	万历十五年（1587）	
欧山书院	南靖	万历二十二年（1594）	知县陈宗愈建
明诚书院	漳浦	明末	詹事黄道周讲学处
邺山书院	龙溪	明末	詹事黄道周讲学于此

资料来源：根据刘海峰、庄明水：《福建教育史》，第126页，《明代福建新建书院一览表》统计，福建教育出版社，1996。

如果单从闽南新建书院表来看，嘉靖是闽南教育格局发生突变的一朝。之后，闽南教育不论官学、民学皆得到了重大发展。读书人求学路径不拘一格，民学可进，官学则必进。官学成为民学教育的指导方向，而民学讲经释义，成为读书人重要的授业场所。

官学占据了教育的主导地位，民学发展受惠于官学的政策引导。洪武乡试无定额，随着年代的推移，参加到科考队伍博弈功名的人越来越多，学校资源日显不足。洪熙时，朝廷对乡试录取率实行定额，其后定额渐渐增加，正统时，南北直隶定以百名，最少者云南20名。嘉靖间，云南增至40名，其他各省也有增加。隆庆至崇祯年间，南北直隶增至130名。定额的不断增大，乃是由于科考人数不断膨胀，国家为了安抚诸生，只好采取先给功名，后给官职的办法。朝廷乡试录取人数的增加也给闽南诸生带来了好处。嘉靖一朝，闽南举人达到460名左右，从正德朝平均每年5人上升到平均每年10人，翻了一番。按乾隆《泉州府志》的记载："晋邑岁科童子试者几五六千人，他邑亦不减十之二三。"① 洪武时定八股文制,至于成化八股文具备了基本形制。八股标准化,也使得诸生为答题只勤练八股文,甚至背诵八股范文,重视形式而实质僵化,使得明前期讲学在官学开始向讲学在书院转变。士大夫们积极倡导书院讲学,朝廷也下令民间设立书院。随着讲学之风与生员游学之风的兴起,如王阳明到处讲学,一时间书院也成为一大风气。至嘉靖时,设立书院之风刮到顶点。闽南地区再次受惠朝廷政策,在一批旧书院恢复和发展的基础上,建立一批新书院。这种游习之风也给朝廷带来了不安,嘉靖年间就曾两次下令禁毁书院,万历张居正当政时一次,天启魏忠贤时一次。禁毁书院的行为也从另一方面说明了书院活动的兴盛。

闽南地区还有一项受惠于朝廷政策的,就是洪武八年(1375)天下广设社学令。政策执行之初,社学普遍建立,时日长久,渐生诸多弊端,黎民反受其扰。至正统,朝廷于全国各地设提学官,再次下令广设社学,然流于形式的法令并未能改变社学衰颓的现状。弘治十七年(1504),再次下令设社学。从朝廷的多次努力中,能见其狠抓童蒙教育的决心,然正统时节,天下举人都嫌教官卑冷,都不愿意充当教职,更何况于村野教授顽皮村童了。尽管朝廷设立社学建立科举考试最低等级教育体系的政策屡屡落空,却给民间自主办社学、塾学等提供了启发。民间往往自己组织,三家五户,或一家一户,或一宗一族,或两里一社,自行延请塾师,给以束脩,教授童蒙习字读经,为他们参加童子试进入高一级府县学学习奠定基础。民间所办之社学、塾学、家塾、族塾、蒙馆等,虽非官府延请之老师,其塾师教授内容,与朝廷所立之社学并无不同。"施教,以六行、六事、六艺,

---

① 转引自陈笃彬、苏黎明:《泉州古代教育》,第 155 页,齐鲁书社,2005。

而日敬敷之。一日早学，二日午学，三日晚学。"① 洪武八年
（1375）朱元璋令天下每里置一塾，置塾师，聚集生徒教诵《御
制大诰》，弘治八年（1495）兵部尚书马文升上奏孝宗皇帝，要
求社学村童读《孝经》、《小学》《大诰》等。据《惠安政书》载
社学村童所读之书，包括《孝经》、《三字经》、《千字文》、《千家
姓》、《幼学诗》、《大学》、《中庸》、《论语》、《孟子》、《诗经》
等，所走的仍是科举路子。民间自立社学，官府需要做的工作，
就是对各社学进行备案，"前岁腊月，父老会各乡长老，随乡里
大小，子弟多寡，居止远近，度宜开馆几所，请师几人，与各父
兄从容定议，皆由心愿。然后开某社学，弟子若干名，序其年
齿、乡里、父兄、籍贯、请师某，何邑人，并其年齿，乡里、籍
贯、书为一册、送县学会考。子弟无故不入学者，罚其父兄。所
请教读，必学行兼备，端重有威。生员儒士，不用罢吏，及非儒
流出身之官，或丁忧生员，与因行止被黜者，其四方流寓，踪迹
无常，尤当精择。"② 民间结合自身需要对朝廷政策的应变，有
利于童蒙教育的顺利开展。闽南民间举办童蒙教育的还有义学、
社学、族学、家学等，生徒若是要进学，家庭得承担相应束脩，
岁时节日花红，多少虽无定量，始终也是一笔支出。义学为官府
或民间有识之士创办，生徒进学，无需缴纳束脩。如漳州府有钱
古训所立的龙瀛义塾，龙岩有邑人王氏所立的王氏义学，诏安邑
人许伯寿更建有七所义学。义学性质与社学同，所教授的内容也
差不多。

　　到嘉靖及其以后，闽南经济的充实使更多家庭过上了殷实的

---

　　①　叶春及：《惠安政书》卷一一《社学篇》，第 357 页，福建人民出
版社，1987。

　　②　同上书，第 355 页。

生活。在闽南宗族观念浓厚的背景下，各宗族相互攀比，实力强大者自然在一区一方有权威和优势。宗族内部，有科举功名的人也容易获得权力和尊贵，在一宗一族中具有更多发言权，即使宗族祭祀、主持宗族会议、裁决宗族纠纷，功名之人也从进士、举人、贡监、廪生等排位，各各有差，功名越大，就越尊贵和有权威。在一些势力衰微的宗族中，族人也渴望通过科举之路，改变宗族现状。一朝出人头地，就能为宗族添设房舍，置备祀田，修撰族谱，建立宗祠，不仅光宗耀祖，更是对世人的一种炫耀。在众人皆认可的等级体制下，等级低下的人总会在心底暗下决心，也要成为高高在上的一分子。国家的等级制度和朝廷提供的由官学仕进而荣的阶梯，促进了闽南民间办学的热情高涨。一些有钱有势的宗族，设族学，一些权势之家，设家塾，将家中族中聪慧子弟收纳其中，聘请颇具名望的先生，教授其习字读书，引导他们攀爬科举的阶梯；有的宗族还设立书田、学田。也有一些家族为了培养子弟，将子弟送往名师处拜师求学的。在游学风气盛行的嘉靖及其以后，这种情况颇为常见。明末的黄锡衮，为诸生之前，先后受知于汤晴岭、徐以任、黎洲先生。成化年间，朝廷允许就教职的举人可以再参加会试，一些举人初次会试落第后，也乐于从事教职，一边教书糊口，一边谋求进士地位。这无疑鼓励了民间办学的发展，而一边教学一边为科举功名奋斗的人也很多见。

　　有着浓厚宗族观念的闽南人会积极设法巩固他们艰辛的劳动成果，所谓"以本守末"，盖屋、置地、赎地、娶妇、赡济族人，以家族长远利益为计。这在一些人物传记里颇有记载，如："友泉公自垂髫时，业已从兄伯贾闽广间，其后转贷荆湘，从业吴越，北极燕赵，海岱之墟足亡不遍。而珠玑、犀象、香药、丝枲、果布之凑，盖不数年，而公成大贾矣。公为贾用本守末，以文持武，智能权变，勇能决断，仁能取予。强能有所守，乃其倾赀延士，设财役贫，盖有儒侠之风焉。"① 又如晋江大仑《蔡氏族谱》载："景思、景秩为弟，周夫为兄，均有骨肉厚爱。思叔弟也……娶妇后，遂往吕宋求赀，叠寄润于兄弟。二兄景超全家赖之，修理旧宇，俾有宁属。秩后归来，仍分惠银两，各拨十五石与兄及侄，管章为业。秩季弟……乙丑年（1565）自吕宋归，将所赀买地盖屋，与兄侄公分。周夫伯兄也……弱冠，遂求赀吕宋，初归娶妇，再归为二弟择姻娶妇，赎祖地基及宅盖屋，皆自己赀，与弟公分。仍同二弟往吕宋，出本银令之经纪，日后各有四十余金，归又拨租十石，付其管业……"② 闽南商人在立宗祠、置祀产后也会设立书塾，如南安人蔡廷魁泛海经商发家致富后，从宗族发展大计出发而消耗的财富，比留给子孙的一半还多。"构土堡以居族人，立大小宗祠，置祀产，俾族人沾光泽，有服之属无令有鳏居失业者，设书塾捐修脯以课子姓，计所费较遗子者过半焉。"③ 他们还通过捐助社会公益事业，支持子弟族人考取功名，积极提升其社会地位。载金载银而归的商人们虽然被普通百姓视为英雄，如在漳州，"至一村，约有万家，寇回家，皆云：'作客回'，邻居皆来相贺，又聚数千。"④ 但在以进士出身最为荣耀的主体价值评判系统中，迫于生存压力，他们可以对"重进士藐商贾"的主体价值观视而不见，在海外贸易中发挥聪

---

① 李光缙：《景璧集》卷一四《二列传》，转引自李玉昆：《泉州海外交通史略》，第 56 页，厦门大学出版社，1995。

② 转引自林金枝：《从族谱资料看闽粤人民移居海外的活动及其对家乡的贡献》，《东南文化》1990 年第 3 期。

③ 朱象贤：《闻见偶录》，转引自陈笃彬、苏黎明：《泉州古代科举》，第 129 页，齐鲁书社，2004。

④ 王文禄：《策枢》卷四《靖海策上·截寇原》，转引自崔来廷：《16世纪东南中国海上走私贸易探析》，《南洋问题研究》2005 年第 4 期。

明才智，寻找财富。但随着经济实力的膨胀，他们对政治文化地位的要求也会不断上升，体现出与中央政治文化靠近的趋势。他们捐输地方桥梁、学校、书院、寺庙等公益事业，提高自身地位。嘉靖十九年（1540），漳浦县富民吴子元为县学捐设学田，每年收租谷 103 石 4 斗，另有园税 6500 文。与其自己花钱买地位，不如支持子孙族人参加科考，博取功名，以世人推崇的进士身份，出仕为官，直接融入统治阶层。"福建安海小楼公在妻子沈孺人的支持下，全力经商，奔波于内层——中层——外层对外贸易带，终成一方巨商大贾。富则富矣，却仍然忧心不绝。沈孺人对丈夫说：'闻以贾富，未闻以贾贵也。可奈何使诸子而贾人子乎?'于是，夫妻俩选择孩子中的聪敏者让其读书，以求将来之贵。"① 很多人为了生计"弃儒从商"，一旦家资有涨，便积极支持子孙族人参加科考，出仕为宦，融入正统。

　　明代出仕的途径有多种："选人自进士、举人、贡生外，有官生、恩生、功生、监生、儒士，又有吏员、承差、知印、书算、篆书、译字、通事诸杂流。进士为一途，举贡为一途，吏员等为一途，所谓三途并用也。"② 尽管如此，进士一途却是最为重要的。如果说官生、恩生、功生等可以凭借先辈恩荫而获取较高官职，科举考试则为更广大的平民阶层提供了相对公平竞争的机会。对平民而言，靠个人能力考取科举功名，才有可能通过进士获取较高官职。在有着浓厚宗族观念的闽南社会里，个人跟宗族之间往往紧密联系，荣辱与共，各宗族之间相互攀比。"闽中漳、泉风俗多好名尚气。凡科第官阙及旌表节孝三类，必建石坊

---

　　①　陈东有：《明清东南海商压抑心态初探》，《南昌大学学报（人文社会科学版)》1999 年第 1 期。
　　②　张廷玉：《明史》卷七一《选举三》，中华书局，1974。

于通衢。泉州城外，至有数百坊，高下大小骈列半里许。市街绰楔，更无论也。葬坟亦必有穷碑，或距孔道数里，则不立墓而立道旁，欲使人见也。"① 不论就个人而言还是就整个家族而言，不论为求仕途平坦还是求利润更多，都离不开读书。

洪武时即规定，官必由科举，科举必由学校，只有府州县学生才有资格参加乡试。因此，要进入仕宦系统，必须通过科举考试。在有着浓厚宗族观念的闽南社会里，个人跟宗族之间往往紧密联系，荣辱与共，各宗族之间亦相互攀比，"闽中漳、泉风俗多好名尚气。凡科第官阙及旌表节孝三类，必建石坊于通衢。泉州城外，至有数百坊，高下大小骈列半里许。市街绰楔，更无论也。葬坟亦必有穷碑，或距孔道数里，则不立墓而立道旁，欲使人见也"②。"福建东南沿海商品经济的繁荣也带动了这一地区族学的发展。"③ 宗族出资选聘师资办家塾、私塾等成为特色。"民间社会不惜花费物力财力，或家庭自办家塾，或家族举办族塾，或乡里联合举办社学。"④ 明人晋江蔡维坤致富后，"遗命建祠堂以安先人，设家塾课子弟"。⑤

一般而言，社学大多为童蒙教育，要取得科考资格，还得升入县学。所谓"萃乡子弟而训之塾，已乃拔其俊者肄习于（府学）中"。"泉郡人文甲于闽，独考棚借用府学明伦堂，亵圣滋

---

① 《清稗类钞》，《风俗类·闽人好名尚气》，转引自林拓：《文化的地理过程分析——福建文化的地域性考察》，第 140 页，上海书店出版社，2004。

② 同①。

③ 王日根：《明清民间社会的秩序》，第 148 页，岳麓书社，2003。

④ 陈笃彬、苏黎明：《泉州古代教育》，第 128 页，齐鲁书社，2005。

⑤ 弘治《同安县志》卷三二，转引自林拓：《文化的地理过程分析——福建文化的地域性考察》，第 139 页，上海书店出版社，2004。

弊，士甚苦之。"① "自近代人文日炽，方领矩步之彦鳞次林立，藉令连楹比宇，势不足以栖。乃始群系籍于黉宫，私肄业于舍馆，即鼓箧升堂，岁时读法，第托足寓目耳。"② 官学成为举子们获取资格的场所。从一些士子的求学之路，亦看出这一点。"庄恭，字仪甫。为诸生时从莆吴仲珠学。"③ 史继偕（1560－1635），弱冠即从洪猷学《周易》；杨景辰（1580－1629），年少时在岳父家潘湖典当及仁颖书院读书；黄锡畴（1621－1707），就学于郡城南潘湖仁颖书院，受知于房师汤晴岭邑尊及舅父徐以任之门；黄光昇（1506－1587），年少时就学于潘湖仁颖书院；黄凤翔（1539－1614），从少就学于潘湖仁颖书院；俞大猷（1503－1580），稍长，就读于清源洞；邓城（1507－1564），曾师事参政王遵岩、方伯薛南塘等；王慎中（1509－1559），14 岁就学于理学家易时中；李贽（1527－1602），早年丧母，7 岁随父钟秀读书，习礼文；郑成功（1624－1662），7 岁从日本到安平，拜师读书；施琅（1621－1696），从师学习战阵击刺诸技。④

在泉州新建的 20 所书院中，有 16 所是嘉靖及其以后建立的。其中不少即与私人讲学、读书有关。一峰书院为纪念罗伦而建，罗伦曾栖居于泉州城北梅花石东畔的道教真净观里，聚集生徒，锐意讲学；新山书院为纪念顾珀而设，因他曾隐居读书于清

---

① 怀荫布修：乾隆《泉州府志》卷一二《公署·文职署》，同治九年（1870）刻本。

② 郑振满、（美）丁荷生：《福建宗教碑铭丛编（泉州府分册）》卷一，《泉州府城、晋江县·明万历二十二年重修泉州府学碑记》，第 129 页，福建人民出版社，2003。

③ 何乔远：《闽书》卷八三《英旧志·缙绅·泉州府·晋江县三·皇朝科第》，福建人民出版社，1994。

④ 以上参考黄启明：《温岭英彦——泉州历代状元宰相劝传》，中国文联出版社，2003。

源山；休山书院则为何乔远所设，他曾与杨文恪、陈及卿、李世贞、山人黄克晦等结社，并于后茂村建"祉躬社"，率诸门集讲；巢云书院原为泉州名宦詹仰庇辞官归隐的读书之室；龙泉书院创始人洪天馨，屡试不中，于是隐居华表山，构筑草庵精舍，授徒讲学；丁溪书院创始人绪东山，公庭无事，便聚于书院与诸生讲论；五桂堂书院，原为傅阳明讲学处。① 民办书院往往不具有稳定性，创办者或修葺者一旦不在，书院亦形同消匿。一些贫困儒士，往往也教授生徒以为生计。"应科，字弼父。为诸生，赤贫，常自得，间有束脩之入，辄以供友朋。久困乡举，就教赵州。"② "恒，字志贞。某少八九岁时，父母贫，教之干禄，使授书于塾师。"③

"由宋及清，南方家族中族学发展鼎盛，学田或单列门类，保证着族学的教育经费。"④ 这在宗族势力强大、宗族观念浓厚的闽南社会，当亦不例外。然继续查阅资料，闽南宗族书灯学田之设，大都在明代以后如康熙、乾隆、嘉庆、道光等时期，而明时所见设者甚少，尚难说明明时闽南宗族广设书灯学田。闽南宗族纷纷建祠堂、置族产、修族谱等，族产中，较多设立的可能是祭田，而书灯学田并不居主要。如同安柯氏，"未几，八世孙风翔字志德，桐岗其别号也，以万历戊子科荐乡书第四，己丑联捷，遂成进士……及之任不一年，遂捐俸一百五十两，令僮赍归重建……至癸丑年春，工用方半，支费告竭，适北觐归，即解装

<hr>

① 参考陈笃彬、苏黎明：《泉州古代书院》，第104—119页，齐鲁书社，2003。

② 何乔远：《闽书》卷八三《英旧志·缙绅·泉州府·晋江县三·皇朝科第》，福建人民出版社，1994。

③ 何乔远：《闽书》卷八四《英旧志·缙绅·泉州府·晋江县四·皇朝》，福建人民出版社，1994。

④ 王日根：《民营教育的历史观照》，第78页，湖北教育出版社，2000。

再遗七十金以尾其事，并拨租五十石，价钱二百三十四两五钱，充入大宗，永为办祭之需……议开支祭祖银两：租谷年五十石大，折常六十石零，年大约粜银一十三两，内除纳米银若干，办祭银若干……又书香步武，当奕世重光，今后有子孙游泮，不论亲□，许支公银二两，以为衣巾之费。"① 又如南安黄氏，所载祀业中，则未提及书灯学田。"万历庚子年春，余解组归里，告庙时见仪物□略，益警且惧。爰是谋□父□□宗祀不备物谁之咎耶？自我定斋公以来，遗留者仅有封茔之山一片，墓下之田数顷。今兹不给，如厥后何？愿我宗人各捐己赀，买置园田，以垂不朽。□□□初多寡有差，择宗人之贤者付之，市得田园若干亩。虽不甚丰，而岁时蒸尝、公输费用，皆有所出，私心用少慰焉。夫抚时追荐，典至重也。创建祀业□□□昔范公文正置义田千亩，以群赡宗族。则当时祭田之厚，可知矣。"② 因此，笔者认为，明代闽南教育的发达更多依赖的是盛极一时的商业资本，而书灯学田作用的充分发挥，则晚至清代。这也体现了此期商业发展对民办教育的促进关系。

官学的主导地位不仅表现在官学对民学办学方向的指导和政策引导上，还表现在官学的政治地位上。明初即规定，科举必由学校，要获得科举考试的资格，首先必须进入官学获得考试的资格，就算在书院、精舍等机构中获得了良好的儒学教育，也必须考入府学、州学或县学获得考试资格。廪膳生资格就像一张进入

---

① 郑振满、（美）丁荷生：《福建宗教碑铭丛编（泉州府分册）》卷七《同安县·柯氏重新祠堂记并规约条议（明万历四十三年）》，第1001页，福建人民出版社，2003。

② 郑振满、（美）丁荷生：《福建宗教碑铭丛编（泉州府分册）》卷二《南安县·黄氏八房祀业记（明万历二十八年）》，第617页，福建人民出版社，2003。

宫殿的门票，进去后能否找到宝贝，就要看各自的运气和智慧
了。因此，无论官学恢弘还是简陋，在读书人心中都有至高地
位。嘉靖及其之后的闽南，官学地位仍存，官府对它的关注有过
之而无不及。府学和大多县学中，地方官员、学校教谕、训导、
甚至诸生都对学宫表示了更多关注，往往积极倡议修缮学宫、增
添书籍、增设祭器。这在第一节中有较为详细的叙述。民间的力
量在官学建设中也更多地反映出来，认可并努力维护着官学的政
治权威。诸生在学宫修缮中，表现更为踊跃，前期记载甚微，而
后期所见诸生的记载就要多得多了。万历二十二年（1594）和三
十二年（1604），诸生都在漳浦县的学宫修建中提供了劳力和财
力。学田增设是此期官学加强的一大表现，地方官员和教谕、训
导等教职员在学田增设过程中发挥了主要作用。一些没入官司财
产被断入官学建设，地方官员和教谕、训导等教职员也积极增添
官学收入，或自己捐俸设立，或捐俸倡导缙绅士大夫们设立，或
追回早已设立而后又被豪强侵占的学产学田。万历《泉州府志》
载泉州府各县学学田，均为地方官所设。"一晋江学田，万历二十
年巡按御史邓炼批发僧广浩名下资福岩田地一十八亩二分，山地
十亩，每年征租入官充学公用。一万历三十八年提学金事熊尚文
发入官银买田陆十八亩一分，除六分入府学外，晋江学每年行租
四分，该二十七亩二分四厘。一南安学田，万历二十年巡按御史
邓炼行县，将黄储器名下柳洋坑田四十四亩、僧广浩名下资福岩
田地一十八亩二分，山十亩尽数追入官充学公用。一同安学田，
万历二十八年郡守窦子侑议于本县哥江庄入官田租五百二十五亩，
每年追租银分一半解府充府学公费外，其一半二百六十二亩五分
发学为修理赈恤之资。"① 嘉靖及其以后是闽南学田设立的主要时

---

① 阳思谦总辑：万历《泉州府志》卷五《规制下·学校·郡邑学
田》，1985 年重印明万历四十年（1612）刻本。

期，这与闽南经济的发展存在关系。在闽南田少山多，耕不足于食的情况下，学田设立已是一种奢侈，而嘉靖及其以后设立的学田，数额都不算小，万历二十八年（1560），同安所设学田更达525亩。这也表明，随着对外贸易的增长，金银流入增多，货物流通顺畅，更多生活生产用品不用自家生产，而可以通过贸易来实现。闽南外贸的增长带来的经济实力的增强，成为此期闽南学校教育发展的基本条件。日子渐变殷实的民间缙绅士大夫们，也乐于捐资学校建设。万历间长泰县学、漳浦县学都有缙绅捐金修理学宫的记载。在学田设立中，也较前期更为多见民间力量的活动。泉州府学的学田之设，主要在嘉靖万历年间，万历十九年增设的一次，就是廪膳生捐银设立的。漳浦县学中，嘉靖十九年（1540），富民吴子元就在南靖捐设了车田。"岁入租一百零三石四斗，园税钱六千五百文，带民米四石。"[①] 在官府和民间的共同努力下，闽南官学的政治地位得到加强。

福建本为人文气盛的地方，人称"海滨邹鲁"，书籍成为福建人的一大嗜好物。福建建宁在宋元时就是全国著名的刻书中心，明太祖下令全国建学，曾派人专程往福建购书，这是朝廷对福建刻书业的肯定。明代福建刻书业进一步发展，不仅刻书量大，而且质量很好。当时于各地生产的毛边纸，为刻书提供了良好的纸张来源。闽北建阳刻书成为全国闻名的建刻。在福建的对外贸易中，书籍也是一项十分重要的商品。到清代，华南地区日益形成书籍销售的一个成熟市场，如包筠雅在厦门大学的一次讲座中所述："商业线路的多样性促进了货物中转站的发展。通过中转站，那些雄心勃勃的书商可以在多条线路上转移，跨越数个

---

① 李维玉：光绪《漳州府志》卷七《学校·漳浦县学·旧学田》，清光绪三年（1877）芝山书院刻本。

省区做生意。如果一个书坊能在多条路线的交汇处建立书店或者货仓，那么他们的生意扩展起来便会更容易。"① 民间私人藏书现象也颇为多见，晋江黄虞稷之父黄居中，为万历十三年（1585）举人，他所创的千顷堂，藏书书目即达 32 卷。漳州藏书之家，有石溪郑氏，书目达 10 卷，还有海澄大观山房叶氏，都是藏书大家。闽南人对书籍的热爱不仅表现在他们的藏书中，更表现在他们的读书行为上。"党塾子弟年方幼龄，多有能诵十三经者。晋邑岁科童子试者几五六千人，他邑亦不减十之二三……晋江自嘉靖、隆庆以来，士人读书多开元、承天二寺，至于文庙、两庑、尊经阁、闲闲祠宇及附廊山寺，皆老生耆宿受徒之所，十室之内，必有书舍。保贩隶卒之子，亦习章句。大乡巨族，则多社塾。"② 浓厚的读书风气，促进了闽南文化的发展，也促进了闽南科第之风的盛行。这在嘉靖及其以后，在更为夯实的经济基础的支撑下，表现更为突出。民间家塾、族塾、村塾等用作教导村童的地方，在吸收一些顽皮孩童的同时，也培养了一批聪慧的孩童走上仕进之路。闽南除了本地居民外，还有朝廷派来此处的各衙门官员，来自全国乃至世界各地的富商大贾。明隆庆开港后，对外贸易合法化，远离福州的海澄特设立一县，朝廷在此加强了管理。月港位于漳州，朝廷更在此设立海防，坐镇港口，监察船只出入，抽调税饷。朝廷对闽南管理的加强，也促进了这一地区的发展。成化时一改出任教职之举人不能参加会试的前例，允许教职举人参加会试，这吸引了更多士子乐意投身到教

---

① （美）包筠雅：《17—19 世纪华南书籍市场》（讲座稿），2006 年 11 月 30 日，厦门大学人文学院 101 学术报告厅。

② 转引自陈笃彬、苏黎明：《泉州古代教育》，第 155 页，齐鲁书社，2005。

育中来。他们或开设塾馆，或受聘为塾师，或设立精舍，与诸生讲学，一边教学养家糊口度日，一边等待再次会试的机会，同时也在与诸生的教授过程中学习，获得进步。三年一考的科举考试，嘉靖后名额不断增加，一届一届的进士、举人、贡生等不断积累，加之官员一旦上任，除非遇到政治问题遭遇朝廷罢免，或自动请辞，大都任职终身，至明中晚期，士子出路已经是一个日益严重的社会问题。除了知识几乎一无所有的读书人们，也只有依靠知识来养家糊口。他们或充当塾师，或开馆讲学，或游幕天下，或作讼师，或代人写书信文契状纸等等。其中为师教学授徒是较为理想的选择，稳定而不失体面。当然也有弃儒从商，边从商边考功名的，但毕竟是少数。庞大的诸生、举人、贡生队伍，成为闽南民间办学得到发展的人力资源条件。

随着科举考试八股文体制的僵化，士大夫们提倡书院讲学，生员游学之风日盛。诸生虽在官学挂名，却常常有丁忧、病疾在家的，这些人成为书院、精舍、讲馆等教员的主要来源。随着商业的发展，人口流动加剧，尤其是商人或官人子弟，常常有于他籍进学并在他籍考取功名的。跟官学相比，书院常为一些名儒主持，由他们担当书院山长，主持讲学。一些颇有名望的儒士，往往吸引生员远远而来，如明末詹事黄道周讲学的邺山书院，"四方之士从游者数百人"①。嘉靖及其以后，闽南新建的书院较多，占了闽南整个明朝新建书院的绝大多数。此期朝廷虽四次下令禁毁书院，但福建书院受到影响的较小。② 书院是诸生游学的重要

---

① 据吴宜燮：乾隆《龙溪县志》卷四《学校》整理，清光绪五年(1879)吴联熏增补重刻本。

② 参考刘海峰、庄明水：《福建教育史》，第133页，福建教育出版社，1996。

场所，其师资水平相对官学为高。"自明代中期以后，学校教官多由岁贡充任，谋生养老而已。书院的师席则由创设者自己聘任，而且相当重视师席，非素副人望者不聘。"① 很多地方官不仅支持创办书院，还亲自到书院与诸生讲学。如嘉靖间漳州府推官黄直，立文公祠，建讲堂斋舍，每遇朔望，即莅学与诸生讲义理，日中而退。很多书院创办者本身就有较高水平的理学知识，一些名人如福建市舶司副提举罗伦，著《闽书》的何乔远，泉州知府朱炳如，詹事黄道周，总兵戚继光等，都曾经与书院结下不解之缘。书院讲学质量的优势，往往补充了官学僵化的教学模式的空白，成为嘉靖及其之后闽南科第兴盛的直接推动力。闽南发达的海外贸易也为武举提供了良好生源，综观陈寿祺撰《福建通志》所载明代武进士、武举地理分布状况，闽南占有相当比例，至少在70％。这与闽南人民常常经商海外，强壮勇敢、足智多谋不无关系。

官学与民学看似一官一民，各不相干，就其实质而言，二者却存在诸多资源共享、异曲同工之处。官学与民学的结合，共同打造了明中后期闽南科第兴盛的繁荣局面。传统社会的教育，主要是科举应官考试，考试的主要内容以儒家经典为主，虽有策论等内容，其目的仍是为选拔国家机构服务人员，跟今天的公务员类似，但今天的公务员考试所涉内容更具有实践意义，也更为广泛。官学除了医学与阴阳学对实践要求较多，较具有职业教育性质外，其核心内容儒学并不具职业性质。在全国开展的教学，主导内容也不是职业教育，而是儒学教育。如果说职业教育可能具有更多的商业性质，儒学教育则是建立在一定的社会价值体系之

---

① 陈宝良：《明代儒学生员与地方社会》，第147页，中国社会科学出版社，2005。

上的。它一旦被统治者贴上国学的标签后，就具有了权威性。无论官学还是民学，都是为着共同的价值取向奋斗的，都是为科举考试服务的。虽然民学形式更为多样，内容更广泛，讲学更为灵活，但与官学仍是殊途同归。正是价值体系与价值取向的共通，才有二者在教学内容上的共通。他们都读四书五经，讲习儒家经典，阐释义理。二者教学内容的一致才会有二者在书籍使用上的一致，官学大都建有尊经阁，用于藏书供诸生阅读，书院的一大特征即是藏书丰富，有的甚至自己刻书，如科举考试参考资料等。

官学与民学的貌离神合，还表现在教师资源的共享上。观闽南新建书院表，很多书院都是地方官或教职倡导设立的，地方官员在书院的设置中发挥着重要作用。官方的认可自然给书院蒙上了一层权威色彩，在传统社会里，权威常常具有强大的号召力。一些民间创办的书院，与官方也存在丝丝缕缕的联系，需知传统社会的门第观念、地域观念是浓厚的。范进刚刚中举，素无往来的张乡绅即送来了拜帖，马上又送上银两、房屋供范举人使用。因此，民间办书院等自然少不了同僚同年同门等等的捧场和支持。一些地方官员亲自讲学于书院中。有的官员还专门为书院设立学田，为书院师生提供膏火之资。如漳州府，洪武年间钱古训所创芗江书院，嘉靖二十八年（1549），县令林松将之修葺一新，并岁入威惠庙租银十两入书院。创建于宋代的观澜书院，弘治间知府陈洪谟、张鹏相继拨本山观音寺田租入院充祭祀。这样的例子颇为常见。正是书院在建立及成长过程中，都受到了官府的种种关注，一些学者也认为书院是介于官学与民学之间的一种特殊机构。"目前较为普遍的看法是，书院是介于私学与官学之间的特殊的教学组织形式，它具有'非官非私，既官既私'的特征。"①

---

① 喻本伐、熊贤君：《中国教育发展史》，第217页，华中师范大学出版社，2000。

书院性质的模糊，也体现了此期官学与民学的交融。

综上所述，明代闽南官学与民学的关系可以分为两个阶段：一是正德及其以前的，二是嘉靖及其以后的。以嘉靖为界，之前的闽南官学民学普遍不盛，官学在教育中发挥着主导作用，充当了教育的主角。嘉靖时，地处沿海且具有众多天然良港的闽南与倭寇发生了关系，吸引了朝廷更多的关注。在民间经济实力增强的背景下，闽南官学和民学都兴盛发展起来。闽南官学在明中晚期似乎并未像国内其他地方一样，渐呈颓势，而是在地方官员和地区人民的共同呵护下有所发展，学宫修缮，学田添设，都表现出对官学的用心。民间力量的强大和地方举子的猛增，为这一地区提供了良好的教学资源。民学在群众经营和官府支持的双重保护下，日益发展，并在闽南诸生科考的过程中，发挥着更为直接的作用。官学与民学相互影响，官学与民学共同作用，造就了闽南科第兴盛、教育发达的美好局面。

第五章

清代闽南教育的时代更替

一、闽南官学的继续发展

（一）清代闽南官学继续发展的障碍

清代大体上承袭明代的文教政策，高度重视教育事业，把它作为人才培养最主要的途径。清朝建立后，在中央设立一般性质的国子监及特殊性质的宗学、旗学、觉罗学、算学馆及俄罗斯学馆等，在地方设立府学、州学、县学和卫学，从而形成了一个广泛而严密的教育网络，为国家源源不断地提供人才。

早在顺治九年（1651），朝廷就制定了厚养、优待人才的政策。这点可从全国学校"卧碑"序文中看出："朝廷建立学校，选取生员，免其丁粮，厚以廪膳，设学院、学道、学官以教之，各衙门以礼相待，全要养成贤才以供朝廷之用。诸生当上报国恩，下立人品。"①

到康雍年间，朝廷对学校生员提出了更为具体的要求，颁行"圣谕十六条"于各学校。这十六条的内容为："一、敦孝悌以重

---

① 孙尔准修、陈寿祺纂：《福建通志》卷六二《学校》，同治七年（1868）正谊书院刻本。

人伦；二、笃宗族以昭雍睦；三、和乡党以息争讼；四、重农桑以足衣食；五、尚节俭以惜财用；六、隆学校以端士习；七、黜异端以崇正学；八、讲法律以儆顽愚；九、明礼让以厚风俗；十、务本业以定民志；十一、训子弟以禁非为；十二、息诬告以全良善；十三、戒窝逃以免株连；十四、完钱粮以省催科；十五、联保甲以弥盗贼；十六、解仇忿以重生命。"

　　清初闽南处于迁界的范围内，教育一度呈现低迷状态。但受康熙以后重视文化教育的政策的影响，加上闽南海洋区域越来越受到清朝廷的重视，闽南的教育带上了"内化"与"中原化"色彩，这一点在台湾教育的发展上表现尤为明显。由明向清的过渡，对于闽南而言，实际上是社会秩序逐渐有序化的过程。

　　清初为了围剿郑成功的反清军队，厉行海禁，不准进出口。但禁运无法阻止走私，清廷又于顺治十八年（1661）颁布迁界令，严令晋江、惠安、南安等沿海 19 县居民迁入内地 20 里至 50 里，企图以此断绝百姓对郑军的粮草支援。"自闽南镇起，北至沙埕 620 里，南至分水关 1150 里。福兴漳泉四府，划为界外之地多至 25904 顷。膏腴弃为荒地，庐舍沦为废墟，无数百姓，流离颠沛。"[①] 接踵而来的是，康熙二十一年（1682），朝廷为收复台湾再度施行迁海政策。实施了 22 年的海禁、迁界政策对沿海地区的经济和教育事业造成了严重的破坏。界外的村庄田舍悉皆毁弃，学校化为废墟，图书资料流失殆尽。作为战争前线的闽南地区境况更是惨不忍睹。当时，由于强行迁界的影响，经济凋敝，赋税锐减，府县不能支撑儒学的经费。府县儒学的一些学田

---

　　① 　夏琳：《闽海纪要》，四库禁毁书丛刊，史部，第 35 页，北京出版社，1998。

因位于迁界规定的范围内不能耕种，办学经费更加困难。社会的动荡又使士子不安于学。如南安县学、德化县学遭遇顺治初年的兵灾，安海石井书院在迁界时被焚毁，南安杨林书院亦因地处界外而遭毁弃，同安文公书院也岌岌可危。自实行迁界之后，泉州府考中进士的人数每科锐减至三四人。

但在迁界的目标被淡化、清王朝汉化政策迅速推行后，教育事业也随即被提上日程。顺治九年（1651）就下令："各提学官督率教官生儒，务将平日所习经书义理，着实讲求，躬行实践。"① 清代基本上沿袭了明代的教育规章，把学官的任命与考核同府县儒学的教育质量联系起来，即同科举挂上钩，以此促进这些地方长官对教育的重视；另一方面，支持地方社学、义学的发展。雍正帝也说："朕临御以来，时时以教育人才为念。但期实有益于学校，不肯虚张课士美名。盖欲使士习端方，文风振起，必赖大臣督率所司，躬行实践，倡导于先，劝学兴文孜孜不倦，俾士子观感奋励，立品勤学，争自濯磨。此乃为政之本。"② 清王朝较元朝的一个高明之处就在于能意识到教育是"为政之本"，对维护其统治具有重要意义，因而表示以"教育人才为念"，高度关心教育质量。这是各地教育能迅速发展的政策前提，对于边远的闽南意义十分重大。闽南地区官学得以继续发展，就得益于有这样一个良好的大环境。

台湾收复之后，清朝的政策渐趋正常，闽南经济社会逐渐恢复和发展。康熙以后，闽南的教育在历任地方官的关注下取得了较大的发展。康熙年间福建巡抚李斯义、张伯行，雍正年间福建布政使赵国麟，乾隆年间福建巡抚王恕、陈宏谋、徐嗣

---

① 《大清会典·学校》。
② 《皇朝政典类纂》卷二二六。

曾，道光年间闽浙总督赵慎畛等人都在为政中体现出对教育的
重视。

康熙年间福建总督姚启圣对教育充满热忱。姚启圣，浙江
会稽人，康熙二年（1663）举人，授广东香山知县。其间，以
"擅开海禁"的罪名被削职为民。离开官场后，经营海上贸易，
历经七年，获利数百万银两。康熙十二年（1673）发生"三藩
之乱"，姚启圣出资募兵参加平叛，不数年，以军功累迁至福
建总督。姚启圣深感迁界给沿海的经济与文化造成的严重危
害，因而积极上疏，向朝廷建言请开海禁复苏民困。康熙二十
年（1681），朝廷终于取消海禁。在此情况下，姚启圣又在两
年内先后为泉州府学捐置位于南门外霞浯村、北门外后茂村、
埔任村、赐恩山下和南安县学霞尾村等处民田 25 亩，为安溪
县学捐置学田 5 亩，为南安县学捐置学田 8 亩，为德化县学捐
银 40 两，置位于县城后祭上村、石杰村学田 9 亩多，以作为
府县儒学的办学经费，使这些儒学得以缓解困境，促使闽南儒
学的复苏。在漳州，姚启圣也有类似的行动。如府学学田：总
督姚启圣捐银买民田 22 石 6 斗，知府蒋毓英捐银买民田 17 石
4 斗，晋江县国学生萧世芃捐其父岁贡生萧呈凤遗产民田租 14
石 2 斗。晋江县学田：顺治年间因迁界而废，康熙年间复界后
重新开垦，除总督姚启圣捐置 15 石 3 斗外，又有雍正年间陈
士炳捐充田年征租谷 700 斤，绅士张文秸捐充民田租实额 253
石八斗，除年供泉山、小山二书院的掌教膏火资 8000 斤外，
余充县学经费；又有庄廷簪捐充民田租 412 斤供修文庙经费；
至乾隆年间尚有学田 210 亩。南安县学田：清初有山塘 64 亩，
实征租银 16 两。康熙时姚启圣捐置田 13 亩，雍正年间诸生陈
士炳捐充田 7 亩。惠安县学田：康熙时姚启圣捐置 14 亩。安
溪县学田：姚启圣捐置民田租 5 斗 3 升。永春县学田：清初有

学田 29 亩，载租 23 石。又有姚启圣捐置田 8 亩，知县郑功勋捐置田 3.4 亩，教谕蔡祚周捐置田 1.8 亩。德化县学田：除姚启圣捐银置田 9 亩外，又有康熙时知县王之纪及教谕郑默捐置田 4.1 亩，庠生郑周礼及父仲璞捐田二段，共载租谷 600 斤。同安县学田：清初有 485 亩，又有姚启圣捐银置田 4.8 亩。姚启圣的捐助堪称最大。

（二）清代闽南官学继续发展的表现

在清代，福建的行政区划有所变动：康熙二十三年（1684），增设台湾府，下置台湾、凤山、诸罗三县。雍正十二年（1734）升福宁州为福宁府；升永春县为直隶州，下辖德化、大田二县；升龙岩县为龙岩州，下辖漳平、宁洋二县。这样，在光绪十三年（1887）台湾建省之前，福建省共有十府、二州、六十五县，所辖范围比明代增加了不少。

随着福建省所辖范围的扩大，闽南的行政区划也相应地扩大了，包括三府、二州、十八县。三府是指泉州府、漳州府和台湾府；二州是指永春州和龙岩州（永春州的大田县除外）；十八县是指晋江县、南安县、惠安县、同安县、安溪县、龙溪县、漳浦县、南靖县、海澄县、长泰县、平和县、诏安县、台湾县、凤山县、诸罗县、德化县、漳平县、宁洋县。

清代闽南地区的官学主要包括府学、州学、县学、卫学、官办书院、阴阳学、医学等内容。除卫学、阴阳学和医学外，下文笔者将阐述府学、州学、县学、官办书院的发展情况。

1. 儒学继续发展的情况。

（1）生员学额的增加。清代的府州县儒学是地方官府直接创办并主管的官立学校。它是古代学制系统中最重要的组成部分，也是施行教化、培养人才的重要场所，因而统治者对府州县儒学的教育教学一向给予极大的关注。府学由知府统一管理，受学政的监督，设立专职教授主持日常的教育教学工作，配备训导协助；县学由知县统一管理，设教谕主持日常的教育教学工作，配备训导协助。府县教授一般要求进士出身，这一教职多由年龄较大的知县改任。

府州县儒学生员的入学资格仅限于经过学政主考及格的秀才。按规定学政每年对生员考试一次，成绩优等者，官给廪膳费，称为廪膳生，成绩次等的，录取为增广生。廪膳生和增广生皆有定员，此外还有附生。入选府州县学的廪膳生享有一定的特权，比如免本身徭役，并可获得一定量的生活补助金。清代各府州县学生员的学额是有限定的。顺治四年（1647）仿照明制，规定录取名额为：大学（府学）40人、中学（州学）30人、小学（县学）20人。顺治十五年（1658），改为府学20人、州学15人、县学四五名。康熙九年（1670），改为府学20人、州学15人、小学8人。雍正二年（1724），清廷令"督抚学臣查明实在人文最盛之区，题请小学为中学、中学为大学，大学照府学学额数录取"，对部分地区的学额进行了调整。① 闽南地区各县增加了生员的名额。据《清世宗实录》记载，晋江县、南安县、惠安县、同安县、龙溪县、漳浦县、南靖县、海澄县，向系大学，照府学额各取进20名；永春县、德化县，向系小学，升为中学，各取进12名。② 此后，府州县儒学生员学额数量仍有增加。生员学额的增设与否主要依据该辖区人口的数量，交纳钱粮的多寡，以及当地的教育状况。乾隆八年（1743）规定，南靖县学的廪膳生和增广生名额各20人，附生234人。咸丰年间，因各地向朝廷捐纳军饷以镇压太平军，学额普遍得到增加。南安县由原

---

① 《清朝文献通考》卷七〇《学校》，浙江古籍出版社，2000。
② 《清世宗实录》卷二四，雍正二年（1724）九月。

来的 20 人增为 25 人，武生由原来的 15 人增为 18 人。据陈寿祺所编《福建通志》记载，截至同治七年（1868）闽南地区儒学生员学额情况如表 5—1 所示。

表 5—1 清代闽南地区儒学生员学额情况① 单位：人

府州县名称	廪膳生	增广生	附　生	武　生
泉州府	40	40	40	20
晋江县	20	20	40	15
惠安县	20	20	40	15
同安县	20	20	40	15
漳州府	40	40	40	20
龙溪县	20	20	60	15
海澄县	20	20	60	15
南靖县	20	20	60	15
长泰县	20	20	30	15
平和县	20	20	60	15
诏安县	20	20	30	15
永春州	30	30	30	不详
德化县	20	20	24	12
龙岩州	30	30	36	18

资料来源：孙尔准修、陈寿祺纂：《福建通志》卷六三《学校志·泉州府》，卷六四《学校志·漳州府》，卷六六《学校志·永春州》，卷六六《学校志·龙岩州》，同治七年（1868）正谊书院刻本。

---

① 永春州原来附生名额为 12 名，乾隆四年，即 1739 年，知州杜昌丁请增为 14 名；德化县原来武生名额为 8 名，乾隆四年知州杜昌丁请增为 12 名；漳平县"岁试进文、武童各十五名，科试取进文童十五名"；宁洋县"岁试取进文、武童各八名，科试取进文童八名"。

（2）新设儒学。随着行政区划的增设，闽南地区府州县儒学数量也相应地增加了。据统计，闽南共新增 11 所府、县学。这11 所新增的府、县学，都是在台湾府设立的。另外就是在雍正十二年（1734）永春县学、龙岩县学均升为州学，此后它们的办学规格是遵照州学要求发展的。

表 5-2　清代闽南新设府州县儒学

儒学名称	建立时间	纪　要
台湾府学	康熙二十四年（1685）	光绪十三年（1887）台湾建省时，改为台南府学
台北府学	光绪五年（1879）	光绪四年（1878）开府，五年设学
永春州学	雍正十二年（1738）	原为县学，雍正十二年（1734）升为州学
龙岩州学	雍正十二年（1738）	原为县学，雍正十二年（1734）升为州学
南澳县学	康熙五十六年（1717）	总兵周士元创建大成殿及两庑，前为大门，外为宫墙殿，后为启圣祠
台湾县学	康熙二十三年（1684）	知县沈朝聘建
凤山县学	康熙二十三年（1684）	知县杨芳建
嘉义县学	康熙二十三年（1684）	原称诸罗县学，乾隆五十二年（1787）改为嘉义县学
彰化县学	雍正三年（1729）	雍正四年（1726），知县张缟建学宫
淡水县学	嘉庆二十二年（1817）	雍正九年（1731）附彰化县学，嘉庆二十二年（1817）为半学，同治十一年（1872）设全学

儒学名称	建立时间	纪　要
新竹县学	光绪五年（1879）	淡水厅学改
宜兰县学	光绪四年（1878）	噶玛兰厅学改
苗栗县学	光绪十五年（1889）	不详
云林县学	光绪十六年（1890）	不详

　　资料来源：主要转自刘海峰、庄明水：《福建教育史》，福建教育出版社，1996。苗栗县学、云林县学两条参考福建省地方志编纂委员会编：《福建省志·教育志》，方志出版社，1998。

　　（3）学宫不断地被修建。从唐代开始，中国的各级官立儒学都祭祀孔子，凡有孔庙的地方一般都附设有学宫。学宫一般包括文庙和明伦堂两大主体建筑及乡贤、名宦诸祠等附属建筑。有清以来，闽南府州县学的学宫均不断被修葺、改建、重建、扩建。这反映出清朝廷对儒学的重视，亦是官学继续发展的表现。下面将以表格的形式反映清代闽南修建府州县学学宫的情况（因本书下一章会专文介绍台湾府的教育，所以下文的表格较少涉及这一地区）。

表5－3　清代闽南府州县儒学学宫修建情况

地区	修建年代	修建人身份	修建简况
泉州府	顺治十五年（1658）	知府	知府陈秉直修
	康熙七年（1668）	同知	同知来承祉修
	康熙二十二年（1683）	知府	知府蒋毓英修
	康熙三十四年（1695）	郡人	郡人施琅修
	康熙五十年（1716）	知府	知府刘侃修
	雍正五年（1727）	知府、知县	知府张无咎、知县叶祖烈修

续表

地区	修建年代	修建人身份	修建简况
泉州府	乾隆二十六年（1761）	知府	知府怀荫布、署府嘉谟倡修礼殿，大成门外及两庑前柱皆易以石，移建崇武祠于殿东北，重建尊经阁
	乾隆四十二年（1777）	邑人	大风雷雨，坏。邑人黄世德等捐修
	嘉庆十四年（1809）	教授、诸生	教授陈鸿猷集诸生重修
	道光四年（1824）	不详	修明伦堂桥
	道光六年（1827）	不详	修明伦堂东厢
	道光九年（1839）	不详	修明伦堂西厢
漳州府	康熙二十年（1681）	通判、知府	通判胡宫请于守道周昌、知府吴延贵重建
	康熙二十五年（1686）	教授	教授陈正朔请复丽藻池
	康熙四十三年（1704）	知府	知府刘芳修庙庑
	康熙四十四年（1705）	知府	知府赵完璧葺大成殿及三门
	康熙四十五年（1706）	邑绅	邑绅柯彩重建启圣祠
	乾隆八年（1743）	巡道、知府、绅士	巡道王延诤、知府张廷球、周岱率绅士郭元龙、林编、郑蒲、林瑶等大修之
	乾隆十年（1745）	知府	知府金溶造祭器、乐器
	乾隆三十二年（1767）	知府	知府张镇修泮池
永春州	康熙间	知县、教谕	知县马生麟、郑功勋、教谕蔡祚周、知县曹犷、石如金相继修建
	雍正二年（1724）	知县、教谕	知县于翰翙、教谕张寿介于棂星门外立左右二坊，曰聚奎、曰毓修
	乾隆十七年（1752）	知州	知州杜昌丁移建崇圣祠于殿后

续表

地区	修建年代	修建人身份	修建简况
龙岩州	顺治十年（1653）	知县	知县王有容重建
	康熙二十年（1681）	教谕、诸生	教谕陈正朔、诸生石大成等新殿宇堂门
	雍正十三年（1735）	知州、州人	知州张延球重建明伦堂，州人邱天佑、天仕捐地基修崇圣祠
	乾隆二十七年（1762）	知州	知州嘉谟改殿后明伦堂中三间为崇圣殿，嘉庆十二年（1807）、二十年（1815）、光绪十六年（1890），历经修葺
晋江县	康熙七年（1668）	教谕	林润芝倡修门庑及启圣祠
	康熙五十二年（1713）	邑人	施世骙等捐修
	乾隆十四年（1749）	知府、知县、绅士	高霈、黄昌遇、陈高翔等修复戟门、棂星门及崇圣祠敬一亭，修殿庭三元井
	乾隆四十七年（1782）	邑人	黄世德等捐修明伦堂
	嘉庆七年（1802）	不详	重修。自后，官绅相继修葺
南安县	顺治十四年（1657）	知县	祖泽茂重修庙殿及明伦堂斋舍
	康熙六年（1667）	知县	刘翊汉修石坊
	康熙八年（1669）	教谕	应国贲自礼殿两庑戟门及诸祠阁，规模一新
	乾隆四十五年（1780）	邑绅士	修殿庑棂门诸祠阁庙，左筑小山以培地脉
	嘉庆十年（1805）	不详	重修
	道光十年（1830）	不详	修崇圣祠
	道光十一年（1831）	不详	修明伦堂

地区	修建年代	修建人身份	修建简况
惠安县	顺治十一年（1654）	署知县	彭清典署教谕张楚修
	康熙六年（1667）	知县、教谕	何圭如、陈绰修庙学二门
	康熙九年（1670）	知县、教谕	刘永苍、施季琬大修文庙
	康熙二十五年（1686）	知县、教谕、训导	陈菁、施季琬、赖良球修明伦堂
	康熙二十六年（1687）	知府	郝斌倡捐置祭器
	雍正十三年（1735）	邑人	陈文辉捐资重修；陈宸修乐器、祭器
	乾隆四十四年（1779）	诸生、贡生	陈大谟、庄世华倡修大成殿；（陈）宸孙矗重修乐器、祭器
同安县	康熙元年（1662）	教谕	陈辉祖募葺文庙、明伦堂、文公祠
	康熙十年（1671）	知县、教谕	邓麟采、邓芳升重建启圣堂
	康熙十九年（1680）	教谕	黄允芳募建两庑及仪门
	康熙二十四年（1685）	知县	徐名觐修学门
	康熙三十七年（1698）	教谕、训导	刘骥良、陈声远重修
	康熙五十五年（1716）	邑人	徐盛重建明伦堂
	康熙五十七年（1718）	署县、教谕	王梦说、江山甫重修
	康熙五十八年（1719）	邑人	颜孔辅等筑缭垣，易土以砖
	雍正九年（1731）	教谕	张瓒绪修殿庑
	雍正十一年（1733）	知县	唐孝本重建尊经阁，垒石为址，高出明伦堂丈许

续表

地区	修建年代	修建人身份	修建简况
同安县	乾隆二年（1737）	不详	新修崇圣祠
	乾隆十年（1745）	教谕	赵鲲飞复修崇圣祠
	乾隆二十年（1755）	知县、教谕	葺而新之
	乾隆二十六年（1761）	知县	邹召南修观澜亭，增高明伦堂大门五尺，筑门外墙移旧石刻"青云路"三字于其上
	乾隆三十二年（1767）	知县、教谕、训导	吴镛、罗前荫、黄梅募建大成殿，增高戟门、棂星门
	嘉庆元年（1796）	教谕、训导、绅士	连楚忘、何泽杞、高有继等捐修殿庑明伦堂
	嘉庆十九年（1814）	知县、绅士	何兰汀倡、叶润、陈绍康等修殿，拓建崇圣祠
	道光十年（1830）	教谕、训导、邑绅	黄如霖、陈震耀议修泮池于明伦堂前，围以石栏，亘以石桥。潘正昌等捐建，又增高明伦堂基一尺，复兴贤育材坊，易以石，而移于桥北
安溪县	康熙二年（1663）	同知	来承祉修殿庑
	康熙十二年（1674）	知县	谢宸荃修明伦堂
	康熙二十五年（1686）	知县、教谕、邑人	孙镛、林登虎、李光地重建，后令鄢湜曾之传相继修
	雍正间	知县、邑人	邱镇赵琳、李钟准等修
	乾隆二十年（1681）	知县	庄成易木栅栏以石

地区	修建年代	修建人身份	修建简况
安溪县	乾隆二十一年（1682）	邑人	李钟准等重修
	乾隆四十一年（1701）	诸生	李垂槐等倡修殿庑
	嘉庆五十一年（1846）	不详	修明伦堂
	嘉庆八年（1803）	教谕	郑兼才修崇圣祠堂
	嘉庆十七年（1812）	教谕、诸生	谢金銮倡、郭祥光修泮池
龙溪县	康熙二十一年（1682）	总督	姚启圣倡官吏重修
	康熙二十六年（1687）	知县	钱应彩建明伦堂
	乾隆八年（1743）	巡道	王廷净修大成殿崇圣祠
	乾隆三十六年（1771）	知县	嵩学源、崔绎倡修明伦堂，易庙前木栅为石栏
	乾隆四十六年（1781）	知府、知县	黄彬、聂崇阳倡捐重建
	嘉庆二十四年（1819）	邑士	重修泮池
漳浦县	康熙十八年（1679）	邑绅	兵焚颓敝，黄性震捐修庙学
	康熙三十八年（1699）	知县	陈汝咸倡修大成殿
	雍正十二年（1734）	知县、邑人	沈梗、李明扬、黄长龄等重修
	乾隆二十二年（1757）	知县	徐尚忠修葺
	乾隆二十七年（1762）	知县	邵维修祭器、乐器
	乾隆五十六年（1791）	知县	阮曙倡修
	嘉庆间	知县	朱坤倡修，道光三年（1823）竣工
海澄县	康熙十年（1671）	教谕、诸生、训导	李岱率诸生请于令鸠工，始鞅，而甲寅变作，许文兹、张世爵继成之

地区	修建年代	修建人身份	修建简况
海澄县	康熙三十年（1691）	邑绅、诸生	许贞、柯彩捐建圣祠明伦堂；陈伟、陈寅亮、陈宏都浚泮池
	雍正四年（1726）	署令	刘浴倡建文庙，乾隆、嘉庆续有修葺
	道光三年（1823）	诸生	陈廷独力捐修庙学
南靖县	康熙二十年（1681）	知县、邑绅	张倬、张雄捐资倡修
	康熙三十五年（1696）	教谕	林芝重修明伦堂及大门
	雍正四年（1726）	知县、教谕	大风堂坏，知县金鼎锡、黄寅亮、陈帝简重建
	乾隆间	知县	知县姚循义、崔绎、冷震金、王宝序先后倡绅士捐葺
长泰县	顺治五年（1648）	知县、邑绅	知县柴允钦、邑绅戴琅倡建
	康熙二十一年（1682）	知县、教谕、邑绅	知县员养纯、教谕何龙、叶先登发倡捐，后令邑绅王旁、教谕张鸿达力任其事，明伦堂始成
	雍正六年（1728）	教谕、邑诸生	教谕马肇枢、邑诸生杨兆昌修葺
	乾隆三年（1664）	知县	知县元玉衡修葺
	嘉庆二十四年（1819）	知县	知县王廷葵修殿庑
	道光二年（1822）	知县	知县李锷继修
平和县	顺治十八年（1661）	署县	署县王孙枢修
	康熙间	知县、教谕	知县金塽、教谕艾日华、刘运昇先后倡葺
	乾隆二十五年（1686）	知县	知县胡邦翰劝捐鼎建堂庑，斋阁一新

续表

地区	修建年代	修建人身份	修建简况
诏安县	顺治十六年（1659）	知县	知县欧阳明宪倡修明伦堂
	康熙间	教谕	建殿庑，姜日广修启圣祠
	康熙十七年（1678）	知县、邑人	知县赵国祥倡邑人继修
	康熙二十八年（1689）	知县、教谕、训导	知县秦炯造祭器、乐器，教谕任鸪、训导郑洤赞之
	康熙四十三年（1704）	教谕、训导	教谕黄金榜、训导周邦宪捐修大成殿
	乾隆十二年（1747）	知县	知县张所受修泮池，砌桥楯，易棂星门柱以石
	乾隆四十四年（1779）	知县	知县刘嘉会修明伦堂
	嘉庆三年（1798）	训导	训导柯辂修路台、庙门
德化县	顺治八年（1651）	知县	知县孙白孙始营正殿，未竣
	顺治十五年（1658）	知县	知县何之旭重撤而建之，殿宇巍然
	康熙十年（1671）	知县、训导	知县和盐鼎建仪门及启圣祠，以仪门东为名宦祠，西为乡贤祠。训导林甲继佐之，建两庑及棂星门，缭以垣墙
	康熙十八年（1679）	教谕	教谕王钦祖捐俸重修
	康熙三十六年（1697）	教谕	教谕薛允浩重修
	康熙四十九年（1710）	知县	知县王调元建名伦堂
	康熙五十五年（1716）	知县	知县熊良辅捐俸重建棂星门、造照墙

续表

地区	修建年代	修建人身份	修建简况
德化县	雍正八年（1730）	知县	知县稽岳延重建明伦堂
	雍正九年（1731）	知县	知县齐宗望、黄南春相继成之
	雍正十一年（1733）	知县	知县黄南春建仪门、修大门
	乾隆三年（1664）	不详	重修学宫
	乾隆六年（1667）	不详	重修崇圣祠
	乾隆九年（1670）	知县	知县鲁鼎梅重修大门
	乾隆二十七年（1688）	教谕	教谕朱仕玠倡修
	乾隆三十二年（1693）	教谕	教谕赖余楫重修
	乾隆四十三年（1704）	绅士	洪水冲塌两庑及明伦堂垣墙，绅士捐修
	乾隆五十年（1711）	教谕、训导	教谕吴维新、训导江云霆详请率绅士大修，至乾隆五十七年（1792）告成
	道光元年（1821）	知县、绅士	署县艾荣模命绅士郑吹笙、温尚志等募捐重修并移建学署
漳平县	康熙二十二年（1683）	知县	知县查继纯捐建，后令杨方蕃踵成之。雍正、乾隆年间继续修茸
	嘉庆二十三年（1818）	教谕	大风墙圮，教谕林得振修
宁洋县	顺治十一年（1654）	知县	寇炽，知县萧亮重建
	康熙五十二年（1713）	知县	宫墙圮，知县王登贤修
	雍正十三年（1735）	知县	知县黄靖世重建棂星门
	乾隆五十一年（1712）	知县、诸生	知县胡兴灶重建大成殿，诸生吴溢捐资助之

资料来源：孙尔准修、陈寿祺纂：《福建通志》，同治七年（1868）正谊书院刻本。

表 5-4　清朝历代修建学宫的频率（修建频率＝修建次数/统治时间）

朝代	顺治	康熙	雍正	乾隆	嘉庆	道光
修建次数	8	40	13	31	10	6
统治时间（年）	18	61	13	60	25	30
修建频率	约 0.44	约 0.66	1	约 0.52	0.4	0.2

由表 5-3 可知：从修建府州县儒学学宫的年代来看，清朝顺治、康熙、雍正、乾隆、嘉庆、道光等历朝皆有修建。但是，据表 5-4 统计，各朝修建的次数不同，分别是顺治朝 8 次、康熙朝 40 次、雍正朝 13 次、乾隆朝 31 次、嘉庆朝 10 次，道光朝 6 次。将修建次数除以各朝统治时间得出各朝的修建频率，其中顺治朝修建频率约为 0.44，康熙朝修建频率约为 0.66，雍正朝修建频率为 1，乾隆朝修建频率约为 0.52，嘉庆朝修建频率为 0.4，道光朝修建频率为 0.2。若将其画成图形的话，结果是呈抛物线形状，也就是说清代修建学宫的朝代集中在康雍乾时期。修建频率较直接地反映出各朝对儒学的重视程度，因此可知康雍乾时期是闽南儒学持续快速发展的时期。这一时期是清朝社会经济繁荣发展的黄金时期，同时也是清朝文教事业最为繁盛的时期，史书上称之为"康乾盛世"。从修建人的身份看，总督、知府、同知、知州、知县、训导、教谕、诸生、邑绅、州人、邑人等都参与到府州县儒学学宫的修建当中来，但是知府、同知、知州、知县、训导、教谕等官方人士占绝大多数，而且往往是由他们发起号召兴修的。这一方面反映出地方官府对儒学的高度重视，另一方面也不排除他们此举是为了赢得政绩，以图升迁。地方绅士、州人、邑人等民间人士亦通过出资、出力的方式积极参与儒学的修建。但是到清末同治、咸丰、光绪年间，此种状况发生了变化，即民间人士更积极地参与兴修学校。以《民国德化县

志》记载为例，同治六年（1867），"邑绅李鸿章、郭尚品、郑祥莹、郭为纲、郭刺梨、郭克明等，泰运总理吴熙春等重修"。光绪二十九年（1903），"邑绅苏春元、王光张、赖其浚、林庆云、陈维善、郭鸿椿、郭友廉、苏其薰、苏得程、陈寅、陈波光、郑玉冈、郑兰、陈光第、苏逢时、郑焜、温启东、林庆治、叶忻、连绍周、曾德章、邓清辉、郭经、苏清华、曾国标、郑奇进、许德星等重修，将次告成"。① 从修建的内容来看，主要是对学宫的构成部分即明伦堂、大成殿、启圣祠、崇武祠、尊经阁、泮池、祭器、乐器等进行修葺和完善。

闽南官学的继续发展往往体现在对已有官学的增建、扩建上。如泉州府学在顺治、康熙、雍正时均得到修葺，乾隆二十六年（1761）则全面修葺，并将大成门东西两侧的"金声"、"玉振"二门换上石匾，与大成门连为一体，移建崇圣祠，重建藏经阁；乾隆四十二年（1777）四月，烈风雷雨大作，屋盖尽倾，片瓦无存，绅士黄世德等捐修，栋梁尽用巨木，比之前更坚固宏伟。经历代修缮扩建，泉州府学至此规模最为宏伟。府学范围东至百源清池，西达泮宫门，南临涂门街，北接打锡巷，包括文庙和明伦堂两大主体建筑群及乡贤、名宦诸祠等附属建筑。文庙建筑群，北为大成殿，殿前筑露台；台下为甬道、拜庭；庭两侧建东西两庑，庭南为泮池，中横以石桥；桥南为大成门、金声门、玉振门；门外为露庭，露庭左右有栅墙，东西各有栅门，门上内书"贤关"、"圣城"，外书"礼门"、"义路"；露庭南为棂星门，门外东南为夫子泉；露庭南至壕沟，架桥而南为文庙门，即总门，面临涂门街；文庙东侧自北而南有崇圣祠、李廷机祠、顾珀

---

① 方清芳修、王光张纂：《民国德化县志》卷八《学校志》，民国二十九年（1940）朱朝亨铅印本。

祠、海滨邹鲁亭；过壕沟石桥，出府学门至青云路；出"义路"栅门而西，有洪承畴祠、庄际昌祠、何乔远祠、蔡清祠，直至泮宫门。府学建筑群，有明伦堂，在崇圣祠东；堂北为教授署，堂前露庭，庭两侧翼以四斋，庭南有方池，横以石桥，沿桥而南为育英门；出育英门东侧有詹仰庇亭、陈紫峰祠、苏紫溪祠、周天佐祠、蔡道宪祠；明伦堂东侧为福德祠，名宦乡贤祠；再往东为训导署、尊经阁。

清代泉州各县的县学亦经历了修葺、改建、扩建、重建等环节。晋江县学，乾隆年间知县黄昌遇主持重修。道光九年（1829），经修葺扩建，县学渐趋完整。南安县学，顺治十四年（1654），知县祖泽茂主持重建。康熙三年（1664）文庙因水灾倾圮。六年（1667），知县刘翊汉修石坊。八至十一年（1669－1672），知县刘佑、教谕应国贡重修庙、庑、启圣祠、明伦堂、文昌阁。二十二年（1683）教谕潘金卣改建棂星门。雍正十二年（1734），知县曹銮率绅士洪科捷、傅奏启、黄用宾、戴时新等重修礼殿、两庑、戟门及诸祠阁。乾隆十九年（1754），训导蔡凤修其廨。四十五年（1780），邑绅洪世泽等重修殿庑、棂星门及诸祠阁。道光八年（1828），邑绅士修大殿内庑、棂星门。十年（1830），邑绅修崇圣祠、四门先生祠、明伦堂。十一年（1831），邑绅士修明伦堂、文昌阁、教谕署。咸丰五年（1855），邑绅耆王登瀛、李春云、戴希朱、张泽肃等募资，自圣庙、崇圣祠、明伦堂及二学署皆重建。惠安县学，嘉庆十年（1805）知县吴忠主持修建文昌庙及明伦堂。安溪县学，康熙二年（1663），泉州府同知来承祉摄知县重修大成殿、仪门及两庑。二十五年（1686），县令孙铺、邑人李地重建。此后又多次修葺。雍正八年（1730）修大成殿、两庑、戟门、棂星门、栅栏及"腾蛟"、"起凤"二坊。乾隆二十年（1755）又修大成殿、仪门、两庑，立卧碑于明

伦堂左。越年立学宫题名碑。永春县学，康熙元年（1662）、二
十一年（1682）、四十三年（1704），知县马生鳞、郑功勋、曹旷
等先后均加修葺。五十三年（1714）大风雨，殿宇倾塌，知县石
如金重建。雍正十二年（1734），永春县升直隶州，县学升为州
学。乾隆十七年（1752），知县杜昌丁移崇圣祠于大成殿后，在
其地建训导署。三十二年（1767），知州嘉谟另建明伦堂于大成
殿左边，遂成左学右庙。德化县学，顺治初年化为灰烬，后经多
次修复扩建，初具规模。乾隆四十三年（1778），洪水冲塌文庙
的东西两庑及明伦堂，直至五十七年（1792）才修缮完工。光绪
三十年（1904）五月，蛟洪为灾，东西两庑、明伦堂等建筑倒
塌，经大加修葺，于三十三年（1907）竣工。至此，左学右庙，
文庙自南而北为棂星门、泮池、庙门、拜庭及东西两庑、杏坛、
大成殿。庙左为明伦堂，堂西面北为启圣祠，南为教谕署。庙右
侧为尊经阁，阁西偏南为朱文公祠。同安县学，康熙元年
（1662），教谕陈辉祖募资修葺文庙。十年（1671），知县邓麟采
重建启圣祠。五十七年（1718），总兵许盛重建明伦堂。雍正十
一年（1733），知县唐孝本重建尊经阁。乾隆三十二年（1767），
知县吴镛、教谕罗前荫、训导黄梅重建大成殿。嘉庆元年
（1796），教谕连楚望、训导何泽杞、绅士高有继捐修殿庑、明伦
堂。三年（1798），高以彰倡修明伦堂。四年（1799）五月，高
再修。十八年（1813），知县何兰汀、徐有澜重修县学。此后县
学还有几次修葺。

　　官办书院在雍正以后得以发展。在泉州府，乾隆三十二年
（1767），知府陈之铨建于府城施琅"夏园"遗址的清源书院，归
知府掌管，后多次续修，为泉州城内保留至清末的三所书院之
一。光绪十年（1884），建于府城释仔山施琅另一个园林"东园"
遗址的崇正书院，亦属知府掌管，也是泉州城内保留的三所书院

之一。雍正六年（1728），晋江知县唐笑本于晋江县南门外建宝海庵书院。乾隆二十年（1755），南安知县邵召南于南安县城建丰州书院。康熙四十八年（1709），惠安知县钱济世于惠安县署右侧建螺阳书院。道光年间于惠安县城东门外建文峰书院。康熙末年，安溪知县曾之传于安溪县城建考亭书院。乾隆三十一年（1766），永春知县嘉谟于永春建梅峰书院。同治三年（1864），永春知县翁学本于永春建怀古书院。乾隆三年（1738），德化知县黄南春于德化建云龙书院。康熙二十八年（1689），德化知县范正辂于德化建图南书院。另外，当地官员对泉州府城的泉山书院、晋江的一峰书院、同安的文公书院，亦加以修缮。

清代泉州还办有七所正音书院，这是奉朝廷旨意创办的，目的是教当地人学习官话。雍正六年（1728），清廷考虑到福建方言复杂、难懂，有碍与外界交往，谕府县立即兴办专门学习官话的正音书院。是年的"上谕"说："凡官员有莅民之责，其言语必须人人能晓，然后可以通达民情，熟悉地方事宜而办理无误。我以古者六书之训，必使谐声会意，娴习语音，皆所以成遵道之风，著同文之治也。朕每引见大小臣工，凡陈奏履历之时，惟有闽广之人，仍示乡音，不可通晓。夫伊等以现登仕籍之人，经赴部演礼之后，其启奏对场，尚有不可通晓之语，则赴任他省，又安能宣读训谕，审断词讼，皆历历清楚，使小民能共晓乎？官民上言，语言不通，必使胥吏从中代为传递，于是添设假借，百弊丛生，而事理之贻误多矣。且此两省之人，其语言既不可通晓，不但伊等历任他省，不能深悉下民之情，伊等身为编氓，亦不能明白官长之意。"① 谕令颁布后，闽广两省督抚、学政必须"于凡系乡音读书之处，谕令有力之家，先于邻近延请官话读书之

---

① 施鸿保：《闽杂记》卷三《正音书院》。

师，教其子弟，转相授受，以八年为限。八年之外，如生员、贡监不能官话者，暂停其乡试，学政不准送科举；举人不能官话者，暂停其会试，布政使不能起文送部；童生不能官话者，府州县不能取送学政考试，俟学习通晓官话之时，再准其应试"①。永春县甚至设置了两所正音书院，直至道光年间，这类正音书院才宣布停办。

地方贡院和考棚的建设是教育繁荣的一个重要表征。像泉州在南宋时已建有一所位于西街的贡院，号称"福建最大"。但洪武九年（1376）改为晋安驿，至此即废。此后 300 年间，泉州没有独立贡院，每次考试均借用府学明伦堂，有时考生多达一二万，"渎圣滋弊，士甚苦之"。乾隆四年（1739），知府王廷铮、晋江知县李永书把集贤铺原兴泉永道旧官署改建为贡院。新建的贡院中央为大堂，堂后为内署，堂前为甬道。堂左有东廊、后廊，右有西廊，都是试士的号房。堂前南为仪门，仪门外是大门，再南为东西辕门。乾隆十九年（1754）又拓建号房，费白银 3400 余两。扩建之后的贡院，规模宏伟庄严，基本满足考试的需要。从此，泉州试士便都在贡院进行，不再附在府学。

至于各县考棚，则大多附建于书院或县儒学。南安县考棚附建于丰州书院。惠安县考棚附建于县学，道光年间县试"岁童子军常三千人，县学不足容，往往星散民家，官与民俱不便"。因此，道光七年（1827）知县全卜年倡建文峰书院时，亦在书院东西廊分建考棚，设号桌 3400 余号以为考试之地，可见规模之大。安溪县考棚于乾隆二十二年（1757）附建于考亭书院。德化县考棚于嘉庆十五年（1810）附建于图南书院。道光二年（1822）书院移迁于县治教谕旧署，旧地专作考棚。唯晋江县考棚依然附建

---

① 素尔纳等纂：《学政全书》卷五九，文海出版社，1968。

在县儒学。永春县则另有考棚。雍正十二年（1734），永春升为直隶州，开始暂以明伦堂作考棚，考棚狭窄，童生须分批参加考试。乾隆十七年（1752），知州杜昌丁于旧训导宅地建考棚，可容纳考生一千八百余人，自是可一场开试，不必分批。贡院和考棚的建立，使童生参加院试更为方便。

府县官员除修复和扩建府县儒学外，还积极参与书院、义学、社学、塾学的建设。从雍正年间开始，泉州府县官员对书院就较为投入，这也反映了地方官员对清王朝文化教育的理解和追随。

不少外地为官的闽南人对家乡教育也贡献颇多。像安溪李光地，康熙九年（1670）进士，官至吏部尚书、文渊阁大学士，历任会试正考官。他继承和发扬朱熹学说，是著名的理学家，曾主编《朱子全书》、《周易折中》、《性理大全》等著作。他非常重视教育事业，当地方官时，修建学堂，选拔名师，并亲临讲学。他因病弃官归乡后，出钱修复泉州学宫、兴建榕荫书堂、倡建安溪考亭书院。康熙五十四年（1715）冬，李光地告假回安溪故里，拜访知县曾之传，看到位于县学东的朱子祠摇摇欲坠，于是倡议建一书院。曾之传带头捐俸，在文昌祠后购了一块地，连同文昌祠一起扩建为考亭书院，延师聚徒课业讲艺。又置田租 60 桷为香火资。李光地并为书院制定规约，亲自课训弟子。他要求学生读书时，找出基本观点、线索，将要点摘要写出来，更要循着作者的思路，开动自己的脑筋，探索其精微之所在，并针对有关问题进行比较、分析，从而使自身随时处于一种积极、主动的状态；而通过主动的学习方法产生的成果，也远比那些照本宣科、追名逐利的粗制滥造之作更有价值。当时人就充分肯定了李光地的教育成就，说"本朝诸名公，称善育才者，必以光地为首"①。

---

① 《清儒学案·安溪学案》。

洪科捷，南安英都人，乾隆进士，居家 20 年，对家乡教育事业尽心策划。曾倡修南安县学，亲自督工，经年而成。自洪世泽辞官返乡家居期间，曾主持鳌峰书院，考德问业，多所成就。

再如泉州历任的府县官员也纷起响应。如徐之霖，康熙年间通判泉州，重建小山丛竹书院。刘侃，康熙年间知泉州，"刊《小学实义》颁之书院以教士，朔望躬诣训诲焉"。王者都，康熙年间知泉州，"以彬雅儒宗，宏圣天子作人至意，以振兴斯文为己任"。蒋垣，康熙泉州教授，编《八闽理学源流》以教士。孙鲁，雍正年间知泉州，"值科试，悯泉士多贫，令自备试卷，乡府加印结，免一切卷费"。王廷诤，乾隆年间知泉州，"偕晋邑令胡格捐买店屋收租为诸生课文饭食之需。又置田租充朱子祠香灯之费。每集诸生讲学，谆谆不倦"。杨廷桦，乾隆年间知泉州，清源书院山长修金、生徒膏火未备，拨银 2500 两以充。唐山，乾隆泉州教授，刻蔡清密箴以示学者。张冕，道光泉州教授，"作《悯俗》、《砭俗》二箴以训士"。王时羽，顺治五年（1648）知晋江，"集士戒谕，勉以励行"。林润芝，顺治年间晋江县学教谕，教学有方，"士林重之"。张召华，康熙年间知晋江，"宾礼其俊秀，加以训诲，自此童子试盈万人"。王梦说，康熙年间知晋江，"爱民造士，一以至诚。每见士子，必教以衣冠礼让，先器识而后文艺"。曾銮，雍正年间知晋江，倡修学校。黄昌遇，乾隆年间知晋江，"县北一峰书院废为淫祠，昌遇郭清而兴复之，改名梅石。复倡新邑学"。赵同歧，嘉庆年间知晋江，捐俸倡修梅石书院，出资充山长修金、生徒膏火。祖泽茂，顺治年间知南安，复修文庙、明伦堂于兵戈蹂躏之余。刘佑，康熙年间知南安，倡议募资整修因兵灾而严重毁坏的县学，使四散的诸生能济济一堂。李延基，康熙年间知南安，主持重修县学明伦堂。孟维训，康熙年间南安县丞，"值科试录士，精心校阅，所拔前茅，均一时之选，后多达者"。潘金卣，康熙时南安教谕，初抵任，见文庙棂星门架枋亭非称，即加修葺，规制一新。盛本，嘉庆年间知南安，以惜士爱民为务，遇书院课期及宾兴大典，皆不惜捐俸奖赏。程鹏，同治年间知南安，捐廉倡建丰州书院，两廊扩为考棚。彭鳌，光绪年间知南安，"试士务拔真才，观风月课，厚加奖励"。吕元恩，光绪年间知南安，"生员缘事，不轻详革，院课决科，捐廉厚奖。县考扃门面试，革稿呈正，躬为点窜。自办茶点、稀粥，供给诸生。圣庙、城隍、考棚、诗山书院，皆捐廉倡修"。李春晖，光绪年间知南安，"丰州书院膏火向缺，分寄邑中典铺生息"。李长庚，康熙年间知惠安，"暇则集生童月课及岁科两试，俱躬为甲乙，真才类拔。刊有《螺阳课士录》"。吴忠，嘉庆年间知惠安，"振兴文教，倡修文昌庙、明伦堂，延名师课书院，捐廉给膏火"。曾之传，康熙年间知安溪，修学宫明伦堂，捐建考亭书院，"政暇则与诸生论文"。蔡祚嘉，雍正年间安溪训导，"勤课业，敦节概"。王调元，顺治年间知德化，积极兴学。力子侗，顺治年间德化县学教谕，刊《课士录》，鼓励生徒努力学习，榜眼邓启元、进士王必昌、举人林应祖等都是由他培养成就的。鲁鼎梅，乾隆年间知德化，"公余校士其中……月再亲课，第其高下，优者奖之，不及者导之"。

2. 官办书院。

书院源自唐代，是收藏、校勘经籍的皇家图书馆，兼有侍讲的职能。至宋代，书院演变为讲学修业的教育场所。明清以来书院逐步官学化了。从办学性质来看，书院有官府创办、集体创办、私人创办、私办官助四种形式。明清书院多为私办官助或官府创办，尤其是省城和各府州县所在地的书院绝大多数是官办或私办官助。从教学内容和办学宗旨来看，有讲会式书院、科考式书院、分科教学式书院。明清时代的书院绝大多数是以准备参加考试为目的的科考式书院。

官办书院是由知府、知州、知县等地方官员奉行朝廷旨意创办的，其特点是书院的掌教权、经济权、招生权、管理权等均受国家控制，因而官方色彩较为浓厚。

清初，朝廷不许别立书院，福建的书院或被毁，或被改为祠堂庙宇，或挪为他用。康熙末年，福建各地修复一些书院。雍正六年（1728），朝廷谕闽粤两省教导官音，规定八年以后不能通官音者，不许参加各级科举考试。到雍正七年（1729），福建几乎所有的府州县都设立了正音书院，有的还不止一所。到了雍正十一年（1733），朝廷谕立书院，福建书院才开始蓬勃发展起来。据白新良先生统计，清代福建书院总数351所，其中新建书院302所，修复前代书院49所。[①] 就闽南地区而言，地方官员亦积极贯彻朝廷倡办书院的政策，不遗余力地修缮、扩建原有书院和增建新的书院，因而书院发展迅速，欣欣向荣。下面阐述清代闽南地区官办书院的发展情况（见表5—5、表5—6）。

表5—5　清代闽南修缮旧有官办书院情况

府州县	书院名称	时代	修　缮　情　况
泉州府	温陵书院	宋代	康熙十二年（1673），知府王者都修
			乾隆六年（1741），知府王廷诤重修。中祀朱子，别建启圣祠祀韦斋先生，旁构敬业堂并学舍
	石井书院	宋代	康熙三十九年（1700），晋江知县陈炎就遗址而鼎新之
			乾隆七年（1742），知府王廷诤复倡建韦斋祠
			乾隆十四年（1749），通判马璐鸩绅士创台门及两庑，集生徒肄业其中

---

①　白新良：《中国古代书院发展史》，天津大学出版社，1995。

续表

府州县	书院名称	时代	修 缮 情 况
漳州府	芝山书院	宋代	乾隆二十一年（1756），知府奇灵阿倡绅士重修
			嘉庆十八年（1813），知府英泰重修
	观澜书院	不详	雍正七年（1729），邑人贡生赵登瀛捐葺
			乾隆十一年（1746），教授郑汉履率诸生蔡元耀等修
			乾隆二十六年（1761），诸生赵紫绶等重修
	建溪书院	不详	乾隆二十一年（1756），绅士王天柱等捐修
	邺山书院	明代	乾隆十四年（1749），汀漳龙道单德谟重建。中有三近堂与善堂、乐性堂、双峰亭、选真亭、采芝亭、灵喜亭、橘院、坛舍两翼室景文楼，共十一所。又有珠江堂，里人黄日纪建
龙岩州	新罗书院	明代	康熙二十五年（1686），知县江藻重建，改今名
			乾隆元年（1736），知州张廷球重修
永春府	文公书院	明代	康熙二十三年（1684），知县郑功勋、教谕蔡祚周迁于州治之东。中奉朱子像后为学舍四，前为魁星楼文昌阁
			乾隆十二年（1747），知州杜昌丁建讲堂三间，两庑学舍四间，延师集生徒肄业其间，捐银四十三两七钱，置田三亩一分，并西壖新垦地租为师生膏火资
			乾隆二十一年（1756），知州郑国望又增学舍六间
			乾隆三十二年（1767），知州嘉谟以其中讲堂改建明伦堂，并移附两学署于后
晋江县	一峰书院	宋代	乾隆十五年（1750），知县黄昌遇重建
			嘉庆十四年（1809），知县赵同岐倡绅士重建。西有梅石亭，石形似梅花。一峰谪居建草堂于此

续表

府州县	书院名称	时代	修 缮 情 况
同安府	文公书院	元代	康熙二十七年（1688），知县徐名觐、邑人陈睿思修扁，道化斯存于堂
			康熙五十二年（1713），知县朱奇珍、邑人颜孔辅修
			乾隆十七年（1752），邑人洪敬璜、陈秉礼等重修
	鳌江书院	明代	康熙四十二年（1703），里人郑羽飏请于官，以明洪武时江夏侯周德兴所筑高浦所旧营署地建，祀朱子，后复坏
			乾隆十八年（1753），里人郑绍仁倡募重建，祀产渐为人侵削。知县郑召南请复之
安溪县	考亭书院	明代	康熙五十二年（1713），知县曾之传捐俸就文昌祠拓为书院，移文公祠祀焉。复拓其前为敬业堂，以课书生，置田租为香火之资
			乾隆二十二年（1757），知县庄成重修。童生林世德、七年武举谢大椿，邑人谢友泙各捐租，以充膏火
龙溪县	霞北书院	不详	乾隆三十八年（1773），知县崔绎拓建署，令刘廷韩令潘鸣谦成之，旧朱子祠之左增建讲堂及厢房
	霞东书院	不详	清嘉庆二十二年（1817），知县姚莹重建
漳浦县	鸿江书院	明代	明洪武间，乡人陈彘列建，授徒讲学，其子孙重修以教乡子弟。后废
海澄县	清漳书院	明代	明隆庆元年（1567），知府唐九德同治邓士元建。今废
南靖县	欧山书院	明代	乾隆八年（1743），增建学舍
			乾隆三十三年（1768），改建于城东北隅道口
			乾隆四十一年（1775），知县王宝序建楼于堂东

府州县	书院名称	时代	修 缮 情 况
长泰县	泰亨书院	明代	康熙七年（1668），知县赵象乾修
			乾隆七年（1742），扁曰登科书院
	九和书院	不详	乾隆十二年（1747），知县周芬斗修以课士
平和县	丹诏书院	宋代	乾隆二十五年（1760），知县胡邦翰改为书院。前为讲堂，东西为斋舍，前为东门，东向九和山
			乾隆四十年（1775），知县蔡承烈拨田租为膏火
			嘉庆二十二年（1817），知县姚莹倡修筹经费、定章程
			乾隆二十九年（1764），知县张所陶、教谕黄长茂偕邑绅林名世、陈丹心倡建于县南门内，在文成公祠东讲堂左构怀德堂文公祠，后祀文昌魁星，扁曰崇义堂，学规一时俱举
			道光九年（1829），知县陈盛韶捐金生息以充膏火

资料来源：孙尔准修、陈寿祺纂：《福建通志》，同治七年（1868）正谊书院刻本。

表 5－6　清代闽南新创的官办书院及其修缮情况

府州县	书院名称	建 修 情 况
泉州府	清源书院	乾隆三十二年（1767），知府陈之铨捐俸倡绅士购而修之
		乾隆三十八年（1773），知府杨廷桦议拓之；前院有屋通桂坛巷，亦施氏旧业再行购置
		嘉庆七年（1802），署府冯国柄倡官绅复旧额立碑
	小山丛竹书院	康熙四十年（1701），通判徐之霖建
		康熙五十年（1711），知府刘侃修
		乾隆五十三年（1788），重修

续表

府州县	书院名称	建 修 情 况
漳州府	丹霞书院	乾隆二年（1737），知府刘良璧建祀朱子，有半月楼魁星阁
		乾隆十年（1745），知府郑□□重修
		乾隆十四年（1749），知府金溶构讲堂书舍
		乾隆二十四年（1759），巡道张惟寅增建设后堂，架楼其上
		乾隆二十六年（1761），知府蒋允君，以讲堂左书舍卑隘，移于后
		道光九年（1829），巡道方传穟倡建
	锦江书院	康熙六十一年（1722）建，中祀朱子
		乾隆十四年（1749），通判王祖庆重建。邱倚煌、邱岳、王文辉购地筑学舍
	南胜书院	乾隆元年（1736）建，中祀朱子，左右以王阳明先生黄石斋先生配
		乾隆元年（1736），防厅刘良璧建讲堂、学舍
永春府	梅峰书院	乾隆三十一年（1766），知州嘉谟建，并筹经费永为膏火之资
	鹏山书院	同治三年（1864），知州翁公学筹建
	怀古书院	同治年间，知州向焘建
龙岩州	大中书院	知县江藻建
	复性书院	知县江藻建
晋江县	宝海庵书院	雍正六年（1728），知县唐孝本建
南安县	丰州书院	乾隆二十年（1755），知县邹召南建。中为讲堂，后祀朱子，旁设学舍，延师集生徒肄业其中
		乾隆二十二年（1757），知县伍炜偕绅士建置膏火
		嘉庆间，邑人陈俊黄駉重修

府州县	书院名称	建 修 情 况
惠安县	螺阳书院	康熙间，知县钱济世建于县署右
		乾隆间，邑人陈文辉移建今所，嘉庆初废
		道光七年（1827），知县仝卜年倡捐，邑举人王元生，诸生王简、徐靖、监生陈登诠、孙其青、郭金榜等建造，输助万余金，择邑东门外附郭地重建，改名为文峰书院。中为讲堂，堂左右房一百八十间，两廊建考棚，中立藏书楼
同安县	双溪书院	乾隆二年（1737），知县唐孝本倡建
		乾隆十八年（1753），知县明新、署邑人于楼后复建书舍
		康熙间，威略将军吴英始建文昌殿、集德堂；后兵部郎中雅奇榷税海关建萃文亭，买漳州垣泥乡田，征租以为经费
	玉屏书院	乾隆十六年（1751），分巡道白瀛、署提督倪鸿范、同知徐逢元、绅士黄日纪等共谋设学，遂于文昌殿右建讲堂，旁为斋庑，又其高者为必自轩三台阁，祀朱子于集德殿堂。后，巡道蔡琛待士尤切，各属来学者人多而地不足，绅士黄日纪复买屋建崇圣堂、芝兰室、漱芳斋，又买屋数间赁人居，岁征以助祭祀
	紫阳书院	康熙间署同知范廷谟、雍正四年同知冯鉴拓之，前祀朱子，后为生徒肄业所。后同知李暐、胡宗文皆整理焉。左边学舍已为神祠
		乾隆十六年（1751），建玉屏书院，紫阳书院肄业遂废
		乾隆三十年（1765），同治杨愚复之，掌教蔡士捷倡绅士捐金修葺
	凤山书院	乾隆十一年（1746），知县张荃倡建
	舫山书院	乾隆十一年（1746），知县张荃倡建

府州县	书院名称	建 修 情 况
漳浦县	儒山书院	乾隆二年（1737），知县侯景于楼下建讲堂，东建斋舍四间，后又增筑三间
		乾隆二十五年（1760），知县王作霖倡兴书院，邑绅叶容、监生吴亨杰、诸生吴邦基、贡生郭租启购地增建学舍；绅士李朝阳、叶汉章等建讲堂后，枕以藏书楼
		乾隆五十九年（1794），水圮，址存
诏安县	沈公书院	清康熙间，祀开漳功臣沈世纪，东西为厢房
德化县	图南书院	康熙二十八年（1689），知县范正辂建正厅一座四房，左畔附屋两间、大门一座、门房二间
		雍正八年（1730），训导王方英建后宅三间，右畔附屋四间
		乾隆九年（1774），知县鲁鼎梅建中堂一座，堂房八间、左右舍十间、仪门一座
		乾隆三十四年（1769），知县何发祥劝捐通报膏火银一千零七十两三钱
	云龙书院	顺治六年（1649），知县王榜建
		乾隆元年（1736），知县黄南春重修阁东为真武殿，西为云龙书院
		光绪十七年（1891）八月，民变炽东岳庙殃及，光绪十八年，邑人重建
		光绪三十三年（1907），邑人重建云龙桥，移款重修
	瑶台书院	乾隆十一年（1746），知县鲁鼎梅、教谕曾晋、训导箫国琦捐俸倡建，举人颜瑛、贡生苏重光、监生林升丽、林士品、生员林文华募建
		嘉庆九年（1804），贡生苏瑛瑞等捐资重修，添建西偏小厅为训导蒙塾
	龙浔书院	乾隆五十五年（1790）冬，知县张大纲建

续表

府州县	书院名称	建 修 情 况
漳平县	龙门书院	署县范廷谋建，后改为龙亭库
	菁城书院	知县傅维祖改为书院
	东山书院	乾隆二十年（1755），知县曹钥捐俸置田以资膏火
		嘉庆十年（1805），知县高若越修。道光十年（1830），知县蔡世铍倡捐膏火
宁洋县	钟灵书院	知县邓于蕃建
	共学书院	知县沈荃捐建
	双洋书院	乾隆五年（1740），知县黄靖世倡邑绅士建，后知县袁儒忠孙似茗拨寺田以充膏火

资料来源：孙尔准修、陈寿祺纂：《福建通志》，同治七年（1868）正谊书院刻本。

由表 5－5 可知，清代闽南地方官府共修缮、扩建了 20 所旧的官办书院；由表格 5－6 可知，清代闽南地方官府共新建、扩建了 30 所新的官办书院。这些数据仅是截止到道光年间有关闽南官办书院的结论。当然，从时间上讲，旧书院的修葺、扩建和新书院的建置、修建活动主要是在这段时间进行的，尤其是在康熙、雍正、乾隆三朝。但是，即使到清末的同治、咸丰、光绪年间书院的创建、修缮活动也仍在地方官的主持下继续，只是数量不如清代前中期那么多。另外就是在修建书院的活动中地方乡绅发挥出更大的作用。以厦门玉屏、紫阳书院为例。

在《玉屏、紫阳二书院经费碑记》中提到：厦门本是通商发达、贸易繁荣、人民富庶的沿海地区。在道光年间发生鸦片战争后，厦门作为海口地区面临严峻的形势，这对书院的盛衰产生了影响。"厦门海岛也，商贾殷阗，辐辏冠全闽。民之多既庶矣，舶之聚既富矣，而复立师书以培养之、甄陶之。旧有玉屏、紫阳二书院。玉屏归兴泉永道课，紫阳归厦防同知课，经费皆绰有余供。自道光辛丑，海氛告警，所存息荡遗，于是，二书院并为一。"[1] 但是办学经费仍是难以维系，于是地方官员设法筹备经费。"适邑绅观察林枢，北国华过访予，以此事告之。语未毕，慨然曰：'是先人志向也。提金钱六千缗为倡议。'"[2] 在北国华的倡议下，当地乡绅"履声接踵，征勇提捐"。为了表彰这些关心家乡教育事业的乡绅，特"勒石以垂"，并勉励书生积极上进。从清末玉屏、紫阳书院的修建情况可知，地方乡绅慷慨解囊以解决书院的办学经费问题，以极大的热情参与修建书院。

在清代，无论府、州、县学，还是书院，都奉科举为圭臬，书院的科举教育色彩日益浓厚。

清代闽南书院通过祭祀朱熹及其他理学家弘扬了理学精神。位于同安大轮山的朱文公书院之所以祭祀朱熹，是因朱熹在南宋绍兴年间担任过同安县主簿，并在同安开创讲学之风。"紫阳过化今犹在，与我同人式典型。"高宏音的《仰止亭怀古》是对朱子遗风流韵的深切缅怀。

晋江安海的石井书院系为纪念朱松、朱熹父子"过化"此地并讲授经义而设。清代曾多次重塑朱熹雕像，以示尊崇。

泉州的小山丛竹书院塑有朱熹塑像，时时祭祀。该书院的过化亭以及亭后斋舍上的题额"瞻紫"，都透出浓浓的理学色彩。

泉州的清源书院，在讲堂左边建先觉祠，祭朱熹、蔡清、李光地等先贤。

华安的凌云书院，内祀朱熹、陈淳、王过等宋儒。

---

① 厦门市修志局纂修：《民国厦门市志》卷一二《学校志》，据福建省图书馆藏抄本影印。

② 同①。

南安的丰州书院中为讲堂，后祀朱熹；芸圃书院的礼堂祀朱熹、二程、周敦颐和张载等理学大师。观海书院、诗山书院也祭祀朱熹。

清代福建闽南书院重视入学考试和学中考课。厦门的玉屏书院曾顺应时变，策论内容亦有所改变，如《韩文公原道书后》、《留侯圮上受书论》、《孟子民法上之思想》、《管子之功利主义》、《苏格拉底与柏拉图两西儒之学理》等。

（三）清代闽南官学与科举

自清以来，朝廷对科举制度高度重视，科举考试是选拔人才最主要的途径，因而，科举制与官学之间存在极为密切的相互推进关系。官学教育为科举制源源不断地提供应试人员，科举制背后的奖励机制和高额回报率又为官学教育注入持久的动力。所以，科举考试的继续繁荣既是官学发展的前提，又是官学发展的表现。下文将以表格的形式展现清代闽南科举考试持续繁荣的情况（见表5—7～表5—9）。

表5—7　清代福建文科进士、举人　　　　　单位：人

地区	府州县		顺治	康熙	雍正	乾隆	嘉庆	道光
闽南	泉州	进士	43	58	29	58	15	10
		举人	126	409	172	443	115	151
	漳州	进士	19	36	16	36	6	5
		举人	78	216	89	216	65	86
	台湾	进士	0	0	0	0	0	6
		举人	0	9	5	9	30	55
	永春	进士	0	0	0	0	0	2
		举人	0	0	0	0	39	15
	龙岩	进士	0	0	0	0	6	2
		举人	0	—	1	0	44	46

续表

地区	府州县		顺治	康熙	雍正	乾隆	嘉庆	道光
闽东	福州	进士	34	67	26	120	94	96
		举人	144	348	158	873	456	640
	兴化	进士	16	13	6	19	5	2
		举人	73	142	44	109	27	43
闽西	汀州	进士	0	5	8	26	15	7
		举人	24	87	42	222	76	95
	福宁	进士	0	4	1	5	7	2
		举人	5	18	12	49	28	39
闽北	邵武	进士	1	2	4	4	6	5
		举人	10	38	20	93	35	49
闽中	延平	进士	10	8	3	12	2	1
		举人	28	68	20	92	25	50
	建宁	进士	0	4	4	10	3	1
		举人	24	58	25	94	49	69

　　资料来源：孙尔准修、陈寿祺纂：《福建通志》卷一六一《选举·进士》，卷一六二《选举·举人》卷一六三《选举·举人》，同治七年（1868）正谊书院刻本。

表5－8　清朝闽南历代进士前三名名单

名次	人数	姓名	籍贯	及　第　时　间
第一名	6	陈常复	南靖	顺治十八年（1661）
		游定海	漳浦	康熙五年（1666）
		庄有恭	晋江	乾隆四年（1739）
		李威光	平和	乾隆二十五年（1760）
		王仁堪	晋江	光绪六年（1880）
		吴　鲁	晋江	光绪十六年（1890）

名次	人数	姓名	籍贯	及 第 时 间
第二名	3	邓启元	晋江	雍正五年（1727）
		林枝春	闽县	乾隆二年（1737）
		黄同梁	平和	乾隆四十年（1775）
第三名	3	谢衷寅	漳浦	康熙八年（1669）
		戴龙游	长泰	康熙十九年（1680）
		郑三良	龙溪	康熙三十五年（1696）

资料来源：福建省地方志编纂委员会编：《福建省志·教育志》，方志出版社，1998。

表5-9　清代闽南地区贡生的情况　　　　单位：人

	闽　东		闽　　南					闽　西		闽北	闽中	
	福州	兴化	泉州	漳州	台湾	永春	龙岩	汀州	福宁	邵武	延平	建宁
恩贡	207	56	109	149	79	45	63	163	78	98	147	166
拔贡	191	66	120	157	64	42	35	140	76	101	126	115
副贡	440	60	236	154	6	44	30	105	22	60	52	47
岁贡	989	366	745	702	357	298	322	795	442	602	779	622
优贡	58	2	18	16	5	0	0	15	3	3	6	14

资料来源：孙尔准修、陈寿祺纂：《福建通志》，同治七年（1868）正谊书院刻本。

　　唐以来，福建地区的文教事业日渐兴盛，到宋代就有"海滨邹鲁"之称。明代福建已成为"科举大省"。但是明代福建科举府县多在闽西北、闽东地区，闽南地区相对薄弱些。至清代，由上面表5-7～表5-9可知，福建继续保有"科举大省"的称号。

　　这里将福建省十府二州，划分为闽东、闽西、闽南、闽北、闽中五大地区，闽东包括福州府、兴化府；闽西包括汀州府、建宁府；闽南包括泉州府、漳州府、台湾府、永春州和龙岩州；闽北包括邵武府、福宁府；闽中包括延平府。在这五大地区中，闽东、闽南考中进士、举人的人数特别多，而闽西、闽北和闽中则特别少。清朝福建历代进士前三名的情况是状元共 9 人，榜眼共 7 人，探花共 10 人。但是闽南地区历代进士前三名的情况是状元共 6 人，占总状元人数的 66.7%；榜眼共3 人，占总榜眼人数的 42.9%；探花共 3 人，占总探花人数的 30%。

有一个现象是，从顺治到乾隆前期，泉州府和福州府的科举成果旗鼓相当，但是从乾隆后期到道光，闽南最主要的府——泉州府考中进士、举人的人数急剧下降，其原因值得深究。

（四）结语

清代教育依旧奉行明代以学田养学校的方针。学田收入作为维系学校长期运转的主要经费来源，对于学校的发展甚为重要。此外，学校经费还来自以下三种渠道：一是朝廷拨款；二是地方官捐俸禄购置学田、学租；三是地方乡绅、义民的捐献钱物、田产等。如雍正十三年（1735）晋江县邑人张文秩捐田租 9000 斤、邑人庄延簪捐田租 400 斤。雍正九年（1731），南安县诸生陈士炳捐充修理文庙田七亩二分。雍正年间，龙溪县邑人林编捐资倡修重造宝塔于文庙左，在滕龙山之上。

表 5-10　清康熙年间各府州县入学之学田情况

府、州、县名称	学田数量（亩）	府、州、县名称	学田数量（亩）
泉州府	276.5	海澄县	14.1
晋江县	258.0	南靖县	122.9
惠安县	91.7	长泰县	53.5

府、州、县名称	学田数量（亩）	府、州、县名称	学田数量（亩）
同安县	490.1	平和县	7.4
安溪县	18.1	诏安县	44.4
南安县	77.7	永春州	42.1
漳州府	437.0	德化县	24.2
龙溪县	260.2	龙岩州	87.3
漳浦县	34.3	—	—

资料来源：孙尔准修、陈寿祺纂：《福建通志》，同治七年（1868）正谊书院刻本。

表5-10学田数量仅以田亩算，有些县的田租数量不在此计算范围之内。下面单独列出田租的情况：漳州府田租六十石六斗、龙溪县田租三十九石六斗、漳浦县田租三十石、海澄县田租一石六斗、平和县租谷三十八石、诏安县租谷一十三石、龙岩州租谷五十九石二斗。

依靠学田收入维系学校运转的方式存在很大的弊端：其一是当自然灾害降临的时候，轻则当年收入减少，重则学田被毁坏；其二是学田容易被当地豪强势力霸占，官府也无能为力，只能听之任之。这些因素是导致官学走向衰亡的一个重要原因。以南靖县为例，康熙二十一年（1682），总督姚启圣捐置田产一十一亩三分充作学田，但是在康熙五十七年（1718）该学田因洪水崩陷，一直到乾隆年间仍未完全恢复。[①] 康熙四十一年（1702），拨山城古田洲园七十五亩充学田，用作修理学宫的费用和学子参加科举的盘费，但是雍正二年（1724），"洪水冲崩，今垦复尚未

---

① 姚循义修、李正曜等纂：《乾隆南靖县志》卷一，第298页，清乾隆八年（1742）刻本。

及半"。①

二、民办学校的多元结构

具有"海滨邹鲁"之称的闽南地区，渐渐形成了注重教育的传统。在官方兴办的教育机构之外，凡社学、书院、义学和私塾等民办教育机构纷起频出，蔚成教育繁荣的一大景观。

(一) 社学

社学是基层学校的一种。虽然它是由地方官府倡导建立的，但是它的运作经费主要由民间支付，因而社学可视为民间办学的重要组成部分。明清以来，社学已纳入科举制的轨道，为科举考试培养了大量应试的童生。清廷对社学较为重视，曾多次下诏设立社学，作为基础教育的主要组成部分。雍正二年（1724），又诏令各县设立社学。雍正七年（1729），再次诏令立社学，并要求地方加强检查督促。

顺治九年（1652），"题准：每乡置社学一区，择其文义通晓、行谊谨厚者，补充社师，免其差役，量给廪饩养赡。提学案临日，造姓名册申报查考"。② 然而，当时福建东南沿海州县正处于郑氏明军与清军对抗状态，政府还无暇顾及设立社学之事，社学建设缺乏安定有序的社会环境。

雍正元年（1723），朝廷发布上谕说："州县设学，多在城市，乡民居住辽远，不能到学，照顺治九年例，州县于大乡、巨堡各置社学，择生员学优行端者补充社师，免其廪饩。凡近乡子弟，年十二以上、二十以内，有志学文者，俱令入学肄业，仍造

---

① 姚循义修、李正曜等纂：《乾隆南靖县志》卷一，第 298 页，清乾隆八年（1742）刻本。

② 素尔纳等纂修：《钦定学政全书》卷六四，文海出版社，1968。

名册，于学臣案临之日，申报查考。如社学中有能文进学者，将社师从优奖赏。如怠于教习，钻营充补，查出褫革，并该管官严加议处。"① 这道上谕发布之后，福建各府县积极响应朝廷政策，于次年建立了许多社学。

以泉州而言，乾隆以前，社学仍占有较为重要的地位。社学在明代时兴时衰，明末已显得萎靡不振。入清以后，朝廷三令五申，泉州地方官员又积极倡导民间创办社学，社学一度颇为兴盛。在雍正至乾隆年间，泉州府新建社学 132 所。晋江县 6 所，分布在青阳、石狮、安平、法石、洛阳、河市；南安县 30 所，分布在武荣铺、仕基铺、埔头乡、黄龙乡、潘山铺、金果乡、格外乡、彭内乡、竹坑乡、哈埔乡、浯洋乡、罗溪乡、洪濑乡、官园乡、长岭乡、王塘铺、玉华街、珠渊乡、石跳乡、娘子桥、霞美乡、塘上乡、文斗店、官田乡、深坑乡、大营街、朴兜乡、菊浔乡、青石宫、溪尾街；惠安县 22 所，分布在登庸、弦歌、庆泉、哈田、盘龙、前郭、琼田、埔林、通津、松林、驿坂、樟柿、王孙、厚俗、南门、香山、马泷、鳌塘、北坝、上社、苏坑、弦歌；安溪县 36 所，分布在侍御、汇征、会元、石堂、罗泽、厚安、埔浔、狮子、真觉、桥头、赤岭、官桥、下汤、归湖、杨舍、吴庄、源口、上坑、溪尾、店尾、宫前、崎兜、苦乾、东乾、郭坂、上房、左槐、霞川、蓝田、进德、南斗、玉湖、杉洋、多卿、举溪、净惠；永春县 14 所，分布在文兴、云龙、紫阳、迎晖、西门、儒林、上场、龟龙、寿峰、长安、文章、蓬湖、西陵、五峰；德化县 11 所，分布在大卿、隆泰、洛山、南洋、朱紫、梅峰、三峰、桂林、万峰、伏虎、瑞科；同安

---

① 昆冈等修、刘启端等纂：《钦定大清会典事例》卷三九六，《续修四库全书》，804 册，上海古籍出版社，1995。

县 13 所，分布在在坊、五峰、新圩、浔尾、马家巷、灌口、角尾、刘五店、厦门、湖山、平林、丹砂、金门所。同治年间，泉州府共有社学 103 所，永春州 33 所。社学遍及各个区域，极大地促进了当地基础教育的普及。

表 5-11　清代闽南 20 个县社学情况

县名	社学数量（个）	社学名称	备注
晋江	6	青阳社学、安平社学、石狮社学、法石社学、洛阳社学、河市社学	俱清雍正二年（1724）设
南安	30	武荣社学、潘山社学、仕慕社学、黄龙社学、埔头社学、竹坑社学、金果社学、彭内社学、格外社学、黄埔社学、浯洋社学、官园社学、罗溪社学、洪濑社学、长岭社学、王塘社学、玉华社学、珠渊社学、石跳社学、官田社学、娘仔桥社学、溪尾社学、文斗店社学、霞美社学、深坑社学、塘上社学、大营社学、朴兜社学、菊浔社学、青石社学	俱清雍正二年（1724）设
惠安	19	厚俗社学、南门社学、香山社学、马龙社学、灶塘社学、良盘社学；铉歌社学、登庸社学、庆泉社学、黄田社学、盘龙社学、前郭社学、琼田社学、埔林社学、通津社学、崧林社学、驿坂社学、樟柿社学、王孙田社学	前 6 所为旧设；后 13 所俱清雍正二年（1724）设
同安	19	擢贤社学、桂林社学、福星社学、蓝田社学、白礁社学、湖山社学、平林社学、丹砂社学、刘山社学、在坊社学；五峰社学、新墟社学、浔尾社学、马家巷社学、灌口社学、角尾社学、刘五店社学、厦门社学、金门社学	前 10 所为雍正二年（1724）设立

县名	社学数量（个）	社学名称	备　注
安溪	31	侍御社学、汇征社学、会元社学、石堂社学、罗泽社学、厚安社学、埔浔社学、狮子社学、真觉社学、官桥社学、下汤社学、归湖社学、杨舍社学、吴庄社学、举溪社学、净惠社学、源口社学、上坑社学、进德社学、南斗社学、玉湖社学、左槐社学、霞川社学、上房社学、店尾社学、崎兜社学、苦乾社学、东乾社学、郭坂社学、溪尾社学、宫前社学	不详
龙溪	38	西桥亭后社学、文信公祠后社学、东岳庙后社学、法云室社学、石马埠社学、郑黄高社学、王五伦社学、诗碛社学、蔡美社学、六协社学、南山社学、天宝社学、双路口社学、康山社学、梅应社学、柑山社学、迎福社学、浦南埠社学、金沙社学、磁磹社学、沙建社学、毕畷社学、宜招社学、升平社学、浦西社学、珍山社学、田边社学、六石社学、林内社学、浦头社学、李阳云洞山靡社学、蔡耀社学、鸟礁社学、刘瑞社学、澳头社学、石美社学、田裹社学、龙屿社学	不详
漳浦	4	仁字社学、义字社学、信字社学、智字社学	今俱废
海澄	5	安边馆社学；渐山保社学、金丰保书院、留日保社学、集兴保社学	前1所今废；后4所俱清雍正二年（1724）设
南靖	13	在坊社学2所、东门外社学1所、习里社学4所、由义里社学3所；永丰里社学1所、居仁里社学1所、归德里社学1所	前10所今多废；后3所雍正二年（1724）设

县名	社学数量（个）	社学名称	备 注
长泰	32	在坊社学 4 所、人和里社学 4 所、铭化里社学 4 所、恭顺里社学 2 所、方成里社学 3 所、彰信里社学 4 所、石铭里社学 4 所、旌孝里社学 4 所、善化里社学 4 所	今俱废
平和	33	扁井社学、芦溪社学；新安里社学 2 所、崎岭社学、小坪社学、大坪社学、琯溪高祭社学、翠薇社学 2 所、黄井社学、坂仔社学、东坑社学、高坑社学、南胜社学、长富村社学、大小峰社学、芦溪坪垌社学、象湖社学、漳汀社学、大溪社学、庵后社学、何地社学、云霄社学 2 所、五寨社学；清宁里社学 4 所、新安里社学 3 所	前 2 所乃嘉庆九年（1804）建；中 24 所康熙五十三年（1714）奉文设立；后 7 所清雍正二年（1724）设立
诏安	8	二都社学、三都社学、四都社学、五都社学、东门庙社学、南门庙社学、港尾庙社学、真君亭社学	不详
永春	15	文兴社学、云龙社学、紫阳社学、迎晖社学、西门社学、儒林社学、上场社学、龟龙社学、寿峰社学、长安社学、文章社学、蓬湖社学、西陵社学、五峰社学、华严室社学	前 14 所为旧设，今俱废；后 1 所雍正二年（1724）设立
德化	12	大卿社学、良太社学、济山社学、南洋社学、朱紫社学、梅峰社学、三峰社学、桂林社学、万峰社学、优虎社学、瑞科社学、石杰社学	俱雍正二年（1724）新设
龙岩	8	雁石社学、苏阪社学、大池社学、湖洋社学、江山社学、东肖社学、黄坑社学、适中社学	俱雍正二年（1724）新设

县名	社学数量（个）	社学名称	备 注
漳平	8	平在社学、小池社学、白土社学、涂潭社学、横坑社学、溪口社学、松洋社学、适中社学	不详
宁洋	10	员当社学、香寮社学、南丰社学、岩坑社学 4 所、功德社学、通直庵社学 2 所	不详
台湾	8	东安坊社学 2 所；镇北坊社学 1 所；土番社学 5 所	分别是康熙二十三年（1684）知府蒋毓英建；康熙二十八年（1689）巡道王效宗建；雍正十二年（1734）巡道张嗣昌建
凤山	9	土筑埕社学；土番社学 8 所	不详
嘉义	18	红毛井社学、新化里社学、善化里社学、开化里社学、安定里社学、打猫后庄社学、斗六门社学；土番社学 11 所	前 7 所为康熙四十八年（1709）知县刘作楫建
彰化	22	半线庄社学；土番社学 21 所	前 1 所为康熙四十八年（1709）奉文建

资料来源：孙尔准修、陈寿祺纂：《福建通志》，同治七年（1868）正谊书院刻本。

由表 5—11 可知，这期间的社学，虽然数量上已不如明代高潮时期那么多，但还是颇为可观。截至同治七年（1868），闽南地区共有社学 341 所。从设立的时间看，有的是明代保存下来的，但大多是清代新设立的，且这些新建的社学中绝大多数社学是在雍正二年（1724）创设的。

到乾隆前期，社学一直处在逐步发展的时期。社学的学生基本上是乡间未受过启蒙教育的儿童。其办学费用，大部分出自该地方的学田、公产或个人捐助。以龙岩州为例，康熙二十二年（1683），"总督姚启圣捐俸发各县，置产赡寒士，岩得银五十两，置汶洋租五十桶，佃户连瑞侯"。[①] 康熙二十三年（1684），"知县左岘，捐银三十两，置罗桥租二十一桶，佃户陈郁文"。[②] 这些社田所得的田租一般用于支付社师的薪资。试卷的费用，亦由专门的资义田拨充，如"刘廷球充西山大洋田，计租九箩，院试诸生卷资，动支此项"。[③]

乾隆后期，社学因为缺乏制度化的经费保障以及内部管理不当，所以实际效果常不尽如人意，"社师员分收学租，有名无实"。

清代闽南的社学与义学教育大体沿袭明代的模式，这也是清初政府"重建明初政治"的显著表现。《福建通志》（同治十年本）卷六二至六六《学校》记载，泉州府有社学 103 所，漳州府有社学 147 所。

作为基层教育机构的社学与书院，与县级众多小规模的书院十分类似。有时社学也径称书院，如明代漳州府所建的养正社学又名曰养正书院，履正社学名曰履正书院。

（二）书院

清初，由于朝廷采取抑制书院的政策，再加上"禁海"、"迁

---

① 郑丰稔纂：《民国龙岩县志》卷一一《政治三·教育志》，1945年本。

② 同①。

③ 同①。

界"，给教育事业造成了巨大的破坏，闽南的书院基本处于停滞状态。到雍正时期，朝廷改变了以往政策，转而鼓励书院的发展。政策上的调整使得闽南的书院迅速地发展起来。同时，民间人士创办书院的热情也被激发出来，尤其是台湾地区。有清一代，泉州民间共创办 18 所书院，其中南安 7 所，永春 1 所，德化 3 所，同安 7 所。这些书院分别是：乾隆年间建于南安水头镇的观海书院，由当地绅士倡建；乾隆四十年（1775）庠生黄淑桃建于南安罗东的芸圃书院；乾隆年间建于南安小眉山的秀峰岩书院，由当地乡绅倡建；光绪元年（1875）建于南安罗东的池后书院；光绪年间傅国英讲学其中的南安丰州双溪书院，由当地乡绅建；光绪十六年（1890）戴希朱等建的南安诗山书院。同治年间乡绅林天德、林祖龄等建于永春桂洋的梯山书院。乾隆十一年（1746）乡绅颜瑛、苏重光等建于德化瑶市的瑶台书院；乾隆五十五年（1790）举人刘鹏霄、苏文华等建于德化赤水的狮峰书院；光绪初年举人苏允慕等建于德化赤水的锦溪书院。雍正二年（1724）同安乡绅建于县西的凤山书院；乾隆二年（1737）同安乡绅建于侍郎蔡复一故宅的双溪书院；乾隆十六年（1751）同安乡绅建的玉屏书院；乾隆二十七年（1762）同安乡绅黄涛倡建于同安的华圃书院；乾隆十一年（1746）同安乡绅建于县治东马家巷的舫山书院。乾隆四十年（1775）建于金门的浯江书院。这些书院，虽是民间创办，但地方官员多参与其中。如瑶台书院为德化知县鲁鼎梅倡建，浯江书院为同安县丞欧阳懋德倡建，同安双溪书院为同安知县唐孝本倡建，玉屏书院为分巡道白瀛倡建，紫阳书院为府同知冯鉴倡建，凤山书院为同安知县张荃倡建，舫山书院为同安知县张荃倡建。这些书院规模不等，大的有几十间房间，小的仅有房两三间；经费来源也不尽相同，所以有的较有保障，有的则难以维持；存在时间有的较长，有的则是昙花一现；有的具有相当的社会影响，有的则湮没无闻。

清代自康熙起，历经雍正、乾隆、嘉庆、道光各朝，漳州又新建或重修了许多书院。如龙溪的丹霞书院、芝山书院（前身即龙江书院）、仰文书院、锦江书院、霞文书院、霞北书院、霞东书院、清茗书院、定山书院、文圃书院、东瀛书院、泗滨书院（即东山书院）、金沙书院，海汀的儒山书院，长泰的登科书院，南靖的南胜书院、欧山书院，诏安的丹诏书院、石屏书院、崇文书院、傍江书院、沈公书院、南溟书院、东瀛书院，云霄的紫阳书院、云山书院、振文书院等。

书院的发展，推动了漳州文教事业的进步。从唐宪宗元和十一年（816）至光绪三年（1877）的 1061 年中，漳州府生员登进士的有 721 人。其中龙溪最多，中进士 386 人，武进士 30 人，中举人 519 人，武举人 135 人。

书院的办学经费包括了学田、学产等。如龙溪的锦江书院由士绅于雍正三年（1725）合资购产置州田 121 亩余、新草州 188 亩余，每年院产收入的银、谷，半数充当芝山、丹霞书院膏火，半数为锦江书院祭祀、延师等费用。诏安的丹诏书院在乾隆年间由绅士输金、献埭、捐田，经丈量实得 232 亩多，年收租谷 195 石 7 斗，充当丹诏书院膏火。由于经费来源充足，所以从学者络绎。清道光八年（1828），知县又出示晓谕劝捐，二三年间便取得银元 13567 元，纹银 1700 两。除整修书院外，又将租谷、税银、利息作为丹诏书院膏火。书院还规定每年 3 月至 10 月，发给生监每名每月正课 800 文、副课 500 文、童生正课 700 文、副课 400 文。书院有考课制度，每次考后，规定给优等生以奖励。

由于书院的创建者或主持人多为当时著名学者，他们往往既负责书院的组织管理工作，又有较高的学术水平和教学经验，形成了书院良好的学术传统。书院的教师一般均为举人、贡生，学问也较深。

书院招生较为灵活，不受地域、年龄限制，但必须学业优秀。"负笈生徒必择乡里秀异沉潜学问者肄业其中。"① 当黄道周在明诚书院讲学时，闽、浙、粤各地方士子闻讯纷纷前来听讲，多达一千余人；在邺山书院讲学时，四方学者乘船沿九龙江北溪环江门来听讲，体现了书院的开放性和灵活性，也具有生动活泼的气象。

教学生时注重启发，提倡独立研讨。以学生自修、读书为主，辅以教师辅导，鼓励质疑问难。黄道周在芝山书院正业堂讲学，往往先明确学习内容和要求，并发给每个学生一张纸，要学生在自学中记下疑难，交由黄道周逐条解答。后来，其弟子把他的讲学内容，汇编为《榕坛问业》18卷，收入91个学生提出的436条问题和黄道周所作的答案。丹诏书院也是如此。学生听讲后，分别在书斋诵习所讲，然后由山长、老师答问解疑。

书院重视思想品德教育，师生关系比较融洽，能较好地树立尊师爱生的风气。《丹诏书院肄业章程》规定："书院为礼法之地，该生等既束身名教，务当自行砥砺，以为民望，其舍业而嬉，及干预外事，行止不端者，一经访闻，必行摈弃，不准肄业。"

书院的讲会制度允许不同学派进行会讲，开展争辩，在一定程度上体现了百家争鸣的学术自由精神。

---

① 陈荫祖修、吴自世纂：《诏安县志》卷六《学校志》，据民国三十一年（1942）诏安青年印务公司铅印本影印。

表5－12　清代闽南新建的民办书院

县名	书院名称	创　建　信　息
南安县	诗山书院	光绪十六年（1890），戴希朱等建
	观海书院	乾隆年间，当地乡绅创建于水头镇
	芸圃书院	乾隆四十年（1775），庠生黄淑桃建
	金淘书院	光绪元年（1875），当地乡绅创建
	池后书院	乾隆年间，建于南安罗东
	双溪书院	光绪年间建，傅国英讲学其中
	秀峰岩书院	乾隆年间，当地乡绅于南安小眉山创建
	孔泉书院	乾隆、嘉庆年间建
惠安县	文峰书院	道光七年（1827）建
同安县	华圃书院	乾隆二十七年（1762），邑人黄涛倡建
	萃英精舍	光绪二十六年（1900）建
	禾山书院	光绪十一年（1885）建
	衡文书院	清代建
	鹭津书院	清代建
龙溪县	定山书院	清代建
	文圃书院	清代建
	泗渎书院	清代建
	金沙书院	清代建
漳浦县	梁峰书院	清代建
	翠英书院	清代建
	月湖书院	清代建
长泰县	文明书院	光绪二年（1876）建
	崇正书院	光绪二十五年（1899）建
	文昌书院	光绪年间建

县名	书院名称	创 建 信 息
平和县	侯山书院	清代建
	仰山书院	清代建
	芦山书院	清代建
	龙文书院	清代建
	回文书院	乾隆二十三年（1758）建
南靖县	紫阳书院	清代建
	蔚文书院	清代建
	棋华书院	清代建
永春县	梯山书院	同治年间，里人林天德、林祖龄等建
德化县	狮峰书院	乾隆五十五年（1790），举人刘鹏霄、苏文华等募建
	锦溪书院	光绪初年，岁贡徐大铭、举人苏允恭、生员黄在田、耆宾周捷登等募捐重建
	瑶台书院	乾隆十一年（1746），举人颜瑛、贡生苏重光、监生林升丽、林士品、生员林文华募建
龙岩县	登高书院	嘉庆七年（1802），邱万钟户建
	文光书院	嘉庆元年（1796）建
	松涛书院	嘉庆二年（1797）建
	三溪书院	嘉庆六年（1801）建
	振文书院	嘉庆九年（1804）建
	曲水书院	嘉庆十年（1805）建
	钟文书院	嘉庆十八年（1813）建
	崇文书院	嘉庆二十一年（1816）建
	博风书院	嘉庆二十三年（1818）建

续表

县名	书院名称	创 建 信 息
龙岩县	等龙书院	嘉庆二十四年（1819）建
	双溪书院	嘉庆二十四年（1819）建
	青云书院	嘉庆二十五年（1820）建
	雁塔书院	道光元年（1821）建
	东洋书院	道光元年（1821）建
	凌云书院	道光四年（1824）建
	奇迈书院	道光四年（1824）建
漳平县	共学书院	清初建
	南洲书院	道光二十二年（1842）建
	学文书院	清代建
	云涛书院	清代建
	双溪书院	清代建
	天觉书院	清代建
	著华书院	清代建
	崇云书院	清代建
	峰莲书院	清代建
台南县	引心书院	嘉庆十五年（1810），邑绅黄拔萃等建，初为引心文社
凤山县	凤岗书院	乾隆十二年（1747），绅民刘维仲等建
	屏东书院	嘉庆二十年（1815），岁贡生郭萃、林梦阳建
嘉义县	登云书院	道光十五年（1835），邑人鸠资兴建
彰化县	文英书院	道光年间，邑人吕世芳、吕耀初父子所建
	奎文书院	道光二十七年（1847），职员黄一章捐建

续表

县名	书院名称	创 建 信 息
彰化县	道东书院	咸丰七年（1857），邑人阮鹏程、郑凌云等倡建
	兴贤书院	道光三、四年（1823、1824）间，贡生曾拔萃建
	修文书院	道光二十三年（1843），贡生詹锡龄等捐建
淡水县	树人书院	咸丰年间，陈维英建
台湾县	明新书院	光绪八年（1882），陈长江筹建

资料来源：孙尔准修、陈寿祺纂：《福建通志》，同治七年（1868）正谊书院刻本。

下面以厦门禾山书院为例阐述清末民办书院的修建情况。清光绪十一年（1885）孙巡道钦昂在《撰碑论》中曾记载：禾山书院创于同治年间，"厦门山场诸社苦玉屏、紫阳两书院之辽远也。谋建乡校久矣，但赀无多，土木之费有余，修伙之需不足。时有某商，诸社中人也。适至自外洋，慨然以兴建书院为己任，亟赴洋醵金。已成巨数，遂除性充地于禾山之麓，诸董乃消吉营造，成堂室十余间，规模轩敞。是年即延师掌教"①。可惜的是，一年之后，该书院就停办了，因为"后某商挟私意，与诸董抽鋬悻悻然，置醵金于不问，职是修伙莫继，而功废垂成"。② 后来，司马惠深在奉檄分守厦防的时候倡导重修禾山书院。"海氛未靖，防务纷繁，司马于百忙之中兼修文化，意欲重修禾山书院。爰将洋药局每月津贴厅署五十员拨充修伙。"③ 撰写碑刻者孙巡道本

---

① 厦门市修志局纂修：《民国厦门市志》卷一二《学校志》，据福建省图书馆藏抄本影印。

② 同①。

③ 同①。

人也"捐廉四百员以作绅商乐输之嚆矢","而董事陈毅五、孝廉石君恕捐银二千员以助经费"。于是,"酌议章程,垂兴盛举。己酉起官师至课,遐陬僻壤,当无不喁喁向学矣"。[①]

从禾山书院的创建与重建可知:其一,闽南地区交通不发达,远离府县的偏远山区的学子难以入学,在偏僻地区创建一些民办书院成为必要。其二,绅商在创办书院的过程中起到重要的作用。虽然"某商"未能善始善终,很是让人遗憾,但这也在某种程度上透露出这样一个事实——单凭一人之力难以维系一所书院的发展。创建书院很不容易,维系其运转更是难上加难。所以,书院的发展需要更多的人参与、支持。其三,民办书院也需要官方人士的热心支持,如前文提到的司马惠深、孙钦昂。

(三) 义学

义学是免费招收贫寒子弟入学的具有启蒙教育性质的一种学校。清代初期,朝廷较重视义学。康熙五十四年(1715),朝廷曾下谕"穷乡僻壤皆立义学"。

清政府倡导办义学,地方上也有一些积极倡导义学的官员。如徐观孙,乾隆二十九年(1764)知惠安,"广开义学以教乡蒙"。唐孝本,雍正九年(1731)知同安,"建县署义学,清学租为诸生膏火"。在地方政府的倡导下,各地都办有一些义学。如位于安溪县城城隍庙西的安溪义学,就是当时较为著名的一所义学。该义学建于乾隆二年(1737),知县王植倡建,邑人谢元吉创办,两进十八间,"捐金买田,付义学师管掌"。置有田租22栳为办学经费,店屋二间收租为修葺费。乾隆十五年(1750),知县辛竞可复倡置学田49栳。表5-13展现的是清代闽南地区

---

① 厦门市修志局纂修:《民国厦门市志》卷一二《学校志》,据福建省图书馆藏抄本影印。

办义学的情况。

表 5-13　清代闽南义学情况

地区	所数	具体信息	备　　注
泉州府	2	城东一所，城西一所	无
晋江县	1	龙头山一所	无
南安县	2	城南一所，城北一所	无
同安县	1	浯州义学	清雍正间，县丞卢国泰建
安溪县	1	在城隍庙西	乾隆二年（1737），知县王植、邑举人谢元吉建
漳州府	1	龙瀛义塾	明洪武间，知府钱古训为乡先生教授郭邦文立，以教四方之来学者
龙溪县	1	霞北义学	康熙间知县曹家甲改霞北书院为义学
漳浦县	3	文昌宫后一所，云霄朱文公祠内一所，铜山所一所	前一所是康熙二十四年（1685）知县杨遇建；后两所康熙四十六年（1707）知县陈汝威建
海澄县	1	文昌阁内一所	康熙四十六年（1707），知县陈世仪表建
南靖县	2	霞西一所，城隍庙左一所	无
长泰县	2	旌孝里萧宅庙一所，善化里三峰寺一所	俱清雍正二年（1724）设
平和县	4	县内义学一所，东关义学在文成祠南关、下街西关、下坪各一所	县内义学为康熙五十五年（1716）知县郭庭彩建，前为讲堂，后为止山堂，旁列学舍。后三所俱康熙五十三年（1714）设
诏安县	5	旧义学一所，蒙馆二所，经观二所	旧义学，明永乐初乡人许伯寿建。许氏子孙尝世修之，后废。后四所康熙四十五年（1706）知县萧永域于城内设立

续表

地区	所数	具体信息	备　注
龙岩州	1	王氏义学在留晖门外；州署大门外义学	前者为明漳州府守王源建，今废；后者为署县梁永祚生祠，雍正二年（1724）改设
台湾府	1	在府治前东南	康熙四十五年（1706）知府卫台揆建
台湾县	1	在府治东	康熙四十五年（1706）知县王仕俊建
凤山县	1	在县治东兴隆庄	康熙间知县宋永清建
嘉义县	1	在县治右	康熙间知县周钟瑄建

资料来源：孙尔准修、陈寿祺纂：《福建通志》，同治七年（1868）正谊书院刻本。

清代闽南义学兴盛，有由富室捐资创办的，有由宗亲乡党筹资创办的，有由官民合办的，清末还有富侨巨商出资创办的。义学虽是官方倡导，但基本上属于民间办学范畴。闽南地区的官员积极响应清代兴办义学的号召，义学的教师往往是由官府出面延聘。如徐献昌，安溪人，由晋江籍补廪生，康熙末年举明经，安溪县令曾之传对他的才学非常看重，延聘他入安溪义学讲授生徒。义学基本上属于基础教育，办学质量往往比社学为好，但各地情况因具体条件不同而差别很大。

义学的经费主要来源于义田之田租。有的田租是通过乡绅捐田置租所得，有的则是通过当地知县捐俸倡募所得。以泉州府安溪县浯州义学为例，清乾隆二年（1737），"县邑举人元吉自置田租二十二桠为膏火资于前门旁，置店屋二间取税为修葺之费"。乾隆十五年（1750），知县辛竟可捐俸倡募置田租四十九桠。乾隆二十二年（1790），"知县庄成倡捐俸，拓其前为讲堂，清出旧租二十四秅，并捐置新租共二百三十四秅"。① 再以漳州府诏安县、平和县为例，"康熙二十九年（1690），知县秦炯捐俸延师以教贫民子弟；游击戚先贵、守备屠士隽捐俸为兵丁子弟束脩"。② "乾隆十二年（1747），知县周芬斗拨入田租为课士奖劝"。③

义学和书院之间可相互转变。有的义学是由书院转变而来，如泉州府安溪县霞北义学就是如此。康熙间，知县曹家甲改霞北书院为义学。乾隆三十八年（1773），"知县崔绎拓建署，令刘廷韩令潘鸣谦成之，旧朱子祠之左增建讲堂及厢房"。④ 而有的义学也会变成书院，如漳州府漳浦县文昌宫后一所义学，"嘉庆二十二年（1817），知县孝凝增筑房舍，改为梁峰书院"。⑤

义学创办的时间主要是在康熙、雍正年间。乾隆以后，义学由于社学的推行而不振。

（四）塾学

塾学是在民间广泛设立的由私人经办的蒙学教育机构。历代私塾有许多不同的名称，如村校、乡校、书房、书室、书馆、书斋、学馆、门馆、教馆、人家斋，等等，也有叫书院的。在数量上私塾比官学、书院多，分布广。它的办学形式灵活、简便、能适应各地方不同条件和不同要求，因而千年延绵不绝。自唐宋以来，福建人送子弟入学读书的风气就比较普遍。科举考试中应初级考试的童生大部分是私塾培养的。明清时期私塾亦遍设于闽南

---

① 孙尔准修、陈寿祺纂：《福建通志》卷六三《学校志·泉州府·安溪县》。

② 孙尔准修、陈寿祺纂：《福建通志》卷六四《学校志·漳州府·诏安县》。

③ 同上。

④ 同①。

⑤ 同②。

城乡各地。

　　按设学的场所不同，塾学大致可分为三类：一类是塾师在家设馆，招收附近儿童就读，称"坐馆"；一类是由富裕人家聘师在家设馆，专教自家和亲友子弟，称为"家塾"；一类是由一族、一村择址建馆聘请教师教授子弟，称"族塾"、"村塾"。"族塾"、"村塾"的学费由村、族公产或学田支付，不足时由各家长凑付。越穷的地方，由村、族所立的学田支付所占比例越高。就闽南地区而言，惠安县最普遍。

　　明清时期，塾学已有明确的层次之分：以教授初学儿童识字、句读、背诵的称蒙学或蒙馆；以教授具有一定文化的士子经解、经义、写八股文的叫经馆。随着塾学层次的划分，塾师们的称谓亦有别。蒙学或蒙馆的塾师称"蒙师"、"句读师"或"童子师"；经馆的塾师则称"经师"。

　　一般来说，充当塾师是传统社会中不走运的读书人的一种生活出路、一种职业。那些屡试不第、皓首穷经的老学究们通过教授村童获得微薄的束脩收入以养家餬口。乾隆《漳州府志》记载，漳州府"文儒多寒素，以舌耕为业，未尝客游居慕，老穷一经，虽淡泊，恰如也"。① 此外，还有一些尚未闻达的贫士寒儒，他们也以传授学术为生计。道光《晋江县志》记载，"（士人）其未仕者，自缙绅家以下，只以舌耕为业，士习相沿无异"②。

　　地方志中对部分塾师的记载有助于我们推知私塾的情况。且看泉州府和漳州府的塾师（见表5－14）：

────────────

　　① 乾隆《漳州府志》卷四。

　　② 吴之锜修，周学曾、龙逊恭等纂：《晋江县志》卷二七《风俗·士习》，福建图书馆清道光九年（1829）本。

表 5-14　清代泉州府部分塾师

姓　名	生活年代	身份	讲　学　情　况
郭得时	康熙年间	庠生	手录百十本丹铅以授生徒
陈石钟	康熙年间	教谕	秩满归里，郡守王公梦说新构讲堂，延主西席，郡中翘秀，争受业其门。晚岁设帐诗山，淘淑尤多
吴　洛	雍正年间	里人	设教于里，究心经世之学
吴焕彩	乾隆年间	进士	家贫，未第时，朝夕不给，往惠安大吴教读，跋涉八十里，修金二十元
黄　岩	乾隆年间	岁贡	居家设教，游其门者，多所成就
郭大椿	不详	教谕	设帐授徒，泉中缙绅多出其门
洪凤翔	嘉庆年间	举人	家计贫乏，教读自给。远近慕其名，延置西席。漳泉两府，足迹几遍
王　琼	嘉庆年间	举人	教授乡里，多成名者
叶鸿元	道光年间	贡生	讲授生徒，讲经解理，旁证曲引，妙语解颐
曾梦麟	道光年间	举人	开帷讲学，教人以多读书即能变化气质
吴宗健	不详	诸生	授徒自给，著作甚富，率为生徒掇拾以去
叶作霖	同治年间	进士	家世寒毡，仍然设帐授徒，从游日众
曾存仁	同治年间	优贡	居家以文学教授，严而有法，户外履满，讽诵相摩。授徒三十年，为乡党闾里矜式
郭维琨	同治年间	举人	设帐讲学，从游日众
陈仁士	同治年间	举人	杨孝廉绍祖慕其文行，延为西宾数稔，后复设帐郡城
颜梦孩	不详	不详	守贫志学，授生徒为业，勤于诱掖，邑人多出其门
叶奕章	不详	诸生	淹博著于邑里，质疑问难者履满门
陈腾琨	咸丰年间	举人	生徒甚众，皆邑知名士
黄垂尾	光绪年间	举人	设帐授经，士游其门多获隽

资料来源：陈笃彬、苏黎明：《泉州古代教育》，齐鲁书社，2005。

　　从表 5−14 中可见，塾师来自于各级有功名的人，高的甚至是进士，其下有举人、贡生、监生等。学校是传统知识分子实现人生价值的重要场所，所以他们虽收入甚低，却乐此不疲。

　　清代漳州府著名的塾师有：据《乾隆南靖县志》记载，"陈常厦，字长宾，家贫教读为业，留心坟典。顺治辛卯领乡荐，辛丑登进士第一"。[1] "谢际泰，岁试第一，拔贡。安溪李葆甫慕其名延居西席"。[2] 诏安县张磬教塾 30 年。诏安县女塾师谢浣湘因婚姻不顺，归娘家居住，自 31 岁开馆授徒到老，学生遍及城乡、邻省。

　　私塾以其灵活性、实用性，在中国传统教育中扮演了重要的角色，成为传统社会教育普及、人格养成和陶育良好社会风气的重要场所。私塾于乡村社会，往往是文化的象征，乡村中的"读书种子"们可以从进私塾开始，走向外部的世界，乃至探寻救国、强国的真理。闽南的私塾中就不断走出这样的精英。

　　清代以来，私塾仍有较大的发展空间，因为经济进一步发展，普通百姓对文化的要求有所提高，读书明理的思想深入民间；其次清代仍以科举为取仕途径，这对中等以上家庭有很大诱惑力，父母望子成龙的观念普遍存在；再者私塾在办学形式、学习内容、经济负担等方面适应性强，能满足民间的不同需要；同时，读书人中多数未走向仕途的人们为私塾提供了充足的师资储备。于是晋江县"党塾子弟年方髫龄，多有能诵十三经者，岁科童子试院试者几至五千人"。至清废科举前夕，全县有私塾 1400多所。清代晋江石狮境内较为著名的塾学就有：茑山塾舍、翰墨

---

　　① 姚循义修、李正曜等纂：《乾隆南靖县志》卷六《人物》，清乾隆八年(1743)本。

　　② 同①。

书院、三泰书斋、兰花亭院、八卦学堂、下沙书房、石埕书轩和
欧厝书斋等。南安县清末三百三十六保，每保均有一塾。单在丰
州桃源，就有书塾近 40 所，较著名的有养拙轩、觉园、桥头书
房、坝头书房、英亨馆、辛枫书房、平官祠书房。惠安私塾最普
遍，每逢秀才考试，由私塾造就的应试童生，最多时达三四千
人。乾隆《安溪县志》载"自城中以至僻壤，习十三经及子史，
师以为教，弟子以为学者，十居四五也。"永春上姚、福顶、锦斗
就办有私塾 60 多所。五里街的耕心堂私塾，塾童多达 80 多人。
乾隆《德化县志·风俗》云："国朝文教罩敷，科第后先辉映。州
县试士常数千人，以五经应乡闱者，甲于诸邑。士以笔砚为恒产，
教授为生涯。穷村僻壤有塾学，稚子不任力作，概令读书，虽樵
牧童竖，罕不识字者。"私塾的普及带来的是教育的普及。

　　一般而言，塾舍设孔子牌位及魁星像，首席为塾师席，放有
戒尺、朱笔等。其下为塾童座，分排两侧。课桌椅为塾童自带，
大小高低不一，有旧屉桌也有八仙桌，一般没有塾名。私塾没有
固定的学制，塾童只要教师同意，缴足束脩，便可入学，年龄从
七岁至二十来岁都有。没有规定学习年限，何时出塾，视学生学
习情况而定，有的从入学读到进秀才方出塾，有的只念一二年，
初识文字即出塾。每年初春入塾，年终结束。人数亦由各私塾馆
自定，一般每塾一名塾师，学童三五名至二三十名不等。私塾也
没有明文的学规，但相沿成习。新入塾的学童，先焚香祭拜孔
子，后拜塾师，敬献束脩，以示尊师重道；接着与同塾学童行礼
致意，分食红蛋、糖果，表示尔后相互亲爱。然后入座，听师
教诲。

　　塾师往往被视为乡村中有学问的人，凡公私文书或喜帖春联
都要请他帮忙。同时，"天地君亲师"的观念已深入民间，故塾
师一般较受尊重，每遇婚嫁喜庆或逢年过节，人们常邀请塾师赴

宴且恭列上座，或向塾师送礼物。

在清代闽南，见于记载的塾师甚多，并多属兢兢业业的好塾师。如晋江吴洛，雍正间设塾于里，究心经世之学。南安的吴焕彩，乾隆进士，家贫，"未第时，朝夕不给，往惠安大吴教读，跋涉八十里，修金二十元"。郭得时，康熙三十年（1691）入南庠第一，"手录百十本丹铅以授生徒"。陈石钟，康熙副榜，闽清教谕，"秩满规里，郡守王公梦说新构讲堂，延主西席，郡中翘秀，争受业其门。晚岁设帐诗山，淘淑犹多"。黄岩，乾隆岁贡，"居家设教，游其门者，多所成就"。郭大椿，罗源教谕，"设帐授徒，泉中缙绅多出其门"。叶作霖，同治进士，"家世寒毡，仍然设帐授徒，从游者众"。洪凤翔，嘉庆举人，"家计贫乏，教读自给。远近慕其名，延置西席。漳泉两府，足迹几遍"。叶鸿元，道光贡生，"讲授生徒，讲经解理，旁征曲引，妙语解颐"。曾梦麟，道光举人，"开帷讲学，教人以多读书即能变化气质"。吴宗健，清诸生，"授徒自给，著作甚富，率为生徒掇拾以去"。曾存仁，同治优贡，"居家以文学教授，严而有法，户外屦满，讽诵相摩。授徒三十年，为乡党闾里矜式"。郭维琨，同治举人，"设帐讲学，从游者众"。陈仁士，同治举人，"杨孝廉绍祖慕其文行，延为西宾数稔，后复设帐郡城"。颜奕章，清诸生，"淹博著于邑里，质疑问难者常屦满于门"。陈可远，清生员，"教授生徒，日以经史道义相剖切"。黄垂尾，光绪举人，"设帐授经，造就生徒甚众，士望归之"。陈障川，清岁贡，"设教于浩命堂，士游其门者多获隽"。陈腾琨，咸丰举人，"生徒甚众，皆邑知名士"。王琼，嘉庆举人，"教授乡里，多成名者"。以上塾师，均对教育的普及产生了积极的推动作用。

私塾的教学内容不固定，蒙馆根据塾童各自的程度选习教材。大体先是教习蒙养，集中识字，有《三字经》、《千家诗》、

《百家姓》、《千字文》、《开蒙要训》等。然后逐步加深，如《五言杂字》："人生天地间，庄农最为先。要记日用帐，先把杂字观。"《增广贤文》："昔时贤文，诲汝谆谆。集韵增广，多见多闻。观今宜鉴古，无古不成今。近水知鱼性，近山识鸟音。"《声律启蒙》："云对雨，雪对风，晚照对晴空。来鸿对去雁，宿鸟对鸣虫。沿对革，异对同，白叟对黄童。江风对海雾，牧子对渔翁。半溪流水绿，千树落花红。"到《幼学琼林》告一段落。这些都叫"杂书"。下一阶段开始读"四书""五经"，这才叫"正书"。有的还加《古文观止》、《东莱博议》、《通鉴纲目》、《文选》、《尔雅》等，各馆大同小异。南安黄谦于嘉靖间编成的闽南语字典《汇音妙悟》在塾中也普遍使用。清中叶，又增加《字课图说》、《地球韵言》，传授有关声、光、电、化学等自然科学知识。清末民国间，为适应民众需要，还教习《尺牍》、《珠算》和民间应用文。科举时代尚需练习八股文与试帖诗，准备日后参加科举。教法上全部施行个别教学，塾童轮流抱书到塾师案前，老师边念边用朱笔圈点断句，塾童跟读，到能自读，然后回座位朗读。也有塾童集体跟读。日习一至数篇，每篇必须能够流利背诵，方能再习新篇。上午放学前要做对子或缀文，亦以学生程度而异，但必须由塾师认可，否则不能回家，俗称"关学"。下午先习字，初学描红，继而影格、临帖，习字后温课。一般来说，都能遵循由易及难、由浅入深的原则，犹重温故。一年到头都是如此。没有寒暑假期，只有在春节、元宵、清明、端午、中秋、重阳等节日放假。

清光绪三十一年（1905），明令废科举，兴新学，禁办私塾，部分私塾改办为新式小学堂，有的则与学堂合办而并存，如蚶江境内的春花书馆、诗钦书房和八卦厝学堂等。宣统二年（1910）学部奏准公布《简易识字学塾章程》，规定学塾为年长失学及贫寒子弟无力就学者而设。授予学部所颁布的《识字课本》、《国民必读课文》及浅易算术，授完即准毕业。同年又颁布《改良私塾章程》。泉州因人口稠密，学童众多，当时仅有少数新式小学堂，不能满足需求，民国八年（1919）和民国十六年（1927），国民政府明令禁止私塾，但这时泉州的私塾还不少。晋江县民国十六年（1927）有私塾 600 所，塾师 590 人；民国二十七年（1938）剩下 161 所，塾师 161 人。南安县民国二十七年（1938）登记的私塾有 78 所，尚有相当部分未登记。永春县民国二十五年（1936）有未改良的私塾 39 所。同安县民国二十五年（1936）有私塾 29 所。民国三十五年（1946），国民政府再次明令禁止私塾，并严加取缔。抗日战争期间，复令改私塾为国民学校。尽管如此，仍有相当数量的私塾存在。即使在抗日战争胜利后，一些地方还办有塾馆。新中国成立之初，各县仍有私塾存在。晋江县1950 年有 111 所，安溪县 1950 年有 12 所，永春县有 2 所，同安县有 11 所。至 20 世纪 50 年代中期，私塾才全部消失。

　　教育的兴盛是随着经济开发的成效而有所变化和发展的。学校的规模也日益由简陋趋向恢弘。县官、义民等往往能发挥重要的作用。地方名流往往被后人所祭祀，祭祀之所即成为书院之所在地，供奉名流神像，名流因而更加扩大了影响，乃至影响地方社会风气。

三、新式学堂的兴起

（一）新式学堂兴起的背景

　　1840 年鸦片战争爆发，接踵而来的是清政府签订了一系列丧权辱国的不平等条约。社会形势发生翻天覆地的变化，有识之士们开始寻求强国御侮之道。于是，以求强、求富为特征的洋务运动应运而生。在实践中，洋务派日渐认识到，只能"造就科举之才"的公私旧学堂不符合办理洋务对各种新式人才的需求。因此，他们纷纷提出非兴办新式学校不足以图强的主张。于是从1862年创办京师同文馆起至1895年设立湖北武备学堂为止，清政府仿照外国建立了第一批新式学校。如广州广方言馆（1864）、福州船政学堂（1866）、上海格致书院（1875）、北洋水师学堂（1881）、天津武备学堂（1885）、陆军学堂及铁路学堂（1895）。光绪十年（1884），洋务思想家郑观应在其《考试》中论述了成立学校，并选材于此的重要性，希望"选材于学校"，设置格致、化学、电学、矿学、医学等，认为这是"当今最急务"。① 从此洋务运动在更广阔的层面上开始了向西方学习。但是，中日甲午战争之后，由于清军再度丧师辱国，洋务派所进行的教育体制改革也陷于停滞。

然而，其后的维新派为了救亡图存，又把创办新式学校培养变法人才，作为百日维新的重要内容之一。

光绪二十四年（1898），清廷首次下令改天下书院为新式学堂。三年后，清廷再次诏令建新式学堂。于是，全国各地的大小书院和义、社学以及一些民间祀庙，一律改成兼习中西学的学校，还"以省会之大书院为高等学，郡城之书院为中等学，州县之书院为小学"。因而这时各省又涌现出了一大批新式学校。②

在维新思潮推动下书院改课开始了。旧式书院教学摒弃"帖括"、"训话"、"时文"、"制艺"，开设西方自然科学和社会政治学说课程。这是当时教育领域里的一场深刻变革。作为政治运

---

① 郑观应：《盛世危言》，第 1 册，第 14 页，中州古籍出版社，1998。

② 汤志钧、陈祖恩：《中国近代教育史资料汇编》（戊戌时期教育），第 55—56 页，上海教育出版社，1993。

动，戊戌维新只是昙花一现，但它在教育领域的变革却大放异彩，推动了古老儒学的新生。

虽然在戊戌变法运动失败后，这些新式学校亦几乎全被停办。但是1901年清政府迫于国内外的压力开始推行新政。1902年清政府颁布《钦定学堂章程》，即"壬寅学制"。这是我国第一个新学制。[①] 光绪三十一年（1905），清政府明令"废科举，兴科学"，并令各新学统一改称学堂。光绪三十二年（1906），清政府颁布于全国的《学部奏请宣示教育宗旨折》成为继《奏定学堂章程》之后进一步明确的、为我国近代以来首次专文公示的教育指导方针。在推行新政的过程中，新式学校日益恢复并增多。1907年至1909年，京师及各省学校从3.7888万所增至5.9177万所，两年内增加了2.1289万所。[②]

总之，清末新式学堂是伴随着社会大变革而逐步建立起来的。虽然在此期间出现了不断反复的现象，但是从总体上说，中国的教育事业正逐步向近代化迈进。福建闽南地区的教育事业正是在这个大的社会背景下逐步发展起来的。当然，由于其独特的地理环境，在发展的过程中也有其自身的特色。

（二）闽南新式学堂创建的情况

1. 教会创办的新式学堂。

清初，由于顺治帝和康熙帝的扶持，天主教有了较大的发展，到1664年，耶稣会士在中国11个省共有教徒114200人。[③] 雍正帝以后，清朝的对外政策日趋保守。雍正二年（1724），清

①　舒新城：《中国近代教育史资料》，上册，第197页，人民教育出版社，1979。

②　陈景磐：《中国近代教育史》，第305页，人民教育出版社，1980。

③　张力、刘鉴唐：《中国教案史》，第61页，四川省社科院出版社，1987。

朝廷下令禁教并没收天主教在各省的教产。乾隆二十二年（1757），清廷下令限定外人只可到广州一地进行贸易，其他港口、城市一律不对外开放。推行闭关政策使中国逐渐变成一个与外部世界隔绝的国家，基督教也在中国销声匿迹。

道光二十年（1840），第一次中英鸦片战争爆发了，随后，中国签订了一系列屈辱的不平等条约。在不平等条约的庇护下，传教士涌入中国传教并取得合法地位。由于遭到中国人民的抵制和仇视，传教士的传教活动并不顺畅，为此他们采取了很多策略，创办学校便是其中较有效的策略之一。传教士首先是在广州、厦门、福州、宁波和上海五口通商地区开办了一批教会学校。如 1844 年英国传教士创办宁波女塾，1845 年美国长老会在宁波开设崇信义塾等小学，1847 年慕维廉在上海建立一所男校，1850 年伦敦会在厦门建立中学，1851 年英国长老会在福州设立一所中学，等等。随着外国势力对中国侵略的加深，传教士的传教设学活动也就逐步由沿海转向内地。从时间上划分，教会、传教士的办学活动可划分为两个时期：其一是自 1844 年至 1900 年以发展初等教育为主的时期，其二是自 1901 年至 1911 年初中高等教育综合发展时期。

就闽南地区而言，第一次鸦片战争爆发后，厦门被辟为商埠。随之，欧美传教士便在厦门等地展开传教办学活动。教会创办的学校有塾学、小学堂、中学堂、幼稚园、师范学校、神学校等。下面一一加以说明。

（1）塾学是教会最早办学的主要形式。它没有固定的学习年限，主要教《圣经》、初步的读写知识和浅显算术，以后逐渐加设英文和国文课。1844 年，西方传教士施约翰、养为霖在厦门设立的英华男塾是闽南地区的第一所教会学校。此后，各国教会争相在厦门创办塾学。道光二十六年（1846），英国伦敦会传教士养为霖在厦门设立女塾；道光二十七年（1847），美国归正教会传教士罗啻、打马字在厦门设立义塾；道光三十年（1850），英国长老会传教士用雅谷、宾为霖在厦门设立义塾；如同治七年（1868）；美国归正教会传教士打马字的妻子在厦门设立女塾；同治九年（1870），中华基督教泰发教会传教士林员会在厦门设立义学；光绪五年（1879），伦敦公会传教士余传书在惠安城关教堂办义学，美国基督教美以美教徒何信先生也在德化城关办学；光绪二十七年（1901）清政府下令设学堂前后，这些教会学塾、义学、女学大多数改为初等小学堂、初高两等小学堂或女子学堂。

（2）教会创办较多的学校类型是小学堂和中学堂。下面以表格的形式说明它们的情况（见表 5－15、表 5－16）。

表 5－15 清末闽南教会创办的部分小学堂

校　名	创办时间	校　址
毓德小学	同治九年（1870）	厦门
怀仁小学	光绪三年（1877）	厦门
铸英小学	光绪三年（1877）	晋江
时化义学	光绪六年（1880）	惠安
育贤小学	光绪六年（1880）	漳州
育英小学	光绪十一年（1885）	漳浦
毓英小学	光绪十六年（1890）	晋江
养正小学	光绪二十年（1894）	漳州
彰化小学	光绪三十年（1904）	泉州
养元小学	光绪十五年（1889）	厦门
民立小学	光绪三十三年（1907）	厦门
福音义学	宣统元年（1909）	——
崇德小学	宣统三年（1911）	惠安

除了表 5－15 所列 13 所教会小学堂外，英国长老会在泉州城区创办求实小学、养正小学，在晋江县创办永宁育元小学、深沪匡闾小学、石狮毓龄小学；英国伦敦公会在惠安先后创办山腰普化、培仁、南普浦肖厝、湖美等小学。据统计，闽南地区1892 年有教会小学 35 所，学生 86 人；至 1912 年，增至 70 所，学生 1891 人，可见其发展速度之快。①

表 5－16　清末闽南教会创办的主要中学堂

校　名	创办时间	校址	所属教会
闽南女子学校	光绪三年（1877）	厦门	英国教会
寻源书院	光绪六年（1880）	厦门	——
启明女子学校	光绪十三年（1887）	泉州	天主教会
寻源中学	光绪十三年（1887）	漳州	美归正教会
启悟初中	光绪十六年（1890）	同安	美归正教会
培英女校②	光绪十六年（1890）	泉州	英长老会
英华中学	光绪二十四年（1898）	厦门	伦敦公会
同文书院	光绪二十四年（1898）	厦门	——
中西学堂	光绪二十三年（1897）	漳州	——
培元中学	光绪二十八年（1902）	泉州	英长老会
崇贤中学	光绪三十三年（1907）	永春	英长老会
正初中学	光绪三十三年（1907）	漳州	天主教会

（3）办女子学校是教会办学的一大特色。各种教会都在闽南地区创办女子学校。光绪三年（1877），英国教会办私立闽南女

---

① 福建省教育史志编写办公室、福建省教育科学研究所：《福建省教育史志资料集》，第八辑，第 115 页，1992。

② 福建省教育史志编写办公室、福建省教育科学研究所：《福建省教育史志资料集》，第五辑，1991。

子学校，为福建最早寄宿制女子学校；光绪十一年（1885）命名为"怀仁女子学校"，从乌埭角迁入新校舍，并建有风雨操场，开女子体育运动风气之先。光绪十六年（1890），英国基督教会长老会在泉州城区、晋江安海、永春五里街均办有女学；英国伦敦公会在惠安城关、美以美会在永春湖洋亦办起女子学校。西班牙天主教也由神父任道远在城区办女子学校。

（4）幼稚园。光绪十八年（1892），英国长老会女教士安玉瑜、力禧年在漳浦新路尾创办养正女校暨"蒙学堂"。① 光绪二十年（1894），英国伦敦会女教士嘉日敏在漳州进德女斋增设幼稚园。光绪二十四年（1898），英国长老会女教徒韦爱莉在厦门鼓浪屿牧师楼创办幼稚园。教会所创办的幼稚园多以《圣经》故事、福氏思物和自编歌曲为教材。光绪二十九年（1903）十一月，清廷颁布《奏定学章程》，将幼儿教育机构定为蒙学院，开始纳入中国学制系统。

（5）师范学校。英国长老会 1901 年在厦门怀德幼稚园的基础上举办师资班，1912 年师资班升格为怀德幼稚师范学校。宣统三年（1911）在厦门创办了毓德女子师范班。

（6）神学校。19 世纪 50 年代，美国归正教会在厦门设寻源斋、英国长老会设回澜斋、伦敦会设观澜斋，教授神学，兼授普通课程。19 世纪 80 年代，厦门寻源斋改为普通中学，将神学并到回澜斋。光绪三十三年（1907），观澜斋和回澜斋合并为厦门圣道学校。第二年，规定中学毕业生才能入学，改称"圣道大学"。光绪十七年（1891），美国归正教会在平和创办小溪妇女福音学社。同年，伦敦会在厦门创办协和妇女圣经学校。宣统三年（1911），英国长老学会在晋江创办金井圣经学校；美国美以美会

---

① 清末民国时期，闽南一带称幼稚园为"蒙学堂"。

教徒何信先生在德化创办道德女子学校。此外，英国长老学会在泉州创办福音学校。

教会办学的特点：在 19 世纪 40 年代至 70 年代，教会学校规模较小，设备简陋，常附设在教堂中作为教会培养神职人员的机构，所谓师资不过为一两名教士，课程浅易；招生对象主要是中国下层贫穷子弟。为了延揽学生，早期教会学校往往采取物质引诱的办法（如免收学费、补助衣食等），以举办义塾和寄宿学校为办学的主要形式。19 世纪 70 年代以后，教会小学的招生对象发生转变，特别是沿海通商口岸，多数教会学校已不再免费招收穷苦孩子入学，而是尽力吸收新兴的买办资产阶级子弟或其他富家子弟入学，收取较高的学费；办学倾向由初等教育转到着手兴办高等教育。

早期教会学校的设立，主要是为了传教，培植一批中国籍传教助手，从而扩展教会势力。这是其本质所在。但是，在中国教育从传统向近代转轨的过程中，早期教会学校是发挥了其历史作用的。

教会学校是在中国大地上出现的有别于传统教育的新的学校类型。西方列强的入侵，传统教育的衰败，社会改革思潮的兴起，在新的历史条件下，有识之士纷纷探寻教育改革之路。传教士在中国兴办的洋学堂给人们提供了可资参考的学校模式。教会学校作为移植到中国的西式学校，将西式的管理、西方的课程和西方化的校风引进和介绍到中国。这不能不对中国封建文化和传统教育制度形成强力冲击。首先，从教育对象来看，传教士认为，人人都有受教育的权利，无论男女，无论普通百姓还是贵族子弟均可进入教会学校，这打破了中国传统上由男性垄断教育的局面。早期教会学校中，有相当一部分是女子学校。女子走出闺阁，冲出封建礼教樊笼，接受教育，在中国传统社会中是一惊人之举。创办女学成为教会办学最重要的特色。其次，从教育内容看，中国传统学校只讲义理、辞章、考据，教育与社会生活完全脱离，教会学校讲授自然科学、宗教、工程技术、史地和社会科学，其中不少内容为洋务学堂和 20 世纪新式大学所吸收。这打破了闭关自守的中国传统教育的一潭死水，培养造就了一些"西学"人才。再次，教会学校一定程度上采用近代教育方法，如分科和分班教育，注重逻辑思维能力的培养和实验手段的运用，这比传统教育只重讲解和背诵更具科学性。总之，作为近代教育的一种类型，教会学校以其一定的先进性对中国传统教育形成强力冲击，并在中国教育近代化的变革中起到一定的催化作用。

2. 官府办新式学堂。

在维新运动的影响下，福建省从上到下都比较积极地推行新学制，建立新式学堂。自省城首创福建高等学堂和师范学堂之后，全省各府州厅分别设立中学堂和师范学堂简易科，接着，各县都普遍设小学堂，部分地区还设立女子学堂和幼稚园。迨至清朝廷先后颁布《钦定学堂章程》和《学部奏请宣示教育宗旨折》之后，福建各地出现了改书院为学堂的高潮。至光绪三十三年（1907）福建省有高等教育、普通中学教育、小学教育、师范教育、实业教育、女子教育、学前教育、军事教育等各类新式学堂 385 所，在校学生 21085 人，基本上形成了近代福建学校教育网，有力地推动福建教育的发展。

就闽南地区而言，在维新变法期间也诞生了一批早期的新式学堂。如光绪二十三年（1897），漳州建立了中西学堂；光绪二十四年（1898），南安、安溪、厦门均设立小学堂。此后，闽南地区的新式学堂如雨后春笋般涌现，各县均建立了新式学堂。光绪末至宣统间，泉州府所属各县创办各类小学堂的情况如下：共有 113 所，其中，晋江县 40 所、南安县 27 所、惠安县 8 所、安溪县 5 所、永春县 20 所、德化县 13 所。下面是清末闽南官府创办的主要新式学堂一览表（见表 5—17）。

表 5—17　清末闽南官办的主要新式学堂

性质	地区	创办时间	简　　　介
小学堂	长泰县	光绪三十年（1904）	邑令王思聪改文明书院为校舍而建，聘张秉奎、蔡谦光任教习①
小学堂	同安县	光绪三十年（1904）	闽浙总督李光锐奉学部咨文就各属书院改设学堂。知县施及藻遵札举办，改双溪书院为县立第一高小学校，以双溪书院主讲吴煌枢为堂长。后各学校依次成立②
小学堂	诏安县	光绪三十三年（1907）	首任堂长马兆麟，经费一部分由育婴堂拨充，一部分由董事负责筹给③
小学堂	安溪县	光绪二十八年（1902）	由知县谢金元改考亭书院所成
小学堂	晋江县	光绪三十年（1904）	于泉州官立中学堂后侧
小学堂	南安县	光绪三十一年（1904）	由丰州书院改为新学堂
小学堂	南安县	光绪三十一年（1904）	由诗山书院改为新学堂
小学堂	泉州府	光绪三十二年（1906）	于泉州公立中学堂内增办
小学堂	永春县	光绪三十二年（1906）	————

———————

　① 郑丰稔纂：《民国长泰县新志》卷一一《政治三·教育》，民国三十六年（1947）本。

　② 林学增、吴锡璜纂：《民国同安县志》卷一四《学校》，民国十八年（1929）本。

　③ 陈荫祖修、吴名世纂：《民国诏安县志》卷七《学校·学堂》，民国三十一年（1942）诏安青年印务公司铅印本。

续表

性质	地区	创办时间	简　介
中学堂	泉州府	光绪二十八年（1902）	由泉州知府金学献奉总督令在泉州筹办中学。省督聘请黄谋烈、黄搏抟二进士经办其事。同时委派蔡凤玑任坐办，并由府延请张应铨为文案，进行筹备。至宣统三年（1911）仅毕业两届共 19 人。办学初期设有经史、国文、修身、英语、普通话、算学、图画等科，后又增设史地、经学、理化、博物、体操等科
中学堂	漳州府	光绪二十八年（1902）	——
中学堂	永春州	光绪三十二年（1906）	建于州城内考棚，吴佐熙任监督，后迁梅峰书院①
中学堂	厦门	光绪三十二年（1906）	清季科举既废，书院亦随而停顿，时兴泉永道姚文倬、刘庆洲先后以兴学为己任，会同玉屏、紫阳两书院董事刘培元等积极筹备，就玉屏书院各室改造并拓新地，建筑高楼一座，为各教室左右各建平屋一列为自修室，余地为运动场等设备。既竣，即于光绪三十二年四月四日举行开校典礼，名曰厦门中学堂，实厦门学校之嚆矢也。聘周孝廉为监督（时中学校长称监督）。其经费归玉屏、紫阳两书院董事受理②

---

① 福建省教育史志编写办公室、福建省教育科学研究所：《福建省教育史志资料集》，第七辑，1992。

② 厦门市修志局纂修：《民国厦门市志》卷一二《学校志》，福建省图书馆藏抄本。

续表

性质	地区	创办时间	简　　介
师范传习	漳州	光绪三十年（1904）	汀漳龙道尹李仲平遵照清政府每道举办师范学堂一所的规定，创办了漳龙师范传习所于漳州城南隅的丹霞书院旧址。委吴朝珪为监督。创办时，派从往南洋向华侨募得巨额，作为办学基金。1907年传习所改为师范筹备科①
劝学所②	同安	光绪三十二年（1906）	址在县立第一高小学校内

官办新式学堂，大多由书院、私塾、义学改办。官办新式小学堂分有初等小学堂、高等小学堂、初高两等小学堂等。新式小学堂设堂长、副堂长，堂长由知县聘任，掌握学堂的行政事务。此外，还设有教员，教员由堂长选聘，报地方官立案任用，负责教学。无论是堂长、副堂长还是教员，他们的薪俸均由官府支给。

新式小学堂的学制，一般是初等、高等小学堂各四年。课程设置情况是：初等设置修身、经学、算术、历史、地理、格致、图画、体操、手工、乐歌等学科；高等增设国文课，以经学为主。新式小学堂的学生成绩考评，有平时考试与毕业考试两种，各校自主评定。如晋江县官立小学堂，是在科举制废除之前创办的，毕业考试评定次第，结合平时成绩，分甲、乙、丙三等，按

---

① 福建省教育史志编写办公室、福建省教育科学研究所：《福建省教育史志资料集》，第五辑，1991。

② 林学增、吴锡璜纂：《民国同安县志》卷一四《学校》，民国十八年（1929）本。

等级分别奏请赐予廪生、增生、附生等各种出身。惠安县立小学堂首届学生毕业于宣统二年（1910），分最优等、优等、中等三等，也分别奖以廪生、增生、附生，共20人。

新式中学堂的学制一般是五年。其课程设置极重经史之学。以泉州官立中学堂为例，办学初期设有经史、国文、修身、英语、普通话、算学、图画等科，后又增设史地、经学、理化、博物、体操等科。官立中学堂的毕业生考试，分学校考试和省提学使复试两种，各科成绩以学校毕业考试和省复试成绩平均计算，及格者准予毕业，成绩列甲、乙、丙三等，甲等奖以拔贡，一等奖以优贡，丙等奖以岁贡。科举制度废除后，不再奖励出身。

3. 乡绅创办新式学堂。

地方士绅捐办之新式学堂，多系受洋务大臣提倡西学风气的影响所致。此类学校的课程，仍以中学为主，只添加部分西学课程。此外，受办学经费的制约，这些学校办学时间比较短暂。

泉州公立中学堂的创办情况在乡绅创办的新式学堂中很有典型性，下面详细介绍一下。光绪三十一年（1905），吴增、蔡思煦、陈家楣、李育材诸绅，倡议创办泉州公立中学堂，得到批准。是年初，甄试生徒，录取40余人入学，共推吴增诶监督，其他发起诸人，则分别担任经史国文诸课教师。开办之初，择址于城内泮宫附近蔡文庄祠内。至秋天，生徒又有增加，蔡祠已显狭隘，学舍不敷使用。此时正值朝廷下令废除书院，于是将公立中学堂移设于清原书院。至光绪三十四年（1908）春，中学以经费不继，生徒又有一部分赴省转学，遂告停办。表5-18即可展现清末闽南乡绅创办新式学堂的一些情况。

表5-18　清末闽南乡绅创办的主要新式学堂

学校名称	创办时间	简　介
泉州公立中学堂	光绪三十一年（1905）	地方人士自筹设立
大同两等小学堂	光绪三十四年（1908）	董延元、洪鸿儒、杨景文等发起创建。初由民房改建，聘杨景文为校长
紫阳小学	宣统元年（1909）	洪友鹤、郑文道、周彬彬等发起创建，就紫阳书院改造，聘高选锋为校长
不详	光绪二十四年（1898）	假中路黄氏宗祠为校舍，聘黄金梯为校长
崇实小学	光绪三十三年（1907）	创办人为卢文启、陈支寺等，由卢兼任堂长。宣统三年（1911），由吴济美、杨凤翔等改办商业学堂，聘苏大山为堂长。是厦门私立小学之嚆矢
师范传习所	宣统三年（1911）	由于榕林、卢文启等创办，卢文启为所长，毕业一班停办
自治研究所	宣统元年（1909）	设于先山寺，王人骥为所长，黄鸿翔为讲师，毕业一班停办
时敏小学堂	宣统元年（1909）	由李特种、许春霖、张纯章创办于刘祠堂边，聘钟岳为堂长
吉祥小学	光绪三十四年（1898）	由欧阳九如等创办，址在石路洞源宫，聘李大祯为堂长
仓里小学	清末	由乡绅黄瀚等创办
东亚书院	清末	厦门绅士林鹤年创办。因为当时尚在科举时代，士子只知吟哦制艺，浸淫墨卷，茫然妄觉。改院系以月课时务题目，俾作论文，评定甲乙奖金鼓励，可谓提倡新学之嚆矢
同文书院	光绪二十四年（1898）	由立振祥、丘华尧、陈阿顺、叶清池、陈博学等及美领事偕办，址在同文路，先后建筑高楼数座、宿舍、运动场、礼堂以及图书、仪器，设备尚称完整，聘美人韦荼雳为院长，任职二十余年，苦心擘画，日形进展，美人吴禄贵继之

　4. 华侨办新式学堂。

　　福建沿海大量的人口出国既有地理上的原因，又与历史因素有关。据《民国厦门志》记载："闽南濒海诸郡，地瘠民稠，不敷粮食。"[①] 为了谋生，很多沿海地区穷苦家庭的子女纷纷出海寻找生存之地。这是导致人口外流的地理原因之一。原因之二是福建沿海地区有从事海外贸易的传统。福建依山面海，沿海一带的百姓擅长海事，早年就往来东南亚经商贸易。明代，朝廷还在泉州设立市舶司专门管理对外贸易。明朝前期，虽然从法律上讲漳州的月港虽没有取得合法的贸易港口地位，但是实际上已成为私商出入的口岸，出现了"泉漳二郡商民，皆贩东西二洋，代农贾之利，比比皆然"的景象。[②]

　　但是，历史因素才是造成福建沿海出国人口急剧上升的主要原因。起初，清政府为了镇压郑成功反清复明活动推行海禁政策。据《明清史料·严禁海敕论》记载，顺治三年（1646）规定：凡运粮食等物质供给郑成功的人，"不论官民，具行奏文处斩，货物入官，本人家产尽给告发之人。其该籍地方武官，不行盘诘令缉，皆革职。从严治地方保甲，通容不举者，皆从死"。镇压郑成功反清复明活动后，清朝廷大部分时间仍是坚持推行禁海政策，严厉禁止福建沿海地区的人民出海经商和出国定居的。《大清律例》规定："凡官员兵民私出海贸易，及迁移海岛居住耕种者，俱以通贼论处斩。"总结起来，海禁政策主要包括三个方面的内容：一是不准出国；二是既出国而归来的处以重刑；三是不愿回国或捉不回来的，将永远不准回国。

　　① 厦门市修志局纂修：《民国厦门志》卷八，"番市略"条，福建省图书馆藏抄本。
　　② 顾炎武：《天下郡国利病书》卷九六《福建六》。

在 1840 年前，由于清政府厉行海禁政策，旅居国外的华侨只有几万人，分布不广，大多在东南亚和日本等地港口、市镇。但是，鸦片战争后，西方殖民者、帝国主义者从福建沿海拐掠大批"契约华工"到东南亚、美洲、澳大利亚和非洲等地区充当劳力。据不完全统计，1845 年至 1853 年 3 月，仅从厦门出国的"契约华工"就有 12261 人。从 1879 年到 1889 年 10 年里，从厦门出国人数就达 410.5 万余人。①

在国外各地的华侨们大多过着艰辛的生活，但有少数人，尤其是一些在当地办实业的人，他们通过勤劳和智慧在当地扎下根，逐渐累积起大笔财富。到清朝末年，出现了一批经济有了较大发展的福建侨商。他们在求生活图发展的过程中深感到文化教育的重要，因而他们在富裕之后除了继续拓展事业外，往往拿出一大笔钱在当地创办一所乃至若干所中小学学堂，以使华人子弟能受到更好的教育。同时他们也不忘祖国的亲人，也开始在祖国家乡兴资办学。

据史料记载，最早回国办教育的福建华侨是建惠安后海村归侨郭用锡父子。早在道光七年（1827），他们捐银 2000 两，助建文峰书院和兴建考棚，轰动一时。道光皇帝嘉封诏书，封郭用锡为修职左郎，运盐司知事职衔，并授予"乐善好施"、"父子恩荣"的匾额，这可称为侨资捐助教育的一个先例。②

清朝末年，清政府内外交困。为了挽救和维护其统治，清朝廷开始注意调整对海外华侨的政策，变歧视华侨、厉行海禁为关心侨务，提倡"护侨"，从而使广大华侨重新和祖国及家乡取得

---

① 陈翰笙主编：《华工出国史料》，第四辑，第 181 页，中华书局，1981。

② 福建省教育史志编写办公室、福建省教育科学研究所：《福建省教育史志资料集》，第九辑，1992。

了密切联系。光绪十九年（1893），清政府正式宣布解除早已有名无实的"禁海令"，允许公民自由出入国。光绪二十五年（1889），在厦门设立保商局，宣称要保护归国的漳泉等华侨。到宣统元年（1909），清政府颁布了一项关于按血统认定国籍的国籍法。这些态度的转变和政策的施行，为华侨回国在家乡出资创办教育提供了良好的政治环境。因而涌现出一大批华侨兴建的新式学堂。侨办学校集中在晋江、南安、同安、永春华侨出国最早，人数最集中的四县。① 从 1896 年到 1911 年，华侨先后在同安、南安、晋江、永春创建了近 20 所小学堂。华侨捐资办学亦成为清末闽南地区教育的一大显著特色。

表 5－19　清末闽南华侨兴建主要新式小学堂

学校名称	创建时间	地区	备　注
怀仁小学	光绪三年（1877）	厦门	——
铸英学堂	光绪五年（1879）	晋江	华侨捐助
育贤小学	光绪六年（1880）	漳州	——
时化小学	光绪六年（1880）	惠安	
育英小学	光绪十一年（1885）	漳浦	
毓英小学	光绪十七年（1891）	晋江	
悌斋学堂	光绪二十年（1894）	同安	华侨陈嘉庚独资创办
养正小学	光绪二十一年（1895）	漳州	
锦宅小学	光绪二十二年（1896）	同安	华侨创办
育英小学	光绪二十四年（1898）	永春	华侨捐建
诗坂小学	光绪二十六年（1900）	南安	华侨设立
普化小学	光绪二十七年（1901）	惠安	

① 福建省教育史志编写办公室、福建省教育科学研究所：《福建省教育史志资料集》，第九辑，1992。

续表

学校名称	创建时间	地区	备 注
行实小学	光绪二十七年（1901）	晋江	华侨林登概、林允柱等倡办
鼎玉小学	光绪二十八年（1902）	厦门	——
育元小学	光绪二十八年（1902）	晋江	——
朔源小学	光绪二十八年（1902）	海澄	——
石码民力小学	光绪二十九年（1903）	龙溪	——
紫阳小学	光绪三十一年（1905）	泉州	印尼华侨杨吕钟、杨振威创办
南中学堂	光绪三十一年（1905）	南安	该四所学堂由华侨资助创办，分布于县邑东南西北，被称为南安四大古校
英罗学堂	光绪三十一年（1905）	南安	——
燕山学堂	光绪三十一年（1905）	南安	——
翁山学堂	光绪三十一年（1905）	南安	——
新堂小学	光绪三十二年（1906）	永春	华侨创设
新智小学	光绪三十二年（1906）	永春	——
养正高初两等小学	光绪三十三年（1907）	晋江	旅日华侨陈清机与当地商人蔡德远创办
佩英小学	光绪三十四年（1908）	晋江	华侨创设
道南小学	光绪三十四年（1908）	南安	华侨杨鼎新等假杨开寅私宅创办新学，因祖先杨龟山受业于程颐、程颢，学成归闽时，程对之曰："吾道其南矣！"遂定现名，以纪念龟山开闽学之举①
鲁国小学	光绪三十四年（1908）	永春	旅马来亚颜氏宗亲会集资创办，并在海外购置橡胶园作校产

---

① 福建省教育史志编写办公室、福建省教育科学研究所：《福建省教育史志资料集》，第九辑，1992。

学校名称	创建时间	地区	备　注
进修小学	宣统元年（1909）	漳平	——
诗坂小学	宣统元年（1909）	南安	——
诗鳌小学	宣统元年（1909）	南安	该两所学堂均由华侨吴记霍创办
华美小学	宣统元年（1909）	南安	华侨洪万宋创办
西隅小学	宣统二年（1910）	泉州	归侨陈仲谨向菲律宾华侨陈迎来等募捐1万元创办
宝觉小学	宣统二年（1910）	泉州	华侨伍先生创办
夹源小学	宣统二年（1910）	永春	华侨郑玉书创办
崇德小学	宣统三年（1911）	惠安	——
明新高初两等小学	宣统三年（1911）	晋江	华侨蒋报企、蒋报策创办。随之建立明新茶园、明新钱庄，以其盈利作为学校的经费

资料来源：福建省地方志编纂委员会编：《福建省志·教育志》，方志出版社，1998。

此外，侨办新式小学堂还有南安县的进化小学堂、沙园小学堂、树人小学堂、新民小学堂；晋江县的佩实小学堂、小山小学堂、譬立小学堂、奎峰小学堂、丰山小学堂、金溪小学堂、南浔小学堂、遵道小学堂、重华小学堂、沪江小学堂、明化小学堂；永春县的培英小学堂、桃溪小学堂、西湖小学堂、篆龙小学堂、鹏翔小学堂；德化县有明新（龙豁）小学堂；同安的阳翟小学堂。

除小学外，华侨还创办或捐资了新式中学堂。光绪三十二年（1906），永春华侨郑安邦捐大洋1000元，并向南洋募捐创建永春州立中学。厦门中学堂，光绪三十一年（1905），华侨王降惠捐白银10000两助办。泉州培养中学，光绪三十年（1904），教会向华侨集资创办，华侨负责长年经费，直至1949年。崇贤中学，光绪三十三年（1907），美以美教会创办，华侨捐助与支持。厦门寻源中学，光绪六年（1880），华侨捐助。

清末，华侨在厦门鼓浪屿倡办了厦门女子师范学校，1912年停办。光绪三十二年（1906）在华侨助建的永春州立中学附设简易科，学制为 1 年，仅办 1 年。

寻源书院和创建于光绪二十四年（1898）的厦门英华书院，在 1901 年后，均把学制延长为 8 年，其中第 7、8 年属大学预科或大学专科程度。

这些侨办中小学大多数是新式学堂，采用新学制、新课程，设立了体操、唱歌、图画这些旧学校所未有的课程。①

清末科举教育出现了若干弊端，极大地败坏了教育的形象。严复说："自学校之弊既极，所谓教授训导者，每岁、科两试，典名册、计赀币而已，师无所谓教，弟无所谓学，而国家乃徒存学校之名，不复能望学校之效。"②

正是基于对既有教育的上述判断，一些官员主张从教育着手兴办"新学"。光绪二十四年（1898）戊戌变法期间，清廷首次下令改天下书院为新式学堂。三年后，清廷再次诏令建新式学堂。像福州船政学堂就被认为是学校教育对近代工业和科技发展有积极影响的正面例子。

在闽南，体现"新学"色彩的中学堂也不断涌现。如 1903年设有泉州府中学堂，1906 年厦门设有厦防厅中学堂，由玉屏书院改造而来，永春的梅峰书院改为永春州中学堂。在永春、德化、平和等地还建立了师范学校。

---

① 福建省教育史志编写办公室、福建省教育科学研究所：《福建省教育史志资料集》，第九辑，1992。

② 严复：《论治学治事宜分二途》，《严复集》第 1 册。

　　从光绪二十八年至三十二年（1902－1906），泉州先后办起了4所新式中学堂。泉州府官立中学堂，亦称"泉郡官立中学堂"。光绪二十八年（1902），泉州知府金学献奉省方总督令，在泉州筹办中学，同时由省方延请邑绅陈启仁、李清琦二翰林经办其事。陈启仁未就职即病故，李清琦亦因病不能赴事，旋由省督续聘黄谋烈、黄搏传二进士膺任，同时委派蔡凤玑任坐办，并由府延请张应铨为文案，进行筹备，地址择于府城新府口左侯祠。是年秋，由知府金学献主持考试生徒，报名投考者晋江生徒为多，而南安、惠安、同安、安溪等县学子前来参加报考亦有相当之数。考生资格虽无明文规定，一般为科举时之童生及学历相当之青年，其中亦有一部分已经进过秀才的生员。越年春正式开学上课。以黄谋烈、黄搏传为正副总办，蔡凤玑为监学，张应铨仍掌文案。教师曰教习。至宣统三年（1911）仅毕业两届共19人。此为泉州第一所中学，即今泉州五中前身。泉州公立中学堂：清末鼓励兴办学堂，除官立外，并准地方自筹设立。此项由地方人士呈请经批准举办者，称"公立学堂"。泉州府治自创办官立中学堂后，各地负笈就学者日多，学舍班次有所限制，遂有联合倡办公立中学之举。当时所谓公立即私立之性质。光绪三十一年（1905），吴增、蔡思煦、陈家楣、李育材诸绅，倡议创办泉州公立中学堂，得到批准。是年初甄试生徒，录取入学40余人，公推吴增为监督，其他发起人则分别担任经史国文诸科教师。开办之初，择址于城内泮宫附近蔡文庄祠内。至秋天，生徒又有发展，蔡祠已显狭隘，学舍不敷使用。此时正值朝廷下令废书院，于是将公立中学堂移设于清源书院。至光绪三十四年（1908）春，中学以经费不继，生徒又有一部分赴省转学，遂告停办。

　　永春州中学堂：光绪三十二年（1906），永春华侨郑安邦首捐白银1000两，又向华侨募捐建永春州中学堂于州城内考棚，吴佐熙任监督，后迁梅峰书院，即今五里街梅峰山麓。辛亥革命后，改名永春县立中学校，为今永春一中的前身。培元中学。光绪三十年（1904），英国基督教长老会创办于泉州平水庙，后来迁至花棚下。

新式中学堂因创办者不同，管理方式也不大一样。奉省方咨令创办的泉州府官立中学堂，始设总办、副总办、坐办，由府署延请呈报省督聘任，主裁学堂开办诸项事务。旋按当时学制规定，设正、副监督，掌理学堂行政，由府署荐任。教员由监督聘请。地方人士联合倡办的泉州公立中学堂，呈请省督批准举办后，其正、副监督，经"公推"荐任，报地方官立案。基督教会创办的培元中学，则设总理一职执掌行政事务，由英国基督教会伦敦公会委派。官立中学堂监督、总办、堂长、教习的薪俸由官府支给。私立中学堂教职的薪俸由创办者发给银圆或国币。

基督教会创办的中学，以灌输宗教教义作为思想教育的主要内容。培元中学是教会学校，侧重外语，以《圣经》为必修科，平时做祈祷、礼拜，有体育活动。

小学堂在闽南也广泛建立。光绪五年（1879），英国基督教长老会在晋江安海创办铸英义塾，是教会在泉州最早创办的新式小学堂，也是泉州新式小学堂的开端。光绪九年（1883），安溪长坑乡绅苏吾珍办私塾衡羊学馆。二十年（1894），在洋务运动兴办新学的影响下，他又将此学馆改办为学堂，为民办新式小学堂之先。光绪十六年（1890）应国长老会在泉州驿内埕办培英女校，为泉州首创女子小学。该校于民国十一年（1922）迁平水庙原养正小学校址，并办女子中学，是为泉州幼师前身。光绪十七年（1891）基督教会女传道礼河莲在泉州办"妇学"，收教会中妇女免费入学。二十七年（1901），清政府明令各州县均设小学堂，泉州的新式小学堂由此大量涌现。是年，晋江永宁乡华侨林登概、林允柱等捐资，在永宁创办行实小学堂，为泉州第一所侨办学校。次年，安溪知县谢金元改考亭书院为官立安溪学堂，为泉州府官办新式小学堂之首创。三十年（1904），英国长老会安礼逊在泉州平水庙办养正小学，旋改为培元小学。同年，日本教士在泉州大寺后办彰化小学堂。同年，晋江县办官立小学堂于泉州官立中学堂右侧，延聘施悦秋、蔡谷仁为正副堂长。创办之初，生徒不过六七十人，嗣后陆续增加达百余人。三十一年（1905），清政府明令"废科举，兴新学"，并令各新学统一改称学堂。同年，南安丰州书院、诗山书院改为新式学堂，并创办罗溪、翁山两所学堂。次年，泉州公立中学堂增办公立小学堂，林心存为堂长。光绪三十二年（1906），永春设官立小学堂和私立新智、文明两所小学堂，开泉州华侨个人独资办学之先。永春旅马来亚颜氏宗亲会集资创办上场、社山两所鲁国小学，并在海外购置橡胶园作校产。宣统三年（1911），晋江书兜乡华侨蒋报察、蒋报企等办明新两等小学堂。

　　光绪末至宣统间，泉属各县共办有各类小学堂113所，其中，晋江县40所，南安县27所，惠安县8所，安溪县5所，永春县20所，德化县13所。这些学堂，大多由私塾、义学改办，分有初等小学堂、高等小学堂、初高两等小学堂等。当时强调男女分校，专设女子学堂。新式小学堂设堂长、副堂长，官立小学堂堂长由知县聘任，私立小学堂堂长由办学者遴聘。堂长掌握学堂的行政事务。教员称教习，由堂长选聘，报地方官立案任用，负责教学。设班分课。小学堂的堂长、副堂长，无论官立还是私立学堂，都是当地一些较有名望的宿儒，社会政治地位较高。至于经济待遇，和中学堂一样，官立小学堂的堂长、副堂长、教习的薪俸由官府支给，大多数私立小学堂教职的薪俸，由创办者发给银圆。农村学堂有的发给稻谷或大米，或沿用私塾的办法由家长轮流供膳或送柴米。

新式小学堂的学制，按光绪二十九年（1903）清政府颁布的《奏定学堂章程》规定初小五年，高小四年。宣统二年（1910）改初等、高等小学堂各四年。闽南的官立小学堂大多按此例。小学堂的课程设置，公私立小学堂有较大差异。官立小学堂按初、高等设置课程，初等设置修身、经学、算术、历史、地理、格致、图画、体操、手工、乐歌等学科，高等增设国文科，而以经学为主。私立小学堂因地区差异和办学者的意愿而各有侧重。除文、史、数三科外，教会办的小学堂重英文、《圣经》，沿海华侨或地方人士办的小学堂重尺牍、珠算，有些地方，特别是山区的小学堂则采取私塾和新学的科目混合设置。各县的官立小学堂如晋江县和惠安县官立小学堂以及较具规模的私立学堂如泉州养正小学堂、永春夏理学堂、南安道南学堂等，均设有体操课，授以队列等项目。小学堂的教材，清末并不统一，其中《国文》、《尺牍》版本甚多，学校自行选择。小学堂的教学受私塾的影响，一般采取跟读，而后由学生背诵，最后串解；或逐字分解，让学生硬记熟背。小学堂的学生成绩考评，有平时考试与毕业考试，各校自己评定。晋江县官立小学堂，系办在废科举之前，毕业考试评定次第，结合平时成绩，分甲、乙、丙三等，按等分别奏请赐予廪生、增生、附生，共20人。其余私立学堂，均不奖出身。清末是新旧教育的交替时期，封建教育仍是这一时期教育的主体。光绪三十一年（1905），清廷颁布"中学为体，西学为用"的教育方针和"忠君、尊孔、尚武、读经"的教育宗旨。闽南的小学堂除教会学堂对学生实行宗教思想教育外，无论官立、私立，基本上据此对学生进行"忠孝为本"的教育。

清末，幼儿教育与师范教育亦随新式教育而诞生和成长。光绪二十九年（1903），惠安基督教在教堂内设立的学塾，增收6

名幼儿入塾教养。光绪三十四（1908）年，惠安基督教会创办的时化幼稚园独立成园，此为泉州最早的幼稚园。光绪三十二年（1906），永春州中学堂附设简易师范科，将学堂中年龄较大、学业成绩较好的学生选入学习一年，毕业后充任小学校长、教员，但仅办一年。宣统元年（1909），德化锦溪书院改为官立师范讲习班，成为泉州第一所独立办学的师范学校，招收原有塾师或在小学堂任教而未学过普通科和教学法者，以补足其学历，修业十个月至一年。师范学校规定师范生除学习普通科外，还要学习教授法和管理法，并须到附近小学参观学习。这种学校还很重视思想政治教育。

闽南新式学堂的兴起中，外国教会影响颇大。

近代闽南教育发展的一个重要方面即教会学校的兴起。厦门地处通商口岸，于是教会学校亦发展很快。道光二十六年，美、英的传教士就在厦门开设了男、女学塾。传教士想通过办学传播基督教教义，否定中国文化，为征服中国培养"领袖人物"。道光二十四年（1844）厦门英华男塾创立，传教士们为学生提供衣服和日用品，用方言教《圣经》，达到了一定的效果。

接着有厦门怀仁小学（1877）、漳州育贤小学（1880）、晋江铸英小学（1879）、惠安时化小学（1880）、漳浦育英小学（1885）、晋江毓英小学（1891）、漳州养正小学（1895）等，到20世纪，又有惠安普化小学（1901）、厦门鼎玉小学（1902）、晋江育元小学（1902）、海澄溯源小学（1902）、龙溪石码民力小学（1903）、漳平进修小学（1909）、惠安崇德小学（1911）等，据统计，闽南地区1982年就有教会小学35所，学生686人；至1912年，增至70所，学生1891人。[1]

---

[1] 福建省教育史志编写办公室、福建省教育科学研究所：《福建省教育史志资料集》，第八辑，第115页，1992。

中学教育方面，1870 年，由归正会打马字·玛利亚在厦门创办毓德女中，1877 年，由长老会仁历西在厦门创办怀仁女中，1890 年由长老会陈安春在泉州创办培英女中，1891 年由归正会林玉诚在同安创办启悟中学，1891 年由长老会在晋江建毓英中学，1904 年由长老会安礼逊在泉州建培元中学，1908 年由英美差会在漳州合办中西育才学堂等。

在职业教育方面，英国长老会于 1901 年在厦门怀德幼稚园的基础上举办师资班，1912 年升格为怀德幼稚师范学校。

在高等教育方面，厦门英华书院、漳州寻源书院几乎支撑起了闽南高等教育的一片天空。

还有一些书院，如厦门寻源书院（1880）、厦门英华书院（1898）等。

新式学堂兴起后，闽南府州县学纷纷转轨，书院改名，古代学校教育制度逐渐宣告退出历史舞台。

5. 捐助与清代闽南教育的回应。

清代闽南民办教育兴盛，主要表现在：（1）社学、义学、书院、私塾广布。晋江人陈启文少时家贫，读书不多，但对教育却很重视。经商致富后，很有感慨地说："吾身所自出，祖也；身所由分，族姓子孙也。敬祖莫若丰祀，爱族莫若教学。"于是拿出钱创办族塾，教诲族中子弟。为使族塾能长期维持，又自置塾田若干亩，曰："吾以上竭敬思，而下开诗书之泽，其心尽于此田矣。"南安罗东人潘榜，饱读诗书，无意仕进，在其祖父遗下的"良田书房"设学馆课徒。哈谦，字思逊，南安水头人，一生淡泊仕途，蛰居乡野，创办塾馆，以教书为乐，课余潜心研究韵书，著《汇音妙语》，首创拼音方案。（2）捐款捐物维持已有教育设施。如清末南安官桥人蔡浅，名资深，早年随父往菲律宾经商，经多年经营，资产积累至数百万元，成为马尼拉屈指可数的巨商。致富后，不仅在家乡建了十三座汉式大厝，且热心家乡教育事业。泉州筹办中学堂，本县筹办小学堂，经费缺乏，他都首捐巨款为榜样。惠安人郭用锡父子，惠安建文峰书院兼考棚时，一下子就捐白银 2000 两。晋江人施世榜，康熙年间拔贡，热心教育，县学修葺文庙，襄助不少。南安人傅奏功，乾隆年间修建丰州书院时，倾囊捐献，亲董其事，直至工竣；又捐修泉州府学文庙、清源书院、府考棚。南安县令将其功绩上报，福建布政司授匾表彰他，奖匾悬于县明伦堂。(3) 地方鼓励子弟读书衍为风气，无论是家谱、乡约、告示等，都竭力宣扬读书能出人头地、光宗耀祖，从而激发了读书人的斗志。

　　明清时代，闽南港口贸易推动当地经济提升，海外贸易已逐渐成为当地的经济支柱，明初的海禁政策不但没有从根本上遏制当时涌动的走私贸易浪潮，相反却使走私性的港口贸易集中到政府难以控制的闽南深澳港湾与林立的岛屿之间。正德年间已颇具规模，嘉靖年间，"漳之诏安有梅岭、龙溪、海沧、月港，泉之晋江有安海，福宁有铜山，各海澳僻，贼之窝响、船主、喇哈、头头、舵工皆出焉"。① "官司隔远，威命不到"，远离广东、福建省会的闽南，特别是漳州海域反而具备了更有利的区位优势，这一地带的走私贸易获得了巨大的发展空间。当海禁政策难以继续维持的时候，执政者不得不调整措施，隆庆元年（1567）同意福建巡抚涂泽民的奏请，在漳州月港部分开放海禁，于是月港成为当时全国唯一的私人海外贸易港口。月港在唐以前乃"洪荒未辟之境也，在宋则芦荻中一二聚落"②，"于是有饶心计者视波涛为阡陌，倚帆樯为末耜，盖富家以财，贫人以躯，输中华之产，

① 茅元仪：《武备志》卷二一四《福建事宜》。
② 王志道：《初修海澄县志·序》。

驰异域之邦，易其方物，利可十倍。"① 月港成为中外走私贸易的汇集地，而从事走私贸易的闽人皆自月港出洋，"僻处海隅"，使行政教化鞭长莫及的"俗如化外"的月港一时间"人文蔚起，冠盖林立"。② 专为月港而设的海澄县不仅有了"小苏杭"的称号，还带动了漳属各县，尤其是龙溪的经济文化发展。"滨海上下……海物互市，则漳浦、龙溪之民尤多。"③ "澄民习夷，什家而七。"④ 漳浦、龙溪两地一时间"人文兴盛"，郑怀魁、陈翼飞、张燮等"漳南七子"，及黄以陛、谢应桢等"后四子"，先后社集不断，其中的祀霞社闻名东南。⑤ 明代漳州进士以漳浦、龙溪两地最为密集，占该地区总数的65％，且两地进士均集中在正德以后。析龙溪县地所置的海澄县，始建于嘉靖四十四年（1567），此时至明亡开科27次，该县以其极为薄弱的文化基础，在此期间竟有22名进士，可谓突出。

安平港作为月港的辅助港而存在，这里也迅速成为人文荟萃之地。"泉南之安平镇，民居万户，其地滨海，山川之所钟，文物衣冠之所都，不特财宝之所聚也。"⑥ 安平港的兴起给了晋江、泉州教育以助力。泉州府的进士主要集中在沿海的晋江、同安、南安及惠安四县。这四县在正德以后所出现的进士，均占各县总数的87％以上。泉州府原有的文化基础在新的发展条件下迅速显示出自己的优势，科举实力不仅赶上而且超过漳州府，其科甲之多显得格外引人注目。施鸿保曾说："明时，兴化、泉州科甲

---

① 乾隆《海澄县志》卷二二《艺文志·记》。
② 李敬之：《海澄县志·序》。
③ 《明经世文编》卷一八二《桂文襄公奏议四·福建图经序》。
④ 《东西洋考》卷一一《艺文考·吕宋》。
⑤ 《列朝诗集小传》丁集上《金陵诸社集诸诗人》。
⑥ 新编《安海志》卷四。

最多，乡试每占通省之半。……两郡科甲之盛，在当日固甲于全省也。"① 泉州府又以晋江为盛，晋江一地的进士竟有 359 人，占泉州府进士总数的 63％，其进士人数仅次于莆田而高于闽县、侯官。晋江文化地位之高已受到时人的关注。

在明清的闽南，致富了的商人捐学田、兴社学、延名师的记载很多。如同安蔡启昌"商于吕宋，积赀甚裕，量宏好施，捐修文庙考棚"。② 晋江蔡维坤致富后"遗命建祠堂以安先人，设家塾以课子弟"。泉州海商陈宝生"长好文，与缙绅士大夫游"。③ 晋江海商郑甫元"所至与贤士大夫倾盖交欢"。④ 李光缙的一名海商友人"为贾用本守末，以文持武，盖有儒侠之风"。⑤ 安平海商董维珪"遍交名士"。海商之向正统文化靠拢的倾向很为明显。当苏州地区的文人惊叹商人已有"内贼有五，仁、义、礼、智、信是也"的呼声，表达了与传统伦理决裂的心理，可闽南商人却把海路五大商命名为"以仁、义、礼、智、信五字为号，建置海船，每一字号下各社有船十二只"。⑥ 海商们亦蓄足了气参与到科举的学习和争竞之中，他们需要的是正统的名分。"闽中漳、泉风俗多好名尚气。凡科第官阀及旌表节孝三类，必建石坊于通衢。泉州城外，至有数百坊，高下大小骈列半里许。市街绰锲，更无论也。葬坟亦必有穹碑，或距孔道数里，则不立墓而立道旁，欲使人见也。"⑦

---

① 《闽杂记》卷六《兴泉科甲之盛》。
② 弘治《同安县志》卷三二。
③ 陈懋仁：《泉南杂志》卷下。
④ 乾隆《泉州府志》卷六〇《明笃行》。
⑤ 《景璧集》卷三。
⑥ 《谐铎》卷七《鄙夫训世》。
⑦ 《清稗类钞》风俗类"闽人好名尚气"。

清代闽南学田包括拨田、捐田、买田三种。拨田是明清官府增置的学田，来源包括废寺田、民田、公田、赎罪田等。泉州学田"明正德丙子年，巡按御史胡文静、程昌、金事潘鉴始以布金寺废院田充之"，"共一顷九十余亩"。① 漳州府学田，"康山赡学宫塘旧有金峰寺……凡九十五亩有奇……及寺废，人于豪右之手。前龙溪令王士昌清查……计岁入额，贮公以赡贫士"。② 晋江县学田"万历二十年，巡按御史邓拣拨发僧广治名下资福严田地十八亩，山地十亩……充学公用"。③ 宁化县学田，"宁化初无学田，嘉靖时县令潘公时宜念欲赡贫士而未有籍，会有废寺二百余亩，遂欣然申请，以充学田"。④ 嘉靖万历年间的废佛运动，使大量的寺田归入官府，这些寺田或废寺田迅速转变成了学田，这是明朝政府注重以教化扭转倭患猖獗的努力。

拨民田是明清学田的另一来源。如南安县"万历二十年，巡按御史郑拣将黄储器名下柳洋坑田四十亩……尽数追入，充本学师生公用"。⑤ 再者有拨"公田"、"设官田"、"官员赎罪田"、无主荒田等。万历二十八年（1590），泉州府郡守以同安奇江庄应入官田五百二十五亩拨归府学和同安县学。⑥ 有时有些诉讼田地难断归属，往往亦断归学田。

捐田是明清学田来源之大端。上至总督、巡抚，下至知府、知县以及分守道、督粮道、提督学政、推官训导、督学金事等均

①　乾隆《泉州府志》卷一三。
②　光绪《漳州府志》卷七《学校志》。
③　乾隆《晋江县志》卷四《学校志》。
④　同治《宁化县志》卷六《学校志》。
⑤　乾隆《泉州府志》卷一四《学校二》。
⑥　乾隆《泉州府志》卷一三《学校一》。

投入到捐田事业之中。这是因为兴学是他们为政的主要事功之一，兴学往往能带动社会风气的好转，达到社会秩序的安定。闽浙总督姚启圣在康熙二十一年（1682）至二十五年（1686）间本着"学校者，人材之本，而衣食者，礼仪之原"的思想，"节缩得数千金，广布八郡一州五十七县之学校，因其大小而次第分给之，以赡贫士之无资者"。① 在晋江县，姚启圣"捐置民田十五石六斗"，给县学田。② 在漳浦县，"总督姚启圣给银六十两，购坊四图李开盛户田"，给县学田。③

各地的乡绅是捐助学田的主要力量，包括退休官员、监生、贡生、举人等。一些地主豪绅为了博取儒雅好义的好名声，也积极加入捐赠者的行列。如漳浦一处"岁入租百二十石有奇"的学田是嘉靖年间本县学生员林贵所捐，一处"岁入租百有三石四斗"的学田是富民吴子元捐。

有的学田由购买而来，像入官赃银往往亦用于购买学田。如万历十九年（1591），廪生吴希澄等用银三七两买民人王东田五亩六分给泉州府学。④ 万历三十八年（1610），推官伍惟新奉提督佥事熊尚文令发杨世联等入官赃银一百四十四两，买南安报亲、延福二寺田地六十八亩，分别作为泉州府学和晋江县学田。⑤

从光绪《漳州府志》卷之七《学校·漳浦县学田》记载看，除了嘉靖三年（1524）和嘉靖十九年（1540）分别由生员林贵及富民吴子元捐助外，另四次学田增加均是以买的方式达到的。万

---

①　民国《建宁县志》卷六《学校》。
②　乾隆《晋江县志》卷四《学校志》。
③　《漳浦县志》卷九《学校志》。
④　乾隆《泉州府志》卷一三《学校一》。
⑤　乾隆《泉州府志》卷一四《学校二》、卷一五《学校三》。

历三十七年（1609），知县黄庄举捐俸银四十两买李应麟田八亩，万历三十九年（1611），知县汪泗沦断追吴宏银十五两买乡民林信田种四斗，康熙二十一年（1646），总督姚启圣捐银六十两购李同甫田种二石，康熙二十八年（1653），邑绅黄性震捐银三百一十两买田十亩。这些买田活动均来自官员。平和县的情况更是如此。两次学田增益均来自官员，一次是知县杨守一于万历六年（1578）捐银六十两，买曾进附郭田七亩四分零，再一次是康熙二十一年（1646），总督姚启圣捐银五十两买的学田。官员们顺应土地商品化的趋势，逐渐以经济方式谋求学田的增益。当然，因为采取的多为招佃经营，学田时常出现隐匿的情况。"或狡佃欺隐，或老胥蠹役通同为奸，私相授受。"①

清代闽南的教育受到当地社会风气的影响，像捐助之风就极大地带动了闽南教育的兴盛。清代泉州知府杨廷桦与绅商合捐3500两白银给泉州清源书院，用作办学经费。

乾隆十五年（1750），晋江知县黄昌遇带头捐俸，贡生庄嘉珍和监生曾良桐、曾华文响应，捐资1000两作为重修、扩建泉州一峰书院的费用。重修后，该书院有建筑3层，共48间，各种设施无不备举。

乾隆十六年（1751），水师提督倪鸿范与兴泉永道白瀛、厦防分府许逢元、绅士黄日纪等人捐资兴建了厦门玉屏书院。后因求学者骤增，学舍不足，黄日纪又捐资在周围兴建了崇德堂、芝兰堂、漱芳斋，以充学舍。嘉庆十八年（1813），巡道多麟等厦门地方官员与林云青等2位士绅捐得洋银2400余元，用于书院的日常支出。

咸丰七年（1857），南安发生械斗，当地的丰州书院被毁。

---

① 民国《龙岩县志》卷一三《学校志》。

光绪元年（1875）知县程鹏偕当地士绅叶应祥、洪荣等募资重建，并拓东西廊为考棚，规模大备。光绪十五年（1889），知县李春辉偕当地士绅王澄瀛等募捐三千余金，以充膏火。

南安《诗山书院志》记述：诗山书院所购书田，每段每丘都立有田券，画有田图，统计起来有 65 幅，其中 63 幅都注明所购书田的受予数字，有两幅还注明了所购书田的费用。

书院的修缮费用也多来自于捐助。同安文公书院在清代历经重修，费用都是由官绅筹措。康熙二十七年（1688），知县许名觐、邑人陈睿思重修。康熙五十二年（1713），知县朱奇珍、邑人颜孔辅再次修葺。乾隆十七年（1752），一次风雨大作，院宇飘颓殆尽，进士洪敬璜、陈思敬等人于次年冬鸠金购材拓地予以重修。同时，环以数十丈石栏，观者拾级而上，近而金门、厦门二岛，远而台湾、澎湖大洋，靡不历历在目。乾隆五十九年（1794），某日风雨交加，书院再次倾塌，邑绅高以彰以五百金独资修缮。道光年间，由于日久颓坏，解元黄维岳捐资，予以重新修复。像这样在数十年的时间里，多次赞助一所书院进行重修或维修的事例甚多。

南安丰州书院曾聘请乾隆年间的进士洪世泽为山长，诗山书院曾聘请光绪年间的进士黄尔沤为山长。泉州清源书院于清末聘请著名经学家陈寿祺、医学家陈修园及郭伯荫主持或任教。

家族重视教育，不仅可以影响一个家族的教育，而且可以带动周围乡亲重视教育。厦门白氏家族特别注重教育。嘉祥认为"小学教育为国民教育之基本"，故父母"切须注重儿孙小学教育，采择学校，约束简朴，粗食布衣，勤苦历励。切不可滥与滥用。"此外，还详细规定家中子弟"七岁至十岁早间六时背念早书或练写，晚间七时至九时温习课本；十岁以上早间四时或五时须使背念早书或练写，晚间七时至九时温习课本"。

如此，"则教育基本奠定于磐石之上，然后进入较高教育，就易领悟也"。①

对于教育，嘉祥认为"在于培育儿童体格之健康，陶冶其良好之品性……启发科学思想，养成忠、孝、仁、恕、信、义、诚、毅之美德"。不难看出，嘉祥还是以传统儒家的忠孝仁义为本，由此出发去培养后代。他认为如儿孙聪明可造就，则父母无论任何困难，须设法使其达至高深教育；如果父母没有尽力造就良好读书环境，则不可取。一方面，他强调父母督责的重要性，认为"过于姑息不免容纵太甚，反使为子者放荡不羁"；另一方面，也认为"过于苛求不免督责太甚，反使为人子者恐惧不前"，② 因而强调父严母慈，合乎中庸之道。

典型的例子如白氏十七世妣李珠凤丧夫之后，以十指之所得，供一家之衣食。夜则课儿至更阑方就寝。嘉祥九岁之除夕受母亲教诲后越发努力，后"年十四岁即命入同文书院"。③二十岁学业略成，即为娶室。后与弟弟"同入上海商办铁路学堂工程科。女花篮入女校。孤儿孤女书香有继，又皆妣之功也"。④

就厦门的新式教育而言，自 1842 年以来基督教教牧人员就在当地建立了不少新式学校，涵盖了从幼儿园至大学的教育，其中就包括如毓德女子小学及中学，怀仁女中，怀德幼师，田尾妇女福音学院等女校。由于基督教进入厦门带来的教

---

① 《白谱·指导后辈学生与工艺说》。

② 《白谱·教子敬亲说》。

③ 厦门同文书院为美国领事倡办，办理 20 多年，但负责经费的董事都是华侨，如林尔嘉等人。厦门名儒周殿黄倡议收回书院，1925 年改称为同文中学校。

④ 《白谱·十七世妣讳珠凤谥慈俭传》。

会学校新式教育,①造就了一批中国近现代进程中的精英,如林语堂、林巧稚、马约翰等人。白氏自嘉起深受其影响,对其子弟教育大有影响。如其子十九世昭生"年方十六,即听其任学天津南开大学附中。嗣因九一八变起,(她)始佯言得疾,召昭生返。越年,昭生又得转学香港拔萃高中第五级"。②

至于嘉祥的亲家陈文良,同为在菲侨商,二人"交莫逆",其女"娉婷,素娴礼教,曾受高中教育"。两家联姻,不仅经济地位相当,且子女均受过新式教育,这也是联姻的原因之一。白氏族谱虽未言明其媳妇陈掌珠的就读学校,但相信也是当时厦门社会开化风气及其父海外经商的经济条件所造就的。

闽南人推崇读书应举的另一个心理诉求还在于他们把朱熹理学看作是正统文化的本原,因而引为骄傲。闽学作为本土学术,易于形成乡土文化的认同感。此时研究并恪守闽学便成为凸显地方文化繁荣的义务。泉州黄虞稷《千顷堂书目》中列举了嘉靖以后晋江一地的著作这占福建地区总数的五分之一。明代福建闽学以精研"四书"、《易经》闻名全国,晋江一地研《易》名家就有数十位,相关著作竟然高达八九十种。漳浦是闽学的又一强盛之地,其《诗经》研究在全国反响甚剧。当时人总结说:"吾闽自宋诸大儒后,代有传人,明中叶如陈剩夫(漳浦陈真晟)、蔡虚

---

① 自清道光二十四年(1844)在厦门创办英华男塾起至1946年止,教会人士在厦门创办了从幼儿园、小学、中学、幼师、职中至大学等各类教育事业。清光绪十一年(1885),周殿薰被推举为厦门玉屏书院大董,主管其行政事务。清末科举被废后,厦门一时没有学堂,周殿薰即向玉屏董事提议,将书院公款和院址用于兴学。获准后,又假华侨王霭堂捐款,建官立厦门中学堂,是为厦门倡办中学之始。参见厦门市地方志编纂委员会:《厦门市志》,第3604页,方志出版社。

② 《白谱·十七世妣讳珠凤谥慈俭传》。

斋确守朱子，以津梁后学"①。"道南一脉代有传人"，"漳浦陈剩夫、周翠渠（周瑛）诸先生皆卓然直立，增光宇宙"②。隆万年间，耿定向任福建巡抚时积极倡导王学，确实产生了一定影响，但闽学在闽南依然绵延相传，蔡清之后晋江又有陈琛（紫峰）、林希元（次崖）等人。"前明中叶，姚江大倡新学，吾闽恪守程朱，以有蔡虚斋先生持之，而林次崖与陈紫峰两先生继之"③。"吾泉务实学"，"有虚斋蔡文庄公出，尽心正学，蔚为一代儒者之宗。陈、林、张、史四先生继之，道以大明"④。到了清代，闽南朱子学又有安溪李光地，漳浦蔡世远、蓝鼎元等著名学者继续推进。李光地说："吾闽僻在天末，然自晦庵朱子以来，道学之正为海内宗。至于明兴科名，与吴越争雄焉。"⑤ 闽学之正与科举之兴相依相随，实乃闽学在闽南持续不断的关键所在。一直到近代，辜鸿铭从国外归来后亦沉醉于闽学，"言则必称古昔先生"⑥。当内地广行改书院为学堂之举时，南安诗山书院才刚刚建立，显示出了对传统学术的坚守。

在闽南，海外贸易成为支撑闽学和举业繁荣的经济基础。当月港衰落之后，厦门港取而代之。"厦门为漳、泉门户，洋船出入口岸，尤属紧要。"⑦ 厦门港成为福建海外贸易的中心。"大小帆樯之集凑，远近贸易之都会"，"厦门为洋艘出入，百货聚集之

---

① 《经笥堂文钞》卷六《蔡虚斋先生文集·序》、《童寒泉墓志铭》。

② 蓝鼎元：《鹿洲初集旧序》。

③ 林希元：《林次崖先生文集·序》。

④ 陈科捷：《紫峰文集·序》。

⑤ 李光地：《重修文庄蔡先生祠·序》。

⑥ 罗振玉：《读易草堂文集·序》。

⑦ 《宫中档雍正奏折》二一辑，第353—354页。

处，商贾辐辏，不减通都大邑之风"。① 同安亦因厦门而升设商
埠，"舶来品充满街市，若安溪、南安、德化、大田皆由同安街
市贸易，使商业颇有起色"。② 清前期，闽南科名依然不衰，乾
隆中期以后随着厦门港趋于衰落，闽南举业也走向滑坡，从每科
平均近 5 人下降到 2 人左右。

　　清后期，中国被迫纳入世界体系。在洋枪洋炮的威力面前，
中国接二连三地打败仗，并签订了一系列屈辱的不平等条约。如
果说鸦片战争的失败给了夜郎自大的清朝统治者们当头棒喝的
话，那甲午战争的失败则彻底摧垮了清朝统治者仅存的一点自信
心。在救亡图存的民族责任感的驱使下，中国的有识之士不断探
索强国之路。于是有林则徐的"师夷长技以制夷"、洋务派的
"求强"、"求富"、维新变法运动的展开。在军事强国之路、实业
救国之途屡走不通之后，先进的中国人越来越意识到变革教育即
仿效西方建立新式学堂以培养新式人才才是最为关键的。"科举一
日不废，即学校一日不能大兴，将士永远无实在学问，国家无救
时之人才，中国永远不能进于富强，即永远不能争衡于各国。"③
于是，作为传统教育象征的科举制度在 1905 年被废除了。新式
学堂在中国遍地开花。创办新式学堂的主体既有官府、乡绅、教
会，还有海外华侨。海外华侨参与创办新式学堂是闽南等沿海地
区办新学的特色。

　　人才是决定一个国家命运和前途最重要的因素。传统的儒家
教育在清后期已经问题很多，梁启超曾说："学术之陋，至今日
已极，士子不研究根底，习尚虚浮，沿谬承讹，寡闻浅见，凡郡

---

① 《闽政领要》卷中。
② 康熙《同安县志》卷五。
③ 沈桐生辑：《光绪政要》，文海出版社，1969。

国之利病，工商之通滞，舆地之险要，兵将之韬略，海内外之情状，茫然未有所知。其六艺未卒业，四史未上口，五洲之勿知，八星之勿辩者，殆十而八九也"，这是对戊戌时期封建知识分子素质状况的真实而又扼要的总结。① 所以，美国人丁韪良说："有希望革新这古老的帝国的是新教育。"②

新式学堂正是为了适应社会变革的要求而建立的。早期的新式学堂无疑仍处于初级阶段，很不完善，但是它引进了新的人才培养的目标、方法等。它的意义在于其从传统向近代迈进，开始了教育近代化的进程。1920 年，黄炎培曾在《清季各省兴学史》一文中说："觉最近五十年来新教育运动，其价值实驾二千年全史之上。③

总之，处于转型期的晚清教育，呈现出新旧交替、中西文化相互渗透的格局。闽南地区凭借其地处沿海、与海外联系较多，华侨在海外积累了一定的财力，在倡导新学方面虽尾随上海、武汉等大城市、经济发达地区之后，却也呈现出蓬勃发展的新趋势，近代的闽南随着新式教育的普及，近代化的进程逐渐加快。

---

① 《戊戌变法档案史料》，第 259 页。

② 朱有瓛编：《中国近代学制史料》，第一辑上册，第 369 页，华东师范大学出版社，1983。

③ 黄炎培：《清季各省兴学史》，《人文月刊》第 1 卷第 7 期。

第六章

闽南教育与台湾教育的渊源关系

康熙二十三年至二十五年初（1684－1686），经过台湾府、三县和台厦道和福建总督、巡抚反复详议后奏请，遂于二十五年（1686）题准定案，正式设置府学及三县学。

一、闽南教育向台湾的发展

郑成功作为收复台湾的功臣，其自身的成长经历给了台湾发展儒学教育以良好的基础。郑成功于明天启四年（1624）出生于日本长崎，7 岁时回国，在家乡南安接受传统的儒学教育，他的父亲郑芝龙也希望他入仕途。他先在南安县学就读，11 岁时便能背诵四书五经，会做八股文章。15 岁考中秀才，成为廪生。崇祯十五年（1642）八月到福州参加过乡试。21 岁时进入南京国子监成为一名太学生，并拜江南名儒钱谦益为师。本来他也可走科举入仕的正途，一洗其父漂泊海上的低贱身份。但时势的变故驱使他走上了反清的道路。郑成功特别注意网罗科举出身的知识分子，利用他们谋划台湾地方的政权建设。浙江沈光文在明末科举考试中名列副榜，曾官至工部郎中，加太仆少卿。因抗清失败，辗转经福建至台湾从事文教工作，被誉为台湾文化的"初祖"。郑成功对其一直很尊重。同安人郭贞一，崇祯年间中进士，明末曾任监察御史，后随郑成功东征台湾。南安人沈佺期，崇祯年间中进士，被授予兵部郎中。明亡后起兵反清，后投奔郑成功，并不顾年老体弱前往台湾。这类知识分子有的后来直接参与了兴办学校、恢复举业的工作。

郑成功还模仿大陆地区的行政制度，在台湾设置一府二县（承天府和天兴县、万年县），并着手制订法律，确定官制。在发展生产方面，郑成功实行了屯田垦荒、保护私田、减轻赋税、推广先进的农耕机械、发展工业手工业、发展通商贸易等措施，收到了良好效果。他曾考虑在台湾推行科举制度，因英年早逝，未及化为现实。

同安人陈永华是个读书人，父亲陈鼎为明末同安的教谕，清军攻城时，陈鼎拒降而自缢于明伦堂。陈永华料理完后事，愤而投奔了郑成功，并被授予参军之职。郑成功去世后，陈永华竭力辅佐郑经，逐渐将大陆的教育制度移往台湾，并建立起考选机制。江日升《台湾外纪》记载：1666 年时曾"议两州三年两试，照科、岁例开试儒童。州试有名送府、府试有名送院，院试取中，准充入太学。仍按月月课，三年取中式者，补六官内都事，擢用升转。"① 两州即为万年县和天兴县，府即指承天府，太学即是国学。在陈永华的设计中，万年县和天兴县每三年举行两次岁科考试，合格者移承天府参加府试。府试合格者还要参加学院考试，试以策论，通过者准其进入太学学习。在太学学习期间，每月考试一次，三年经过大考合格者，按成绩优劣分派到明郑政权的吏、户、礼、兵、刑、工各部任职。陈永华几乎为郑氏设计了一个完全复制明朝的亚政权机构。

陈永华在台湾建立起了包括初等教育（社学、书塾）——中

---

① 江日升：《台湾外纪》，第 192 页，福建人民出版社，1983。

等教育（府学）——高等教育（学院）在内的教育体系，并建立了考选制度，为日后清政府继续发展台湾的文教事业奠定了良好的基础。

陈永华几乎沿袭了明代的考选制度，譬如考试内容一般为四书、五经和五言六韵诗，考试结果以等评分：一等"文理平通"，二等"文理亦通"，三等"文理略通"，四等"文理有疵"，五等"文理荒谬"，六等"文理不通"，这些都是明代科举考试的通行做法。在他的主持下，台湾的考生经过三年学院学习考试合格即可分派官职，这只是以学院取士代替明代三级考试，因为当时台湾人口少，文化素质相对较低，应试者偏少，科举制度不可能像明朝那样正式。

清代康熙以后，台湾成为福建省的一个府，闽南教育进入台湾的步伐加快了。同福建的各府州县一样，台湾的童试每三年举行两次，每次都必须经过县试、府试和院试，通过者进入当地儒学读书，俗称"中秀才"。所谓县试，指以县为单位，在府署所在地，由知府主持的考试。至于院试，本该由学政主持，因交通不便，委托分巡台厦道负责，考试也安排在台湾府治所在地，所以院试在台湾实际上为"道试"。县试、府试、院试均第一者被称为"小三元"，以与乡试、会试、殿试均第一的"三元及第"有所区别。清末，台南进士施士洁便是"小三元"。院试过后，还要举行岁考，岁考每三年举行一次。科考是继岁考以后的又一次考试，通过科考者，才有资格参加乡试。清初，因台湾归福建管辖，在本岛只举行童试及岁、科试，至于乡试，则要到省会所在地的福州应考。

照顾到台湾文化发展的相对滞后，康熙二十六年（1687）后，对台湾考生录取给予适当倾斜。即为台湾生员另编字号，额外取中举人一名。当年，有 5 名台湾士子到福州参加乡试，结

果，凤山县的苏峨考中，成为台湾的第一位举人。这一制度实行
10 年后，闽浙总督郭世隆从"合闽省一体取中"这一角度出发，
请求清政府撤去另字号。照郭世隆的理解，既然台湾属福建省的
行政区划，就要和福建的其他地区一样参加统一考试，统一录
取，不能有所特殊。这曾造成来福州应试的台湾士子数量的减
少。雍正七年（1729），当时的福建巡抚有鉴于此，支持巡台御
史兼提督学政夏之芳关于为台湾士子在科举考试中恢复另编字号
的建议。此后，在福建省的录取名额中仍旧给予台湾士子 1 名保
障名额。雍正十三年（1735），由于台湾地区的人文日益昌盛，
福建巡抚卢焯请求再增加 1 个保障名额，以资鼓励，得到清政府
的同意。这样，台湾士子在福州乡试就有了 2 个保障名额。到了
嘉庆年间，福建总督阿林保、巡抚张师诚鉴于台湾来福州应试的
士子日益增多，已达千余人，便于嘉庆十二年（1807）请求再增
加保障名额。当年，礼部批复将保障名额从 2 名增为 3 名。

　　在台湾赴福州参加乡试的士子中，还有一批原籍广东的士
子。由于有一定的数量，道光八年（1828），闽浙总督孙尔准请
求在福建省录取名额内另编字号，保证每次乡试能取中 1 名，得
到清政府的批准。当时参加福州乡试的来自台湾的广东籍士子有
123 人，清政府将他们在 3 名台湾保障名额之外另编田字号，保
证录取 1 名。这样，台湾参加福州乡试的士子便有了 4 名保障名
额。咸丰初年，台湾的保障名额又增加到 6 名，加上广东籍 1
名，合计每科乡试保障正榜录取 7 名。到了咸丰九年（1859），
由于福建省的乡试录取名额增加了 30 名，台湾也因此再增加 1
名保障名额。这样，连同广东籍的 1 名保障名额，台湾的乡试录
取名额总共达到 8 名。

　　在总体统筹的前提下，给予台湾士子保障名额所取得的作用
是显而易见的。乾隆四年（1739），清政府根据巡台御史诺穆布

的建议，仿照福州乡试之例，规定在国家级考试——会试中，只要到北京参加会试的台湾举人达到 10 名以上例给予 1 名保障名额。由于当年台湾到北京会试的举人不足 10 名，所以仍照旧与福建省一体录取。道光三年（1823），台湾赴京会试的举人已达到 11 名，道光皇帝便根据礼部的建议，下旨允许从台湾士子中取中 1 名，此后形成惯例。① 可见，无论是乡试还是会试，清政府对台湾士子都给予很大照顾，这种照顾拉近了台湾与祖国大陆的距离，无疑具有积极意义。

给予台湾保障名额激发了台湾士子的学习积极性，但也带来了一些混乱。一些闽南人在家乡应考不中，便移居台湾，也有的甚至冒充台籍人的亲属去应考。雍正年间甚至有了只要在台湾有田有屋的外籍人均可以台湾考生身份应考，这样便造成了福建沿海各府县的士子东渡冒籍应试的局面。

不过，东渡入台应试，表面上占用了台湾士子的名额，但只要名额不是死的，其结果就能带动台湾当地教育文化事业的发展，有利于台湾文化水准的提升。已经被认定为台湾籍的士子其实也只是早些年移往台湾的。据台湾《新竹县志》记载，当地历年祖籍是闽南的文科生员占总人数 210 位中的 94 位，约占 44%；武科生员中祖籍是闽南的占总人数 28 位中的 9 位，约占 32%。文科举人，闽南人占总数 15 位中的 11 位，约占 73%；武科举人，闽南人占总人数 8 位中的 4 位，占 50%。贡生，闽南人占总人数 43 人中的 25 位，约占 58%。文科进士，闽南人占总人数 3 位中的 2 位；武科进士 2 人，均为闽南人。② 新竹以

---

① 参考黄新宪：《闽台教育的交融与发展》，第 113—114 页，福建人民出版社，2003。

② 林再复：《闽南人》，第 296 页，台湾三民书局，1985。

客家居民为主，闽南人尚不占优势，若在其他地区，闽南人比例更高，获得科名者也当更多。台湾府县儒学的学额在很长一段时间内几乎被闽籍子弟所占据，而当地官员也认为这可以带动台湾儒学的发展，故采取了包容的政策。

总体上看，早在明郑时期，台湾已在承天府设立府儒学，在天兴、万年 2 州设立州儒学，沿用的是明代的儒学教育制度。清代统一台湾后，相继建立了 9 府 2 州 65 县，州县学逐渐建立起来，康熙二十三年（1684）建安平县学，康熙二十三年（1684）建凤山县学，康熙二十四年（1685）建台南府学，康熙二十五年（1685）建嘉义县学，康熙五十六年（1717）建南澳县学，雍正四年（1726）建彰化县学，嘉庆二十二年（1817）建新竹县学，光绪二年（1876）建宜兰县学，光绪三年（1877）建恒春县学，光绪五年（1879）建淡水县学，光绪六年（1880）建台北府学，光绪十五年（1889）建台湾府学，光绪十五年（1889）建苗栗县学，光绪十六年（1890）建云林县学。台湾地方官学呈现出由南向北扩展的特征，这是与整个台湾开发的大环境相适应的。

台湾考生到福州应试，航海安全是一个不得不考虑的问题，他们甚至逐渐形成了一套习俗："设酒食遥祭诸生之漂没者。刊石于门云：'乡试诸生，小暑节前内渡，过此勿往。'又立石试院云：'乡试文武生，勿轻出海口，文于小暑前，武于白露后。'又作《渡海万全歌》云：'三四千石新造船，鹿口对渡到泉蚶。三月廿三四日后，四月初七初八前。'"① 从小暑前离开台湾，到九月十五日前乡试放榜返回台湾，台湾士子于考前、考后大都要在福建居留几个月。台湾士子有的要多次经历这样的艰辛。

闽南教育向台湾的发展的一个重要表现是，不少闽南籍子弟

---

① 　徐宗干：《斯未信斋杂录》，台湾大通书局《台湾文献史料丛刊》本。

或随父兄叔伯举家前往台湾，或单身进入台湾投靠宗亲。他们在台攻读应考，其中不少人中了举人，有的甚至还中了进士。据南靖县部分族谱记载：该县清代入台求学、中式并入谱者，计25人。其中，进士1人，举人3人，贡生7人，庠生5人，太学生3人，府学、进泮、童生等6人。据谱载，龟洋庄氏在台登第者4人；"十六世庄惟精，嘉庆二十三年任台湾府学，在台安家"；"恂肃三房纲斋派下庄仰中，字朝正，台湾拔贡"；"庄飞凤，光绪拔补台湾府右营令"；"庄文进，台湾举人，乾隆丙戌进士。"书洋版寮刘氏在台登第者一人："十一世益显，字克昌，学名公宪，生于康熙五十六年，往台湾进泮……至乾隆戊寅科试时考取台湾府学第一名，府试取彰化县童生第一名。乾隆庚辰携眷渡台，生前在台任教读。"另据《长泰县志》记载：该县也有一些读书人赴台攻读并获科名，如人和里的杨朝余，康熙五十二年（1787）恩科举人，系由台湾府学中式的。在坊村的王宾，乾隆三年（1738）戊午科举人，"由台湾府学中式"。[①] 这些人以台湾士子身份获得科名后，往往会以各种形式维系与祖籍地宗亲的联系。如在祖籍地树立石笔，又称石旗杆。南靖县书洋乡塔下村张氏家族迁居台南、嘉义的不少，嘉庆年间，张氏裔孙张振东、张克忠科举及第，便在祖祠前竖石笔两枝，分别镌刻："大清嘉庆元年丙辰科明经恩进士，十五世孙张振东立。""嘉庆壬申科选拔进士，十六代孙张克忠立。"石笔成了他们寻根问祖的重要标志。又如树匾额。这些匾额有本族子弟自立的，有达官显贵赠送的，还有皇帝御赐的。漳浦县狮头堡黄姓后裔黄本渊生于台南，是一位在闽台书院史上具有重要影响的人物。清道光元年（1821）他中举后曾专程到祖籍地拜祖挂匾。还有的台湾士子在祖籍地留下

---

① 刘子民：《漳州过台湾》，第229—230页，海风出版社，1995。

纪念性文字。长泰县江都村的连日春于光绪二年（1876）以台湾士子身份中举。他不忘故土，携眷回江都谒祖访亲，并留下《募建敬圣亭小引》：

> 寰中皆陋境也。自字成鸟迹，精泄龙潜，雨粟祥呈，结绳政易，遂以洗乾坤之陋而焕乎文章矣。

> 独慨祖龙御宇，欲王天下人，收百家书于咸阳而火之，此上下千古之奇祸也。虽然火能为祸，亦能为功，断简残篇，委诸草莽，单词只字，辱在泥涂。蚩蚩者类皆然矣。与其弃而蹋之，何苦焚而化之。未付清流，先投烈焰。此敬圣亭之所由设也。

> 江都千百家，泰东一大村落也。吾宗居此殆五百年。山溪雄奇之胜，非无磊落英多者，出而皷皷簪缨，终焉寐之，安知非敬圣一道缺而不讲者乎？读圣贤书即不能本所学而措理家国，奈何并此区区焚内事而忘之。今诸先生长者悉悉有是心，谋诸族人，亦多出镪相助。予赞而成之，卜地于清溪之崖，奇石森列，远峰耸秀，甚得所焉。揆诸形胜以及诸先生长者尊文惜字之心，族人好义集腋成裘之意，是吾乡大转贲之机也。弁数言，预为吾宗贺。

除了树石笔、立匾额、作文外，一些台湾士子还在祖籍地建造牌楼、斋第等，以各种形式留下博取功名荣耀的见证。有时这些举动的影响和潜在价值会超出家族之外。

据台湾《新竹县志》记载，当地历年祖籍是闽南的文科生员占总人数 210 位中的 94 名，约占 44%；武生员中祖籍是闽南的占总人数 28 名中的 9 位，约占 32%。文科举人，闽南人占总数 15 位中的 11 位，约占 73%；武科举人，闽南人占总人数 8 位中的 4 位，占 50%。贡生，闽南人占总数 43 人中的 25 人，约占 58%。文科进士，闽南人占总数 3 位中的 2 位；武科进士 2 人，皆为闽南人。①

二、清代台湾儒学教育的渐次兴起

自从郑成功收复台湾以后，有大批闽粤人移往台湾，实施对台湾地方的开垦与开发。但清政府执政之初，为了封锁拒不投降的郑氏势力，在东南沿海严厉推行"迁界"政策，许多人无家可归，只得冒禁移往台湾，形成为台湾单身青壮年男子居多，男女性比例严重失调的局面，社会问题层出不穷。再说台湾土著仍生活在较封闭较原始的状态中，当汉人移居台湾后，番汉之间的矛盾又较为尖锐。为了使台湾的社会尽快进入有序状态，清初统治者在剪灭郑氏政权后，一方面逐渐在台湾设置了较为完善的官僚机构，另一方面积极推进儒学思想在台湾的系统传播。各级官僚都把兴教化作为为政的重要工作。

早在郑成功攻克台湾后，"新港、嘉溜湾、沤汪、麻豆为明郑四大社，令其子弟能就乡塾读书者，蠲其徭役，以渐化之"。②可见郑成功在军事征服之后迅即施以教化。郑成功去世后，谋臣陈永华又请求郑经建圣庙，立学校，致力于教育的发展。但郑经一时还未认识到教育的重要性。他说："其服新创，地狭民稀，姑且待之。"陈永华说："非此之谓也，昔成汤以百里而王，文王以七十里而兴，岂关地方广阔，实在国王好贤，能求人才，以相佐理耳！今台湾沃野千里，远滨海外，且其俗素醇，若得贤才而理之，则十年教养，十年生聚，三十年真足与中原相甲乙，何愁局促稀少哉！今既足食，则当教之，使逸居无教，何异禽兽！须择地建立圣庙，设学校，以收人才，庶国有贤士，邦本自固而世

---

① 林再复：《闽南人》，第296页，台湾三民书局，1985。

② 郁永河：《裨海纪游》，清抄本。

运日昌矣。"郑经终于采纳了他的建议,于永历二十年(康熙五年,1661)在宁南坊建成了圣庙,又命令各社设学校,从内地请来了教师,儿童八岁入学,课以经史文章。郑氏来台,跟着来的有许多孤臣宿儒,这些饱学之士,对发展台湾的教育做出了贡献。

台湾首任知府蒋毓英于康熙二十三年(1684)来台赴任。就在这年,他捐俸创立义塾二所,位于府城东安坊,名为社学,延师课督学童。这种义塾,后来在台湾各县都有开设。台湾初设的台湾、凤山、诸罗三县都在康熙二十三年(1684)新设儒学为官学。府城的儒学则在康熙二十四年(1685)由台湾道周昌和知府蒋毓英合作设立。次年周昌在给福建巡抚金宏的呈文中强调:"风俗之原,由于教化;学校之设,所以明伦。台湾既入版图,若不讲诗书,明义主,何以正人心而善风俗。从来经国之要,莫先于收人心;而致治之机,莫先于鼓舞士气……建学校,行考校,诚审乎教养之根本,为海天第一要务也。"① 蒋毓英把"进父老子弟,教之孝悌之义,振兴文教,捐俸创立义学,延师课督"看作是自己的重要治绩,其他各级官员亦纷纷效仿,如诸罗县知县季麒光也以"课士、招商、拔儒童才质之佳者接礼之"为其主要宦绩。即使是以治兵汛守为职责的台湾镇首任总兵杨文魁和次任总兵殷化行也皆以教化为主要宦绩。杨文魁不厌其烦地为其兵民讲圣谕,设立义学,创置学田,都把教化放到了重要位置。

施琅堪称康熙时期治台的赫赫功臣,他所推行的政策也贯彻了安抚、招徕、教化的思想,其中,教化尤其得到重视。康熙三十四年(1695)来台任知府的靳治扬,抵台湾后即捐资修文庙,

---

① 高拱乾:《台湾府志》卷十《艺文》。

立社学。康熙四十一年（1702）调任台府的卫台撰，每月延诸生
分席讲艺。康熙四十二年（1703），台湾县新建明伦堂落成之日，
县令、著名理学家陈瑸就召集生员训诲说："五经与五伦相表
里"，"五经贤传，千条万绪，皆所以启钥性灵，开拓原本为纲纪
人伦之具"，希望诸生"忠君、孝亲、信友。友义、妇听、兄友、
弟恭，为端人，为正士"。① 康熙四十六年（1707）任台湾知府
的周元文置义学田以赡贫士。康熙三十四年（1695）任台湾县知
县的李中素谆谆教诲诸生以孝悌为先。康熙四十三年（1704）任
台湾县知县的王仕俊建立义学，同年任凤山县知县的宋永清于暇
时进诸生讲论文艺。在康熙年间，为发展台湾的教化事业做出过
较大贡献的还有陈瑸，他先是于康熙四十一年（1702）来台任台
湾县知县，在任期间，他曾条陈台湾县事宜十二条，其中对关于
教化的建议，如兴建文庙，广设社学，定季考之规，举乡饮之
礼。他还亲自条葺文庙，建明伦堂，引诸生考课，被誉为"海疆
治行第一"。康熙四十二年（1703），陈瑸回京，授刑部主事，累
迁至郎中。康熙四十八年（1709），他出任四川提学道，以操守
清廉获清圣祖誉扬。同年他经福建巡抚张伯行保奏，迁任台厦
道。履任后，他主张置学田以兴教化，建议推广设学，每年番社
设立一所，并继续在台湾知县任内未完的工作，修建了文庙、明
伦堂、朱子专祠。康熙五十九年（1720）台厦兵备道粮文煊仿福
州鳌峰书院在府学西建海东书院，随后台湾道刘良璧又订立《海
东书院学规》六条：明大义、端学则、务实学、崇经史、正文
体、慎交游。在"明大义"条中，特别强调"圣贤立教，不外纲
常，而君臣大义为达道之道"。②

---

① 陈瑸：《台邑明伦堂碑记》。
② 范咸：《重修台湾府志》卷一四《学校》。

康熙四十六年（1721），漳浦人蓝鼎元在随其兄南澳镇总兵蓝廷珍来台平定朱一贵之变后，便在蓝廷珍幕中参赞军务，在其代拟的《复制军台疆经理书》中，更提出"台湾之患，不在富而在教"的独到见解。他主张必须"兴学校，重师儒。自郡邑以至乡村，多设义学，延有品行者为师，朔望宣讲圣谕十六条，多方开导，家喻户晓；以孝、悌、忠、信、礼、义、廉、耻八字转移士习民风，斯又今日之急务也"。三年之后的雍正二年（1724），他又在《与吴观察论治台事宜书》（按吴观察即分巡台厦道吴昌祚）中说："台人未知问学……文艺亦鲜佳者，宜广设义学，振兴文教，于府城设书院一所，选出品格端正，文理优通，有志向上者为上舍生徒，延内地明宿文行素著者为之师，讲明父子、君臣、长幼之道，身心、性命之理，使知孝悌、忠信即可以造于圣贤，为文章必本经史古文先辈大家，无取平庸软靡之习，每月有课，第其高下而奖赏之。朔望亲临，进诸生而谆切教诲之。台邑、凤山、诸罗、彰、淡水各设义学，凡有志读书者皆入焉。学行进益者，升之书院上舍生，则观感奋兴，人文必自日盛。"①嗣后，雍正六年（1728），蓝鼎元又上《经理台湾疏》，其中谈到："今有司多设文学，振兴文教，集诸生讲明正学，使知读书立品，共勉为忠孝、礼让之士。"可见，蓝鼎元孜孜不倦的努力终于带动了台湾书院、义学的发展。他兴奋地赋诗一首说："闽学追邹鲁，东宁（指台湾）昧为障。当为延名儒，来兹开绛帐。俾知道在迩，尊君与亲上。子孝及父兹，友恭更谦让。从兹果力行，诱掖端趋向。"②乾隆十年（1745）知府褚禄文称："崇道兴学"是"圣天子致治之本"，"崇道兴学"则"士学以端，人才以

---

① 蓝鼎元：《鹿洲初集》卷二。
② 蓝鼎元：《台湾近咏十首》之一，载范咸：《重修台湾府志》卷二四。

出，文运以兴。由是风声方励，邪慝不作，狱息盗弭，刑清武偃，百昌遂而诸福集，金汤固而磐石安"。①

所谓生番、熟番的区分是以是否接受儒家学说为依据的。生番的日渐消失、熟番的日益增多显然标志着儒家学说的广泛传播。康熙二十五年（1686）和康熙五十四年（1715），诸罗县令樊维屏、知县周钟瑄曾分别在新港、目加溜湾、萧垅、麻豆等四社设立社学，在北路诸罗山、打猫（今嘉义县民雄乡）、大武垅增设社学四所，使番童"渐有彬彬文学之风矣"。但对于番童的教育取得巨大发展的时期是康熙后期蓝鼎元积极倡导之后。雍正年间，对番地设立义塾多有奖励，推动了社学义学的兴盛。据《台湾志略》载："向罔知廉耻，不识尊卑。数十年来，浴圣化之涵濡，渐知揖让之谊，颇有尊亲之心，多戴冠着履，身穿衣裤。凡近邑之社，亦有知用媒妁联姻行为，女嫁外，媳娶家，大改往日陋习。又多剃头留发，讲官话及漳泉乡语，与汉民相等。"由此看来，雍正时期的番童教育也取得了积极的成效，中华儒家文化得以渐次浸滋于台湾土著。许多生番在清朝官员的招抚下亦纷纷归附，变而为熟番。到乾隆时归化县八社、台湾县三社、北路诸罗县十三社、彰化县三十三社、淡水厅三十六社，共九十三社，比康熙时熟番四十六社超出一倍。熟番教育也达到最繁盛期。据余文仪《续修台湾府志》载：台湾县土著社学五所，后废二所，尚有三所，分设于新港社、卓猴社（今台南县新化镇）、大杰颠社（今高雄县内门乡）；凤山县土番社学八所，分设于力力社、茄藤社、放过索社、阿猴社、上淡水社、下淡水社、搭楼社、武济社；诸罗县土番社学十一所，分设于打猫后庄（今嘉义县新港乡）、斗六门社、目加溜社、萧垅社、麻豆社、诸罗山社、

---

① 褚禄文：《台湾近咏十首》之一，载范咸：《重修台湾府志》卷二四。

打猫社、多罗国社、大武龙头社（今台南县大内乡）、大武龙二社（今台南县官田乡）、他里雾社，彰化县土番社学二十二所，分设于半线社、马芝遴社（今彰化县鹿港镇）、东螺社、眉里社（今彰化县溪洲乡）、西螺社（今云林县西螺镇）、猫儿干社、大肚社、柴坑仔社（今彰化市）、大突社（今彰化溪潮镇）、二林社、大武郡社、南社、阿束社、感恩社（今台中县清水镇）、迁善社（今台中县河鹿镇）、南投社（今南投县草屯镇）、猫雾林社、岸里社、猫罗社、阿里史社；淡水厅土番社学六所，分设于淡水社、南坎社（今桃园县芦竹乡）、重垄社、后垄社（今苗栗县后垄镇）、蓬山社、大甲东社（今台中县外埔乡）。"各社学俱立社师，择汉人通文理者，给以馆谷，使教诲番童，递年南北路巡历，宣社师及各童至，能背诵四子书及毛《诗》。岁科与童子试，亦有知文理，背诵《诗》、《易经》无讹者，作字颇有楷法。番童皆发冠履，衣布帛如汉人。"乾隆间巡台御史的这段总结，大体反映了儒家文化教育的成效。

正是由于教化的有效推行，番人汉化的进程加快了。这其中并不表现为先进文化对落后文化血与火的同化，而是在日渐浓郁的儒学教化的和风细雨中走向和合。

三、台湾教育对闽南的推进

台湾教育在科举功名的带动下取得迅速发展，中华文化亦由此迅速在台湾得以传播。儒家伦理道德逐渐深入到台湾社会的各阶层之中。台湾士子来往于大陆参加乡试，亦不断地把闽地的文化传统带到台湾。

许多祖籍为福建的士子经台湾的科举实现了由早期移民向士绅阶层的转变。闻名于台湾的雾峰林家，其祖籍地是福建的漳州，移民到雾峰后，整个家族尚武好斗，但从林文钦这一代开始扬弃武夫之职，转而从文学入仕。林文钦到福州参加乡试中举，林家的下一代由此开始接受正统的儒家教育，子孙中有多人中秀才。台湾学者认为这是由武质士绅向文质士绅转变的典型。又如台北大龙峒陈家早先从福建同安移民而来，先是经商致富，从陈维藻开始专攻举业，于道光五年（1825）参加福州乡试得中举人，此后，子孙中有不少人获得科举功名。台湾板桥的林家也是同样的情况。这些望族的转型，使台湾出现较有影响力和号召力的士绅阶层，台湾文治社会的色彩渐浓。

台湾文教的发展无疑反过来提升了福建整体的文化素质，一些在本地没有取得功名的落魄士子在移居台湾后取得了功名，他们有的又回到福建当地，或继续科举功名的搏击，或在当地从事教育事业。也有一些台湾士子在科举入仕后任职于闽南地方。据不完全统计，整个清代全台共有 80 名科第人物，被派往福建任职，其中进士 1 名，举人 18 名，贡生 61 名。

福建南安诗山镇的霞宅村陈氏家族，在清初至民国初年的 200 余年间，前后移居台湾的人数近 2000 人，是泉州府各姓氏中移居台湾最多的一个分支。霞宅陈氏最早移居台湾的是第九世的陈孟燕、陈孟康、陈孟角、陈庚元、陈情元等人。他们于康熙年间到台南的田厝社一带结庐开发，繁衍生息。此后，从十世至二十世，每代都有数十人乃至数百人到台湾各地繁衍生息，其迁台族人及后裔，功成名就者为数不少。如十一世的陈奕明，乾隆癸亥科试取进凤山县学第 3 名；十二世的陈家登，乾隆甲午科乡试取进台湾府学第 4 名；其弟陈家科，乾隆乙巳科取进凤山县学第 4 名，其十三世的陈公安，乾隆甲午科乡试取进台湾府学第 11 名；十四世的陈醇许，道光庚子科试取进彰化县学第 5 名；十五世的陈贻鹏，嘉庆庚申科取进凤山县学第 16 名；十六世的陈玉谋，同治甲子补壬戌科岁试，取进凤山县学第 13 名；十七世的陈宏棋，同治甲子补壬戌科岁试，取进嘉义县学第 7 名，陈宏笃于光绪庚辰岁试取进台湾县学第 7 名。① 康熙二十五年（1686），台厦道周昌说："台湾户口，尽属南闽之人；天资多有聪慧，机智多有明敏，一经学问，化同时雨。唯广其功名之路，鼓舞作于英才，不难乎济济也。"②

许多闽南人通过在台获得功名，直接意义上是使台湾有了更多的高素质文化人，间接意义上则使闽南人借助移台这一渠道实现了成就功名的理想，这对双方的影响都是积极的。

台湾儒学的兴盛还为闽南士子开辟了赴台从教的职业路子。由于台湾长期以来属福建的一个府，台湾府学的教授多由福建特别是闽南调补。清政府曾明确规定，台湾府学的训导以及台湾县等 4 个县的教谕、训导遇缺，应从福建泉州府的晋江、安溪、同安，漳州府的龙溪、漳浦、平和诏安等儒学师资中选拔任用。从以下的表格可见一斑。

表 6-1　赴台任教闽南籍人员名单

姓名	籍贯	出身	职衔	任 职 情 况
蔡登龙	福建同安	举人	教授	康熙三十九年（1700），由建宁儒学教授调任
林华昌	福建晋江	举人	教授	康熙四十三年（1704），由漳州儒学教授调任
施德馨	福建晋江	举人	教授	康熙四十八年（1669），由福州儒学教授调任

---

① 陈晓亮、万淳慧：《寻根揽胜话泉州》，第 196 页，华艺出版社，1991。

② 高拱乾等修：《台湾府志》，见《台湾府志三种》，上册，第 1012 页，中华书局，1985。

续表

姓名	籍贯	出身	职衔	任 职 情 况
张应聘	福建晋江	举人	教授	康熙五十年（1711），由汀州儒学教授调任
蔡时升	福建晋江	举人	教授	康熙五十年（1711），由福州儒学教授调任
康卓然	福建龙溪	岁贡	教授	康熙五十一年（1712），以台湾府儒学教谕署
丁 莲	福建晋江	进士	教授	由兴化儒学教授调任
吴启进	福建晋江	举人	教授	雍正四年（1726），由福州儒学教授调任
郑拔进	福建南安	进士	教授	雍正七年（1729），由漳州儒学教授调任
吴开业	福建海澄	进士	教授	雍正十二年（1734），由福州儒学教授调任
孙 隆	福建惠安	进士	教授	约乾隆七年（1742）由漳平儒学教谕升任，未到任
朱升元	福建晋江	明通	教授	以台湾府儒学教谕署
张有沁	福建晋江	明通	教授	以凤山儒学教谕署
林清元	福建安溪	举人	教授	乾隆二十二年（1757）七月，以台湾府儒学教谕署
郑克容	福建永春	不详	教授	乾隆二十二年（1757）十二月，以台湾府儒学训导署
王士鳌	福建惠安	进士	教授	乾隆二十三年（1758），由福州儒学教授调任
尤垂青	福建晋江	进士	教授	乾隆二十九年（1764），由建宁儒学教授调任
陈从龙	福建安溪	廪贡	教授	嘉庆二年（1797），由邵武儒学教授调任
黄耀彰	福建晋江	举人	教授	嘉庆六年（1801），由邵武儒学教授调任
傅渊季	福建南安	恩科会魁	教授	嘉庆十年（1805），由汀州儒学教授调任
骆钟球	福建惠安	拔贡	教授	嘉庆十四年（1809），由漳州儒学教授调任
黄大龄	福建晋江	进士	教授	嘉庆十七年（1812）在任，后调任汀州儒学教授

续表

姓名	籍贯	出身	职衔	任 职 情 况
郑　重	福建安溪	举人	教授	嘉庆二十五年（1820），以台湾府儒学训导兼署
杨滨海	福建晋江	进士	教授	道光五年（1825），由漳州儒学教授调任
王佐才	福建晋江	廪贡	教授	约道光二十一年（1841），由建宁调任
萧国琦	福建惠安	举人	训导	乾隆十二年（1747），由德化儒学训导调任
曾应选	福建惠安	岁贡	训导	乾隆十九年（1754），由宁洋儒学训导调任
郑克淳	福建永春	廪贡	训导	乾隆二十二年（1757），由平和儒学训导调任
王士鳌	福建惠安	进士	训导	乾隆二十五年（1760），以台湾府儒学教授兼摄
唐象言	福建龙溪	廪贡	训导	乾隆三十一年（1767），由清流儒学训导调任
张　锦	福建晋江	举人	训导	乾隆四十三年（1778），由漳浦儒学训导调任
杨见龙	福建平和	举人	训导	乾隆五十三年（1888），由同安儒学训导调任
杨　梅	福建同安	附生	训导	乾隆六十年（1795）在任
李伟清	福建同安	廪贡	训导	嘉庆三年（1798）在任
林占梅	福建安溪	举人	训导	嘉庆七年（1802），由归化儒学训导调任
陈开运	福建惠安	廪贡	训导	嘉庆十一年（1807），由兴化儒学训导调任
骆钟球	福建惠安	拔贡	训导	嘉庆十五年（1810），以台湾府儒学教授兼摄
郑　重	福建安溪	举人	训导	嘉庆二十三年（1818），由龙溪儒学训导调任，嘉庆二十五年（1820），兼署台湾府儒学教授
杨　忠	福建同安	举人	训导	道光十年（1830）署
陈国栋	福建晋江	举人	训导	道光十四年（1834），由闽清儒学训导调任

续表

姓名	籍贯	出身	职衔	任 职 情 况
黄初泰	福建同安	举人	训导	道光十七年（1837），由侯官儒学训导调任
黄逢龙	福建南安	岁贡	训导	道光二十一年（1841）在任
曾绍芳	福建同安	举人	训导	道光年间在任

资料来源：据刘宁颜总纂：《重修台湾省通志》，卷 8 第 1 期，第 59—66 页，台湾省文献委员会，1993。

这些来自闽南及其他内地教官把内地庙学合一的体制移至台湾，如陈瑸在写于乾隆八年（1743）的《重修台湾县学碑记》中，回忆自己在康熙末年调任台令后，"每以庙学未成为一憾事也"。他认为圣人之教与皇化应当并驰。熊学鹏在写于乾隆八年（1743）的《重修府学崇圣祠记》中说："台湾向为海外荒服，自立版图，设立学校，仰沐圣朝教化，养贤造士，迄今六十余年。"[1]

台湾的庙学合一格局沿袭了福建特别是闽南的建筑风格。台湾学者林明德认为，台北的孔庙"其规制之完备，技巧之精良，堪称近代台湾最典型的泉州木结构风格"。[2] 由此也可见，闽台学校建制上是十分相似的。

应该说，闽台府县儒学中庙学规制的成熟与完善是地方官府与士绅对人文教化重视的结果，表明教育的地位的崇高。"庙"与"学"紧密结合，有助于通过利用"庙"中的人文设施和精神内涵来促进"学"的发展与深化。"学"的发展与深化又促成

---

[1]　高明士：《中国教育制度史论》，第 154—155 页，台湾联经出版事业公司，1999。

[2]　林明德：《台湾地区孔庙、书院之匾联文化探索》，载《台北文献》第 112 期，1995。

"庙"的精神内涵进一步挖掘。庙学这一特定的场所，既是祭祀圣人之处，也是学子效品励学的地方，还是当地文人切磋学问，交流修身养道心得以及典藏文物之场所。庙学合一的规制，将有限空间内的功能发挥到了极致。

闽台的府县儒学呈现出一体化的格局，尽管在具体的规制方面有一些差异，但在大的制度方面并无明显区别。众多的闽籍师资入台，为发展台湾的府县儒学教育做出了自己的贡献。庙学合一的形态也使闽台两地的府县儒学在推行教化和培育人才方面不约而同地发挥了正统官立学堂的作用。

日本占领台湾后，台湾有不少人不愿做日本臣民而回到大陆。其中"寄留泉州者，实繁有徒"。另有一些寄籍于漳州、厦门等地。为准备科举考试，他们先附读于当地的府学和县学。以泉州府晋江县为例，光绪二十六年（1900）以后的岁科三试，获得第一名的都是来自台湾的士子。光绪二十七年（1901），台湾的施静山名列榜首。光绪二十八年（1902），来自台中鹿港街的施务及其弟弟名列前茅。光绪二十九年（1903），在泉州府学的22名优等生中，来自台北的庄庆云榜上有名；在县学的25名优等生中，来自台中的丁宝光和施天源脱颖而出。

台湾秀才高选锋拒绝了日本总督府的利禄引诱，于1897年携眷返回祖国大陆。他先是在厦门居住，后到安溪县设塾授徒。1899年重返厦门，创办了紫阳书院，并着手准备参加1902年在福州举行的乡试。在这期间，他的妻子逝世，时运不济，对能否如期参加乡试没有把握，后经居住在厦门的台湾举人潘成清的极力鼓励，才决心前往应试。几经努力，高选锋终于考中。①

---

① 参考黄新宪：《闽台教育的交融与发展》，第131页，福建人民出版社，2003。

除参加乡试外，台湾寄籍福建的士子有的还参加会试并中式成为进士。如寄籍安溪的台湾士子陈浚芝考取光绪二十四年（1898）戊戌科三甲第 184 名进士。汪春源寄籍漳州，亦于 1903年考取三甲第 120 名进士。①

由此可见，科举制度对台湾士子产生了极大的向心作用。通过科举考试这一杠杆，以儒家伦理道德为标志的中华文化深入到台湾的各个角落，来自祖国大陆的移民和台湾的少数民族都受到了中华文化的熏陶，中华文化得以在台湾持续扩展。

自清初至光绪二十年（1894）的 200 年间，在福州举行的乡试中，共有 305 名台湾士子考取举人，有 33 名考取进士。台湾考生到福州，一般都居住在福州贡院附近的台北、台南两郡试馆。澎湖绅士蔡继善捐款在福州南台购地，设立了台湾会馆，专供赴福州参加乡试的台湾士子居住。即便是在日本占领台湾以后，一些台湾士子冒险来福州参加乡试也仍然居有定所。晚清，在福州有两家有名的台湾试馆，一为云路，一为天衢，就是专为接待台湾士子应考而设立的，由曾任台南县儒学教谕的王润田等人负责管理。台湾试馆或会馆的设立，清楚地表明了福州是闽台科举制考试的中心，其历史地位十分重要。

台湾在很长一段时间内接受了来自祖国大陆的传统文化，闽南是这一渠道的始发地点。台湾以闽南移民为主，建筑样式亦基本延续闽南风格。台湾的清朝建筑大都仿泉州、漳州的样式，甚至师傅也是从泉州或漳州请来的。如宜兰地区的建筑多呈漳州样式，桃园的建筑多为漳州建筑与客家建筑样式，新竹和鹿港的建筑仿泉州建筑风格的居多，嘉南平原的建筑则是漳州和泉州建筑

---

① 参考黄新宪：《闽台教育的交融与发展》，第 133 页，福建人民出版社，2003。

样式并存，高雄与屏东一带是泉州、漳州及客家建筑相互交错在一起。①

闽台两地书院建筑都重视风水，重视建筑地点和朝向，书院建筑结构对称、紧凑，一般兼有祠宇的性质。台湾与闽南书院都采用斜屋顶曲线，正脊形成很大的曲线，檐角有较高的反翘，燕尾式的高翘脊有如群鸟争风。这种设计简洁流畅，比例匀称协调，符合"天人合一"观念。台湾道东书院后院，左右各有一小天井，当人走进左边天井时，初觉狭隘，猛一抬头间视线随后堂燕尾而上，天井空间随之与天空交融于屋端的燕尾，从而体会到曲线斜屋顶的妙处。在屋顶用料上，台湾与闽南的书院亦很讲究。闽南书院建筑多采用小青瓦、坡屋顶。作为主体部分的厅堂，屋脊最高，其他用房则相对低矮。体现了两地书院建筑的相互传承关系。

在晚清大变局中，闽台书院走了不一样的道路。在日本占领军的刺刀下，台湾书院随之消亡。书院的院址或成为日军的营房、医院以及官厅的宿舍，或改为所谓的公学校，或空其屋令其自毁。福建的书院则经过改制，逐步向新式学校过渡，在整个民族近代化的进程中发挥了一定的作用。

闽南教育与台湾教育的关系的又一个重要方面即是日本占领台湾之后，台湾籍民在福建接受教育。

所谓籍民，是指日本占领台湾之后编入日占"台湾籍"的台湾人。居住在祖国大陆的籍民只归日本使领馆管辖而不受中国当地政府的节制。台湾籍民在福建省有相当的数量，他们与台湾的亲友保持着频繁的联系。据日本台湾总督府1930年11月的调

---

① 林仁川、黄福才：《闽台文化交融史》，第125页，福建教育出版社，1997。

查，当时在福建的由当地日本领事馆管辖的台湾籍民所从事的职业多种多样，包括了"薪水生活者"（如学校、医院部门），"基础确实"者（主要指各类合法的商业活动）。籍民之居住在厦门者，1898 年有 500 余人，1917 年有 2800 余人，1924 年约有6000 人，1929 年有 6879 人，1935 年有 7356 人，1936 年有9000 余人，1937 年有 10217 人。

1899 年 4 月，在日本驻厦门领事上野专一的推动下，第一所台湾籍民学校——东亚书院在厦门成立，并于次年得到清政府的正式承认而予以注册。书院由日本陆军大学教务长濑凤浦任院长，另有 1 名日本教习和 3 名中国教师。学生有 40 名，开设日语、英语、汉语、理科、博物等课程。为了使籍民教育能够适应中国社会的环境，从而获得中国士绅的认同，以便更好地生存与发展，20 世纪初，在日本驻台湾总督府民政长官后藤的授意下，厦门东亚书院聘请中国地方士绅担任名誉性的书院领导职务，握有实权的总教习一职则由日本人担任。同时规定学生毕业后可到台湾或日本接受高一级教育，或升入福州的东文学堂以准备参加科举考试，或毕业后由日本三五公司及中日各商会录用。

闽南地区的台湾籍民学校，除了厦门的东亚书院外，还有1908 年厦门旭瀛书院，1902 年 8 月创办的泉州彰化学堂、1903 年4 月创办的漳州漳华学院、1903 年 8 月创办的石码瀛夏书院。①

四、闽台教育的一体化倾向

（一）台湾学务隶属于福建

自康熙二十二年（1683），施琅统一台湾后，台湾便归于福

---

①　参考黄新宪：《闽台教育的交融与发展》，第 135—137 页，福建人民出版社，2003。

建省的行政管辖之下，康熙二十三年（1684），设立台湾府，下辖台湾、凤山、诸罗3县。

由于台湾与大陆之间隔着海峡，清政府采取了较特殊的管理模式，就教育方面而言，康熙年间，"提督学政事务，以台湾两隔重洋，学使不能远涉，照陕西延安、广东琼州之例，就台厦道提督学政，兼行试事。"① 由分巡厦兵备道兼理台湾学务的局面，延续至雍正五年（1727），清世宗考虑到台厦道既"有管理地方之责，又兼学政，未免稍繁"，认为"应将学政交与汉御史管理，甚为妥协。"② 于是，台湾学务改由巡视台湾监察御史汉籍御史兼理。乾隆十七年（1752），清政府规定"福建巡台御史，定为三年一次派往，事竣即回。"③ 如此一来，由其兼理台湾学务显然多有不便，于是复改归分巡台湾兵备道兼理，而且此一做法延续了100多年。从光绪元年（1875）起，由于实行福建巡抚半年驻台的政策，台湾学务也相应改为由福建巡抚兼理。不过，福建巡抚一年中毕竟只有半年驻台，诸多事务仍得由台湾兵备道负责处理，因此光绪四年（1878）兼理台湾学务一职复归分巡台湾兵备道，并一直实行至台湾建省为止。

无论如何，福建学政对台湾学务具有统辖权。康熙年间在指派分巡台厦兵备道兼理台湾学务的同时，也相应规定所有有关台湾的教育事宜，均要"附其册于福建学使达部焉"。④ 乾隆十六年（1751），清朝政府就贡生的选拔问题下文明确指示："福建台湾府由台湾道选拔，移送福建学政会同督、抚覆试验看。如督、

---

① 康熙《诸罗县志》卷五《学校志》。
② 《清会典台湾事例》，台湾文献丛刊，第226页。
③ 同②。
④ 同②。

抚等别有见闻或验试不堪充选，仍发回原籍肄业。"① 嘉庆十二年（1807），清政府又重申规定："台湾府学及所属四学生员报优者，由台湾道造册送交福建学政，与内地各府优生一体会考。"充分显示台湾学务归由福建地方政府统一管辖。正因为如此，康熙四十八年（1709），台湾府建成文庙后，且令宋永清即呈报福建地方政府要福建按察使、布政使等各级官员，也相继对此做出批复。

台湾学务之隶属于福建从康熙二十三年（1684）一直持续到光绪十三年（1887），其间超过了 200 年。这期间，台湾学校教育与福建学校教育经历了共同发展的历程。

（二）学校建制完全相同

当台湾被纳入清政府版图后，教育文化事业亦从大陆逐渐移植到台湾。康熙二十五年（1686），时任台湾知府的蒋毓英曾就设学校事宜呈告首任分巡台厦兵备道周昌，称有关学校"未尽规条，应俟题允之日，于泉州就近移查政事宜，次第修举可耳"。确立了逐渐仿行福建地方教育体制的方针。从台湾各级各类学校的设置看，基本贯彻了这一方针。

先看各级地方官学：因行政区增设，官学亦随着增加。康熙二十三年（1684），就相继建立了台湾县学和凤山县学，此年又置台湾府学，康熙二十五年（1686）再建诸罗县儒学。随后，台湾因行政区划增加，官学增设至 13 所。

表 6—2　清代福建新设府县儒学

府县儒学	设 置 时 间	府县儒学	设 置 时 间
安平县学	康熙二十三年（1684）	峰市儒学	乾隆十八年（1753）
凤山县学	康熙二十三年（1684）	新竹县学	嘉庆二十二年（1817）

---

① 《清会典台湾事例》，台湾文献丛刊第 226 页。

府县儒学	设 置 时 间	府县儒学	设 置 时 间
台南府学	康熙二十四年（1685）	宜兰县学	光绪二年（1876）
嘉义县学	康熙二十五年（1686）	恒春县学	光绪三年（1877）
南澳学宫	康熙五十六年（1717）	淡水县学	光绪五年（1879）
彰化县学	雍正四年（1726）	台北府学	光绪六年（1880）
霞浦县学	乾隆元年（1736）	台湾府学	光绪十五年（1889）
屏南县学	乾隆元年（1736）	苗栗县学	光绪十五年（1889）
福鼎县学	乾隆六年（1741）	云林县学	光绪十六年（1890）

清代福建新设立的府县儒学，主要集中在台湾地区的原因在于：福建早先已普遍设立了府县儒学，增设几所不过是充实调剂而已；台湾地区则不同，其在明郑时期设立的儒学不合清朝的规制，而且数量不足，无法满足当地士子求学的需要。所以，在闽台一体统筹的前提下，福建适时调整府县儒学的布局，集中力量在台湾地区设立儒学，这对于当地经济的开发和社会进步，乃至于维护国家的统一，都具有积极的意义。

福建派往台湾的官员在官学建设中发挥了积极作用。安平县儒学由知县沈朝聘创建，6 年后继任的知县王兆升予以重修。凤山县学由知县杨芳声创建，20 年后由继任的知县宋永清予以重修。嘉庆十五年（1810），闽粤总督方维甸在台湾巡视途经新竹时，同意当地生员张薰、郭菁英、王士俊等生员的请求，于嘉庆二十二年（1817）建成新竹县学。地方官员均把在台湾设学看成是普及王化的基本途径。地方生员积极要求，更能加快这种普及的进程，对于清政府而言，又何乐而不为呢？

社学是明清时期由官方倡设而多数由民间维持的基础教育机构。台湾在康熙二十三年（1684）建置官学的同时，在各乡村倡设社学。清代台湾建立了"民社学"和"番社学",社学极大地普及了受教育面,达到了使台湾番民迅速提升文化素质的目的。光绪年间凤山县辖内计有社学238所。

义学和义塾更多地为培养贫寒子弟而设,康熙四十三年(1704),台湾义学开始出现,雍正二年(1724),时任分巡台厦兵备道的吴昌祚接受蓝鼎元"宜广设义学,振兴文教"的建议,全力加以推广,带动了各地义学的普遍兴起。

福建私塾也扩展到台湾,乾隆年间,"澎湖一十三澳,俱有塾以训童蒙。大澳三五处,小澳亦不下二三处。"再如乾隆四十八年(1783),年仅19岁的福建金门监生郑崇和在淡水厅开设义塾,由此淡水"私塾之设有增无减,其数实冠全台"。及至光绪年间,台湾私塾更加普遍。

台湾的最早一批书院是赴台征战和任官的官员创设的,如施琅创办的西定坊书院之后,书院这一教育机构即由大陆移植到了台湾,至光绪十九年(1893)崇基书院落成,清代台湾书院达到60所。其中海东书院被称为"全台文教领袖",与福州的鳌峰书院双峰并峙。当雍正七年(1729),福建各府奉旨设置正音书院时,台湾、凤山、诸罗三县均积极响应,建立了自己的正音书院。另有蒋毓英创办的镇北坊书院,王兆升创办的弥陀室书院,吴国柱创建的竹溪书院,高拱乾建的又一所镇北坊书院等等。由于这些书院规模偏小,也有人认为更应视为义学。

当台湾知府卫台揆创建崇文书院时,人们觉得这应算是达到了书院的规模。其后书院不断涌现。其中,闽南人的作用非常显著。

道光年间,晋江人陈友松应聘主讲仰山书院。他除了勤于教学外,还与书院诸生如杨德昭、李祺生、林逢春、蔡长青等编纂了《噶玛兰厅志》。道光年间,原籍晋江、进士出身施琼芳主持海东书院的院务。道光二十八年（1848），施琼芳与徐宗干等在海东书院实行教学改革，"以赋诗杂作相与切磋"，鼓励学生联系台湾的民情民风进行创作，倡导以俚语方言入诗。与海东书院具有深厚渊源的还有一位来自福建诏安的士子谢颖苏。道光年间，他的书画作品便开始流入台湾，为官绅和文人雅士所收藏。从咸丰元年（1851）起。谢颖苏多次东渡台湾讲学作画。他先后在海东书院、艋舺青山宫和台北大观义学讲授绘画和书法艺术，对台湾书画艺术的发展起了启蒙和促进作用。另外有晋江贡生施昭澄于咸丰初年赴台，协助其兄施琼芳教授于海东书院。南安举人郭成金于嘉庆年间主讲于明志书院。同安进士郑用杨道光年间多次主讲明志书院；其弟郑用鉴主讲明志书院达30余年。同安举人陈维英同治年间任明志书院山长。安溪进士陈浚芝光绪年间掌教明志书院。同安进士林鹗腾曾主讲文石书院两年。同安林豪曾于同治和光绪年间三度主讲于文石书院。晋江进士王式文曾先后担任翰林院编修、兵科给事中、户部给事中等官职，后主讲台湾蓬壶书院。同安张赞忠光绪年间曾任台湾府儒学训导，卸任后任明道书院山长。

据台湾王启宗统计，从康熙二十二年（1683）至光绪十九年（1893），台湾共兴建、重建书院60所，分别为康熙年间11所、雍正年间5所、乾隆年间10所、嘉庆年间8所、道光年间12所、咸丰年间3所、光绪年间10所，时间不详的有1所。这些书院建立不久就因经费、师资等原因而停办，实际长年坚持办学的约有30所左右。从地域分布来看，康熙年间所设书院都集中在台南，到乾隆时在中北部的嘉义、云林等地出现了一些书院，道光年间在台北、基隆等地也都设置了书院，至光绪年间全台书院的分布较为均匀合理，这与当时福建各府均设有数量不等的书院的情况是一致的。从办学主体来看，雍正之前大都是奉文设立。此后随着土地的开发，经济的发展，祖国大陆地区文风的熏陶，各方创办书院的积极性被调动起来，官绅合办趋势明显加强。这些官设书院体现了清初统治者尽快将台湾归为"化内"的努力。

表6-3　清代台湾书院设置情况

书院名称	设置地点	现今地名	设置年代	备　注
西定坊书院	台湾府治	台南	康熙二十二年（1683）	靖海侯施琅建
镇北坊书院	台湾府治	台南	康熙二十九年（1690）	郡守蒋毓英建
弥陀室书院	台湾府治	台南	康熙三十一年（1692）	台令王兆升建
竹溪书院	台湾府治	台南	康熙三十二年（1693）	郡守吴国柱建
镇北坊书院	台湾府治	台南	康熙三十四年（1695）	道宪高拱乾建
西定坊书院	台湾府治	台南	康熙三十七年（1698）	道宪常光裕建
西定坊书院	台湾府治	台南	康熙四十三年（1704）	道宪王之麟建
崇文书院	台湾府治	台南	康熙四十三年（1704）	知府卫台揆建
东安坊书院	台湾府治	台南	康熙四十四年（1705）	将军吴英建
西定坊书院	台湾府治	台南	康熙四十八年（1709）	道宪王敏政建
海东书院	台湾府治	台南	康熙五十九年（1720）	分巡道梁文煊建
中社书院（奎楼）	台湾府治	台南	雍正四年（1726）	分巡道吴昌祚建
正音书院	台湾府治	台南	雍正七年（1729）	奉文设立
正音书院	诸罗县治	嘉义	雍正七年（1729）	奉文设立
正音书院	凤山县治	高雄	雍正七年（1729）	奉文设立
正音书院	彰化县治	彰化	不详	奉文设立
南社书院	台湾县治	台南	雍正年间	
白沙书院	彰化县治	彰化	乾隆十年（1745）	淡水同知曾曰瑛建

续表

书院名称	设置地点	现今地名	设置年代	备注
凤阁书院	凤山县	高雄	乾隆十二年（1747）	
凤岗书院	凤山县	高雄	乾隆十二年（1747）	绅民刘维仲等建
龙门书院	彰化县	云林	乾隆十八年（1753）	贡生郑海生等建
玉峰书院	诸罗县治	嘉义	乾隆二十四年（1759）	知县李倓改建
明志书院	淡水厅	台北	乾隆二十八年（1763）	淡水同知改建
南湖书院	台湾府治	台南	乾隆二十九年（1764）	知府蒋允君建
文石书院	澎湖厅	澎湖	乾隆三十一年（1766）	通判胡建伟建
奎壁书院	诸罗县	台南	乾隆四十六年（1781）	赵家创建
明志书院	淡水厅	新竹	乾隆四十六年（1781）	同知成履泰移建
螺青书院	彰化县	彰化	嘉庆八年（1803）	
引心书院	台湾县治	台南	嘉庆十五年（1810）	拔贡张青峰等建
主静书院	彰化县治	彰化	嘉庆十六年（1811）	知县杨桂森建
仰山书院	噶玛兰厅治	宜兰	嘉庆十七年（1812）	知府杨廷理建
萃文书院	凤山县	高雄	嘉庆十七年（1812）	
凤仪书院	凤山县治	凤山	嘉庆十九年（1814）	岁贡生张廷钦建
振文书院	彰化县	彰化	嘉庆十九年（1814）	董事生员廖澄河筹建
屏东书院	凤山县	屏东	嘉庆二十年（1815）	岁贡生郭萃等建
兴贤书院	彰化员林	员林	道光三、四年间	贡生曾拔萃建
文开书院	彰化鹿港	鹿港	道光四年（1824）	同知邓传安建

续表

书院名称	设置地点	现今地名	设置年代	备 注
罗山书院	嘉义县治	嘉义	道光九年（1829）	刑部郎中王朝清建
蓝田书院	彰化南投	南投	道光十一年（1831）	县丞朱懋等建
登云书院	嘉义笨港	嘉义新港	道光十五年（1835）	邑人鸠资兴建
朝阳书院	凤山县	屏东	道光二十一年（1841）	
文英书院	彰化县	台中	道光年间	邑人吕世芳等建
学海书院	淡水厅	台北	道光二十三年（1843）	同知曹谨等建
修文书院	彰化县	西螺	道光二十三年（1843）	贡生詹锡龄等建
鳌文书院	彰化县	彰化	道光二十五年（1845）	
奎文书院	彰化县	云林	道光二十七年（1847）	职员黄一章捐建
登瀛书院	彰化县	南投	道光二十七年（1847）	
玉山书院	台湾县	嘉义	咸丰元年（1851）	邑人创建
道东书院	彰化县	彰化	咸丰七年（1857）	
树人书院	淡水厅	台北	咸丰年间	陈维英等建
正心书院		日月潭	光绪二年（1876）	
雪峰书院	凤山县	屏东	光绪三年（1877）	职员兰登辉等建
登瀛书院	台北府治	台北	光绪六年（1880）	知府陈星聚建
明新书院	台湾府治	台南	光绪八年（1882）	陈长江等建
蓬壶书院	台湾县治	台南	光绪十二年（1886）	知县沈受谦改建
英才书院	苗栗县治	苗栗	光绪十五年（1889）	谢维岳筹建
宏文书院	台湾府治	台中	光绪十五年（1889）	知县黄承乙建

书院名称	设置地点	现今地名	设置年代	备　注
磺溪书院	彰化县	台中	光绪十六年（1890）	
明道书院	台北府治	台北	光绪十九年（1893）	布政使沈应奎建
崇基书院	基隆厅	基隆	光绪十九年（1893）	江星辉筹建

资料来源：王启宗：《台湾的书院》，第20—23页，台北"行政院文化建设委员会"，1984。

台湾书院的建设与台湾经济的开发相互伴随，呈现出由南向北逐渐推进的特征。加上清朝政府有意识地建设书院，使书院有了良好的基础。一些民办或官办民助书院亦应时而生。

《澎湖厅志》关于文石书院的记载反映了乡邑小型书院的管理状况："书院租项，前有总董、值董、大小宾兴、董事以分理之。总董专办山长修金（全年240元）及院中杂费所有租息及借项出进，皆一手经理。"可见澎湖文石书院除设山长外，另设总董管理书院财产，处理会计及总务等事务。其他许多书院不设总董，而是以董事直接管理书院财产，或设炉主负责祭祀事宜，设馆丁以司洒扫。另外，各自来源不同，有的由寺观转化而来，有的是官员旧设，民间重整而成，所设执事名称各异，有总董、董事、当事、会东、监院、斋长、礼房及财帛等，分别承担着书院财务管理、会计事务、日常事务、祭祀、打杂、征收租谷等，但都是为了保证书院的有效运作。

台湾书院经费来源多元，官办书院除公款之外，还通过设学田，置产业，收取田租、田底租、园租、店税、鱼塘租等多种形式取得经费，也接受绅民的捐助。像海东书院、白沙书院的经费既有绅民和官员个人捐助，也有官府拨充，还有的属于义学或已停办的书院的财产，也有的是接收当地的庙产。有时民间发生官司，争议之地往往亦拨而充公。书院所设置的园子、茶铺、租谷、房产、鱼池等，也是书院重要的经济来源。这些均与闽南一脉相承。

官民合办的书院之经费来自创办人所捐助学田的田租收入，官府也可能拨给一部分补助，用于资助膏火和修缮房舍。

私立书院的经费完全自行筹措，其解决方式是购置学田以收取田租，及接受地方上绅民的资助。

台湾书院的建筑继承了大陆书院的建筑风格，并结合台湾的地理特点和教育的实际需要而略有变化。如台湾书院建筑结构同样讲究对称、紧凑。沿中轴线布置前厅、讲堂和后堂。左右想厢叫"护龙"，为学生住宿之所；同样设置魁星楼、文昌阁、先贤祠等；同样朝向重南，沿袭传统的"就阳南，主文运"的思想观念。如彰化的文开书院地基甚宽，外观壮丽宏伟，"轮奂具美，讲堂斋舍廊户有容，规制深坚，信可经久"。该书院坐坤向艮，兼甲寅，周围 60 丈有奇。前列三门，门竖石坊。由门而进为前堂，阶崇 3 尺。堂前 2 丈 4 尺 3 寸，广 4 丈 9 尺。中间一进是祭祀的场所。再进为讲堂，高 1 丈 9 尺 6 寸，深 3 丈 5 尺。由讲堂而进，联以甬道，复以卷栅，左右夹以两室，是为后堂，为山长居住之地。左右两旁有学舍 14 间，为诸生童学习的场所。书院前有客厅，后面有斋厨。大体与内地书院的建筑设置类似。

当然，因为台湾地形的特殊性，书院建筑往往亦显得灵活与富于变化。有的在门厅外还有头门，有的则直接以门厅为头门。屏东书院大门重檐的做法就较特别，下檐以单面墙支撑，而不是双墙或柱列；前面两根柱子似无结构性质，仅为塑造空间所需。

又如三间式大门，文开书院、文石书院是一个典型。或大门左右各加一间成五间式大门，凤仪书院为典型，崇文书院、学海书院、明志书院的大门也属此类。三间式大门若以墙与厢房山墙拉平，由外观之即成七门式的大门，如道东书院、学海书院、磺溪书院等。磺溪书院于两端加一堵斜墙，俗称八字墙，在观感上给人的感觉更为强烈。大门除平面变化外，立面屋顶的变化也很多，呈现出硬山、歇山，单脊、重脊，单檐、重檐等多种样式。从中堂来看，台湾书院的中堂平面，最简单的是一大间，通常是三开间。侧室与中堂的关系密切，有的与中堂同深，有的与中堂前面或中堂后墙相齐。中堂与厢房通过走廊与侧室的檐廊连接，如无侧室则通过走廊相连。也有中堂与厢房不连的，如白沙书院、文开书院、屏东书院、学海书院、文石书院等。中堂到后院的门或者直开，或者侧开。过廊虽在四川璧山、湖北公安、浙江嘉善等出现，但同时也融入了台湾因多雨而呈现的特色。

此外，由于台湾地势高低错落，建筑设置亦较具层次感，用砖也较鲜艳。

总体而言，正如台湾学者黄秀政先生所言："清代台湾各书院的建筑，亦因袭内地；甚至建筑材料与工人，亦均自内地运来，其完全因袭内地书院之建筑，乃是血肉相连的事实。"

台湾书院的楹联与匾额更多地体现了对福建书院的继承，颂扬、祝贺、鼓励的话很多。

从颂扬先人德绩方面看，如学海书院的"祖德流芳"、"德被遗孙"、"敬宗追远"，屏东书院的"万世师表"、"圣德日新"。

有崇尚文治的，如振文书院的"千秋书祖"、"百代文衡"，兴贤书院的"行诗立礼"，登瀛书院的"学教敦伦"、"文运重兴"，蓝田书院的"奏凯崇文"，明新书院的"梯航施学"，屏东书院的"文光射斗"等。

有宣扬传统的人生目标的，如学海书院的"显祖荣宗"、"慎终追远"、"贤裔振宗"，兴贤书院的"贤开圣域"，登瀛书院的"辅翼圣教"，明新书院的"共冀斯文"、"同种福田"等。

台湾书院的门额也多寓含了教化的意蕴。如文开书院大门，前后各有方柱一对，前柱右联刻的是"宾日有祥兴云有兆"，左联刻的是"希贤得地入道得门"。这是邓传安在道光丙戌年（1826）写的。另如学海书院的"龙胜"、"鱼跃"，明志书院的"礼门"、"义路"，凤仪书院的"怡情"、"养性"、"敦诗书"、"悦礼乐"，振文书院的"桂斋"、"兰斋"等。书院匾额和楹联补充了课堂教学之不足，起到了传道的作用。

台湾书院的匾额和楹联在书法雕艺、文字结构方面多模仿大陆。凡阴刻、阳刻、线刻或平墨书写方法，字体中楷书、行书、隶书、草书等均能见到。

台湾书院沿袭大陆书院敬惜字纸的习惯，如台湾南部的南社书院于嘉庆四年（1799）开始祭祀仓颉，并购买了八甲田园，将租谷收入用于祭祀，当地士绅还捐资用于雇工拣拾字纸的支出。在西定坊的魁星楼后面修建了敬字亭，以收贮字灰。位于凤山县的凤仪书院于嘉庆年间建了敬字亭，每年雇工拣拾字纸，汇化于炉，澎湖的文石书院于讲堂中亭祭祀仓颉，外庭建有惜字亭。每年出资雇人赴各乡拾取字纸，积存于文石书院中，然后化为纸灰送入大海。台南的奎壁书院主祀文昌帝君，每年举行二大祭八小祭。举行大祭时，还同时举行"送圣迹"的活动，烧化拣拾而来的字纸，用船送至海上丢弃。书院的敬惜字纸习俗产生了良好的社会教化作用，它激励人们油然而生一种对读书的崇敬之心。

台湾的书院师资获益于科举者不少。许多科第人物进入书院执教，极大地推进了书院的发展。如卓肇昌是乾隆十五年（1750）举人，曾被任用为地方官。乾隆二十八年（1763），他应凤山知县王瑛曾之请，回到家乡凤山参加《凤山县志》的重修工作，并长期担任了书院的主讲。

陈维英，咸丰己未举人。1845年，出任闽县教谕；归台后掌教仰山书院、学海书院。另有彰化鹿港的庄士勋中举后掌教文开书院，新竹的陈浚芝中举后掌教明志书院和明道书院。宜兰的李望洋任仰山书院院长。澎湖的蔡廷兰除了当过知县、同知外，还在台南引心书院、崇文书院、文石书院等讲过学。台南的施琼芳曾担任海东书院院长；其儿子施士洁中举后亦弃官返台，任文石书院、海东书院院长。原籍广东揭阳、生于台南的许南英光绪庚寅中进士之后，任过篷壶书院院长。此外，郑用锡主讲过新竹明志书院、杨士芳主讲过宜兰仰山书院、蔡德芳主讲过鹿港文开书院和彰化白沙书院，丁寿泉主讲过彰化白沙书院，林启东主讲过台南崇文书院和嘉义罗山书院，徐德钦主讲过嘉义玉峰书院。

更值得一提的丘逢甲，他青年时就读于书院，后亦任教于书院，先后在台中的宏文书院、台南的罗山书院和嘉义的崇文书院担任主讲。在书院教学中，丘逢甲大胆改革，要求学生只须略课应试文艺，而应将主要精力用于学习中外史地和当今时事。同时，撰文警醒国人关注时局，鼓吹兴利除弊，谋求富国强兵之道。在丘逢甲的悉心培养下，许多书院学生充满爱国之情和变革之志，不少人后来随他投身反抗日本侵略的斗争。

（三）教育机构建筑设置传承明显

先看官学，凡大成殿、明伦堂，均按"京邑之制，右庙左学，前殿后阁"的模式，另建有宦祠、乡贤祠、奎光阁、尊经阁、启圣祠、教官宅等等设置，均依照福建各府的模式。福州府学"中为大成殿，左右两庑，殿之南为戟门，又南为棂星门，学在庙之东，中为明伦堂……南为仪门，门外为泮池，上跨石桥"①。台湾府学"中为大成殿，东西两庑，前为戟门、为棂星门、泮池"。大成殿左为明伦堂。府学内另有崇圣祠、名宦祠、

---

① 雍正《福建通志》卷一八《学校》。

乡贤祠、礼门、义路、大成坊、泮宫坊、文昌阁、教授宅、训导宅、朱子祠等，"规制完整"①。两相比较，大体相似。

清代台湾各儒学的建设往往由赴台的大陆教官、匠役来完成，这也是台湾教育机构设置类似于福建的建筑设置的一个原因。康熙四十二年（1703）建台湾县学明伦堂时，台湾地方官是"选匠往会城购料"。康熙五十二年（1713）新建台湾府学文昌阁时，更是取制于福建儒学："阁制高广各若干，一准福州府庠奎光阁式"。为此特"会城选匠办料"，并"海运到台"。清代台湾儒学建筑格局影响之大，也不言而喻。

无论是由闽调任台湾的官吏，还是福建移民，他们在台兴建学校都不可避免是以福建教育为参照系，他们在为清代台湾教育的发展作出贡献的同时，也直接推进了闽台教育的一体化进程。

朱熹是福建大儒，曾出任同安主簿、知漳州，因此，在福建尤其闽南一带深受尊崇，被许多儒学、书院尊为崇祀的对象。福建自南宋就开始建置朱子祠，延至清代，仍保持这一传统。尤其闽南各府州县的儒学、书院，往往建有朱子祠。据乾隆《泉州府志》卷一三"学校一"载，泉州府原有朱子祠3所。雍正八年（1730）、乾隆十六年（1751）和二十一年又相继另建3所。即使未建宋子祠，也大都塑朱子像，如永春文公书院"正室三，中奉朱子像"，以为膜拜的对象。祀朱熹成为边缘区域文化内附的基本表现。

由于台湾受福建的影响，相当一部分儒学也别建朱子祠。康熙五十一年（1712）时任分巡台厦兵备道的陈瑸主张在台湾府学中修建朱子祠，他在《请建朱文公专祠》中认为："台处海表，

---

① 乾隆《续修福建台湾府志》卷八《学校》。

士子鲜知正学……尤宜专祠朱子，以动瞻仰，定信从，庶乎诸生诵生孔子，可不迷于歧趋，而士习日端，人才亦日出。"凤山县于乾隆十一年（1746）在明伦堂后别见朱子祠。清代"台湾各地学宫，多附设朱子祠。盖朱子曾宦游泉、漳等州，教化遍及八闽，而台民多来自泉、漳，故亦受其影响"，并"相沿成例，此为它省所无者"。

清代台湾书院祀朱现象亦很普遍。乾隆三十二年（1767）建成的澎湖文石书院"中祀朱子、两程子、周子、张子五贤"，台湾教育对闽南教育的传承关系特别显著。

（四）科举考试纳入福建省系列

福州是福建省考生参加乡试的唯一考点，台湾考生亦于此时云集福州，同治年间，台湾府学训导魏绾熙利用澎湖士绅所捐款项，在福州南台购地建置"台澎会馆"，为应试的台湾生员提供食宿场所。

本来，台湾考生应考，录取数额纳入福建全省统筹，但为扶植台湾地区的教育，康熙二十六年（1687），特在福建乡试中式数额中为台湾应试生员另编字号，规定台湾"额中举人一名"。

其后虽屡有调整，但调动台湾士人投入福建省科举考试的积极性的宗旨均贯穿其中。

科举制度在于为政府搜罗人才，那么，台湾的科举制的程序究竟是怎样的？与大陆的科举制是否一样？

考生员（即人们通常所说的"秀才"）要在县治、府治进行；考举人则在顺天府和各省省会，考进士则在京师。而拔贡、优贡（即选拔"遗才"）和挑选举人的制度，则要在京师经过不同形式的"朝考"，一个学生首先要进行启蒙、苦读，后依次进行地方上的县试、府试及院试，顺利通过这三次考试的人进入各府县儒学就读，称为"进学"。进学后的生员后参加的岁考、科考就与大陆的生员一致了。岁考是每三年举行一次，对成绩优异者予以褒奖，对成绩不合格者予以贬黜的一种例行的考试。而科考则是对生员的一种选拔，成绩优等的考生才能够送乡试。

参加乡试，要渡海到福建的省会福州。由于台湾海峡风大浪急，渡海是一件非常危险的事情，往往会发生意外。再加上名额有限，而台湾文化又不甚发达，所以每科参加考试的台湾生员寥寥无几。为了改变这种状况，康熙二十六年之后，在历任官员的努力下，相继增加了不少有利于台湾学子的优惠政策。

对于路途行程上的不利因素，政府也相应地制订出了措施。首先为了鼓励台湾生员渡海应考，对于死者准给训导衔，用以赈恤。其次，台湾的开明士绅在福州建造会馆，为台湾生员的住宿起居提供了方便。而在同治十三年（1874）清政府为了保护应试者的安全，还专门派遣船只护送生员从淡水港到福州港，名曰官送，保证了台湾生员赴大陆考试的安全。

从隋唐到清末，科举制度都采用分区定额制度，不至于因为有的地区文化、经济的落后而失去参政的机会，因此在台湾官员都极力要求增加学额，扩大参政范围。可以说，台湾科举制度的发展始终伴随着的是台湾地方官员对应试应考名额不断争取的过程。下面就从三个时期加以论述：

郑成功收复台湾后，康熙四年（1665），郑经采纳陈永华的建议，"建圣庙，设学校以收人才"，"定两州三年两试。照科岁例开儒童。州试有名送府，府试有名送院，院试取中准入太学，仍按月月课。三年取中式者，补六官内都事，擢用升转。"于是台地大兴学校，各地学童入读学堂，传统的儒文化在台湾广泛传播。郑氏时期已经奠定了台湾科举制的基础。

康熙二十二年（1683）施琅平台后，设台湾府，及台湾、凤山、诸罗三县，设分巡台厦兵备道兼理学政，领一府三县，属附加机布政使司。第一任台厦兵备道是进士出身的周昌，非常重视学校的建立，并以科举制的创立为"海天第一要务"。首任台湾知府蒋毓英同样重视教育，一上任就兴办府学、三县学、社学、义学并整修学宫，并上书请求建立学校，创建文庙，设立教官。

康熙二十三年至二十五年初（1684－1686），经过台湾府、三县和台厦道和福建总督、巡抚反复详议后奏请，遂于二十五年（1686）题准定案，正式设置府学及三县学。雍正元年（1723）彰化设县，过了两年于雍正三年（1723）议准设彰化县学，岁试取进文武童生各八名，科试取文童生八名，这是台湾设学的第一期。

清代各府学生员定额二十名。州县则按户口、税负分为大、中、小三级，大学十五名，中学十名，小学八名，然后按照各地文化水平或其他条件调整数额。蒋毓英上书要求增加生员额数，但未能批准。

在各方面的协调下，康熙二十五年（1686）题准台湾府学额如下：岁进文武各二十名，科进文童二十名，廪膳二十名，增广如之。岁贡以廪生食饩浅深为先后，一年贡一人，台湾、凤山、诸罗三县学额如下："岁进文武童各十二名，科进文童十二名，廪膳十名，增广如之，岁贡二年贡一人。"

雍正元年（1723）题准的彰化县学额则依小学例："岁进文武童各八名，科进文童八名。"雍正十三年（1735）才题准"设廪、增各十名，俟十年后出贡；嗣后四年贡一人"，入学总数为每科六十四名。

从雍正元年以后至光绪元年（1725—1875）之间是台湾科举发展史上的第二个时期。嘉庆二十二年（1817）设淡水厅，同治十一年（1872）设噶玛兰（宜兰），雍正五年设澎湖厅。这三厅从建立起就不断在为自己争取学额和设置专学。直到同治十一年

（1872），噶玛兰才议准设专学。在这之前，该地的学生要千方百计千里迢迢到淡水赴试，而且学额也是附在淡水厅里的，并且议定了生员名额：淡水厅八名，廪增各六名；噶玛兰五名，廪、增各四名；均四年一贡。澎湖厅学额数在道光八年议准，"另设进额二名，照粤籍例入府学取进"。但澎湖厅一直没有获准实行这一规定。

1885年，台湾建立行省，在中部地方新设台湾一府，台湾、云林、苗栗三县。改原来台湾府为台南府，台湾县为安平县。光绪十六年（1890）议准学额：台湾府闽籍十名、粤籍三名；闽籍廪增生各二十名，三年两贡；粤籍廪增生额各五名，四年一贡。苗栗县二名，廪、增各二名，六年一贡。新设的埔里社厅附台湾府学，基隆厅附淡水县学。光绪十五年（1889）台湾府及三县正式分治。并于当年冬分别设置台湾府学、台湾县学。云林、苗栗也在光绪十六年（1890）设学。全台湾每科入学的人数总计达155人。

那么科举制对当时的台湾所起的作用如何呢：

首先，台湾的生员名额对祖国大陆特别是闽南、粤东一带的读书人具有很大的吸引力。他们在祖国大陆本身就具有比较高的威望，而且一般家道殷厚，与官府的联系又较紧密，到台湾后，很容易就可以招募到大陆移民赴台进行垦荒，自己成为垦首。这有力地推动了台湾的开发。而且大量高素质的人员的进入，也加速了台湾经济、文化的发展。

其次，科举考试要求考生不仅要到省城，还要到京师参加考试，这就密切了中央与台湾的关系，增强了向心力，搭起了中央与地方之间互相了解的桥梁。

再次，科举考试这种循序渐进上考的强制性以及获取功名利禄之后衣锦还乡的荣耀感，使祖国大陆籍移民与祖籍之间的关系更加密切。

科举制以儒家经典为考试范围，加速了边陲地区特别是像台湾这种新开发土地的"儒汉化"和"中原化"，海洋文化向内陆文化的内附被加速进行着。

（五）师资频繁交流构成闽台教育一体化的重要机制

首先是闽地师资赴台任教比例较大。道光《重纂福建通志》卷一一七开列的从清初至道光年间台湾府、台湾县、凤山县、淡水厅、嘉义县、彰化县各级儒学的教授、教谕、训导，共计 391 人，其中除两人籍贯不详外，其余均是闽籍士人。即使是道光以后，充任台湾各级儒学教授、教谕、训导的也是以闽人为主。以淡水厅为例，从嘉庆二十一年（1816）建厅学至光绪三年（1877）历任 31 个教谕、训导，均是闽籍之人。光绪四年（1878）淡水、新竹分治，从光绪五年至十九年（1879－1893）的历任新竹县训导 9 人中，除 4 人为台湾本地士人外，其余 5 人均为闽人。不仅儒学如此，像书院、义学、私塾等皆然。

清代赴台任教者中，相当部分为进士、举人，乾隆四年执教于台湾海东书院的薛士为雍正二年（1724）进士，先任漳州府学教授，于雍正十年（1732）转任台湾府学教授。德化人郑兼才历任闽清、安溪、建宁县教谕，嘉庆九年（1804）调任台湾县教谕，其后"凡文庙、殿阁、明伦堂及名宦、乡贤、忠义孝悌、节孝祠，莫不劝施兴作。"因其为台湾县学的教育设施建设作出了贡献，嘉庆二十五年（1820）再次出任台湾县学教谕。

相反，台湾士人来闽任教者亦不少。根据道光《续修台湾县志》卷三《学志》所列进行统计：从康熙三十二年（1693）至嘉庆十二年（1807）39 位举人中，赴闽任州学学正、县学教谕的共 7 人，约占 18%；康熙 36 年（1697）至嘉庆 5 年（1800）30 位恩贡生中，赴闽任县学教谕、训导的共 3 人，占 10%；康熙二十七年（1688）至嘉庆十一年（1806）130位岁贡生中，赴闽任县学教谕、训导的共9人，约占9.4%。可见，台湾士人把赴闽任教作为自己的出路之一。这对于清代福建教育的发展亦具有积极作用。

余　论

明清时期，是闽南社会经济大发展的时期，也是传统政治日益渗入的时期，朝廷出于对东南海疆区域地位的日益重视，或采取军事手段，或采取行政手段，不断拓展着对东南地区的管理幅度。但是这一推进过程并非一帆风顺，时常出现反复，还受到政治气候、朝廷对财政的考量、地方社会对王朝的认同程度等因素的影响，有些地方迅速建立起完整的行政机构，学校教育亦紧随其后；有些地方则进展缓慢，甚至是避重就轻、择易排难。譬如原本想治理好海盗聚集的南诏地方，却迫于形势的复杂，而选择在漳州海澄的月港设置县治。海澄县治的设置经过了地方官员和当地绅士的反复上疏和请求，但设置时似乎并不果决。

对台湾的管理体现了清政府吸收明王朝管理福建山海地区的经验教训，迅速在台湾各地推展教育，收到的效果是积极的。

一、兴办教育是转移社会风气的有效途径

闽南地区处于海洋环境中，较早便形成了剽悍的民风，儒学教育的渗入是转移这种社会风气的有效途径，也是闽南海洋文化与内陆文化交融互摄、实现自我提升的必然要求。

宋以后儒学的尖端在理学，又称"闽学"，理学强调做真君子，亦注重对德行的修炼，这颇能激发号称朱子"过化"之地的闽南人的受教育热情。朱熹曾说："君子之学已诚其身，非直为观听之美而已。古之君子以是行之其身，而推之以教其子弟，莫不由此，其风俗所以淳厚，而德业所以崇高也。近世之俗不然。自父母所以教其子弟，固已使之假乎程文以欺有司矣。新学小生

自为儿童时习见其父兄之诲如此，固恬不以为愧，而安受其空虚无实之名，内以傲其父兄，外以骄其闾里，而身不知自力，以至卒就小人之归者未必不由此也。故今劝谕县之父兄有爱其子弟之心者，其为求明师良友使之究义理之指归，而习为孝悌驯谨之行，以诚基身而已。禄爵之不至，名誉之不闻，非所忧也，何汲汲使之俯心下首。务欲因人成事，以幸一朝之得而贻终身之羞哉？"[①]

清末诗山书院的创办动机："每见荒陬僻壤之区，不少聪明杰出子弟，只以教导无人，习为淫荡邪僻，恃才妄作，甚至立盟结会，鱼肉平弱，卒之，陷于罪戾，亡其身家。此岂禀性之不善哉？亦以初无涵育熏陶而目染耳濡，无非恶习，卒竟至于此也。吾闻漳、泉之民，素称强悍，动辄械斗，府县狱讼，至无虚日。……此诗山书院所以必不可无也。……诸生诵读其中，且于此亲师取友，敦品励学，立志必纯儒，异日自为循吏，且以平日所讲求之理，归而开示家之子弟及闾里之愚民，有不熏其德者皆为善良，被其教者悉归谨厚乎？漳泉民俗，虽多强悍，苟有贤士大夫仿此法而行之，处处皆有书院，渐摩日久，愧感自生，将见不待劝而自输忠，乐公战而忘私斗，夫何患国家之贫弱哉？"[②] 书院包含了用传统义理文化来敦化社会风气的使命。无论是章程、条规、学规，还是书院的碑记、匾额、楹联等，都透露出这样的价值取向，即"德行为先，文艺次之"。

黄懋和在《谒南安诗山书院》中说：诗山书院创办之前，诗山地区乡民有不少陋习，尤其动辄械斗，书院创办之后，为"转移风气，遇朔望，则择诸生善为劝导者，恭读《圣谕广训》、《御制劝善要言》及《阴骘文》诸书，讲解数章，俾乡民闻而知感，

---

① 乾隆《泉州府志·风俗》。
② 《诗山书院志·艺文》。

以默化其积习"。由于这种教化，民风大有好转。"诗山数十乡独鲜此事（指械斗），岂非有贤绅衿为之法，则常为劝导欤？抑以书院振兴有年，士习日端，民风由此而善欤？此书院之关系为重大也。"①

在泉州，因为书院等教育机构的兴盛，"人知力学科目日盛，学者谈道理攻占文辞，不专为时文以应举。民俗爱惜廉耻，畏法度，无敢惜斗鸡走马……"② 人们总结道："有教化而后有人心，有人心而后有风俗。泉自唐以来，席相常衮倡导于前，蔡襄、王十朋诸贤激扬于后，重以紫阳过化之区，薪传不绝。乡先生遗泽类足以陶淑后辈，海滨邹鲁之称阙有由也。""海滨邹鲁"是海洋文化被内陆文化收编的最贴切概括。

二、闽南形成了以社会力量创办教育的良好传统

人们捐助书院时常成为追崇德行的一种方式。当官的自己往往率先垂范，富有之家则积极响应。小民也竭己所能，体现出一种全民动员的色彩，也是全社会普遍服膺儒家意识形态的反映。

捐助能赢得社会的认同，政府时常有颁奖之举、刻碑之行，像"慷慨好义"、"急公行义"等不胜枚举。《安海志·乐善》记载了不少为石井书院捐资的人，如："颜思敬，清代人，字常于，国学生，好义急公。董修安海西桥、龙山寺、朱韦斋祠，石井书院及郡守高公拱乾、邑侯王公承祖功德祠，资费不敷，倾囊成之。"官府给予他授匾旌表。再如傅奏功，南安人，乾隆二十年（1755）南安修建丰州书院时，倾囊捐献，亲董其事，直至工竣。复捐修泉州府学文庙、清源书院、府考棚。南安县令将其功绩上

---

① 戴凤仪撰：《诗山书院志·艺文》。
② 乾隆《泉州府志·风俗》。

报，福建布政司授匾表彰他，将匾额悬于县明伦堂。又如郭用锡，惠安人。清道光七年（1827）惠安建文峰书院兼考棚时，拥锡父子亲携白银 2000 两往捐。知县全卜年等为此奏请朝廷嘉奖。道光皇帝特此颁诏，勒封郭用锡为修职左郎，运盐司知事，并赐"父子恩荣"匾额，表彰他的捐资兴学之举。这些因素的交互作用，捐资建设书院逐渐成为一种风气。

正是由于社会各界的积极捐资，闽南各项教育事业才得以蓬勃发展起来。即使在旧学停止，新学倡办之时，捐助风气仍然延续。像洪景荣，字成庆，南安华美人。清末废科举时，独力捐输万金，改诗山书院为新学堂。之后，又首捐巨金，在家乡倡办丹心学校。

在福建沿海，华侨也积极参加了捐资兴建书院的行列。惠安的文峰书院是道光年间华侨郭用锡父子捐银 2000 两建起来的；厦门禾山书院则是厦防分府于光绪十五年（1885）向当地旅居海外的华侨募捐得以兴建起来的。

除了朝廷和当地官绅捐助外，闽南书院的办学经费还来自于学田及各种经营收入，同时书院的修缮费也多来自捐资。

三、学田、教育与传统政治秩序

学田是学校赖以正常运行的经济基础，在闽南，学田的来源是多方面的。一部分寺田或废寺田也被官府拨作学田，这在所拨之田中也占有一定的比重。《宁化县志》有载："宁化初无学田嘉靖时县令潘公时宜念欲赡贫士有籍，会有废寺二百余亩，遂欣然申请，以充学田。"① 《南安县志》载："万历十四年，送灵岩寺

---

① 同治《宁化县志》卷六《学校志》。

田四十五亩，为含生油灯资。"①

有时是政府通过其权力合法取得田地，除此之外还有一种方式就是拨民田，无偿剥夺农民的田地。《南安县志》载："万历二十年，巡按御史邓炼行县将黄储器名下柳洋坑田四十四亩，僧广诰名下资福岩田地十八亩三分，田地十亩，尽数追入官给佃耕种，充本学师生历年公用，粮差照产折纳。"②

除此之外就是私人捐田，主要是各地的乡绅、社会名流，如厦门义民许名扬"立家塾，置书田，俘族中子弟诵读其中"③。

民间大量兴置学田，这是明清学田发展最突出的特点，也是其发展的最重要原因。

民间兴置学田主要是通过家族、乡族组织来完成的。明清基层社会管理中存在着"官"与"民"的二元组织系统，其中民的组织中主要的就是家族和乡族组织。官府能资助的学田并不是很多，买田也需要很大一笔财政支出，而且由于封建社会后期土地流转、人口流动频繁，仅依靠封建政府的管理不能解决，而乡族、家族这一基层组织正好弥补了这一缺陷。民间学田大部分是从族田中的义田析出。族田是家族、乡族组织的经济基础。族田一开始是在家族中是以血缘关系为纽带，以宗祠为中心而组合的同族共有地，后来随经济的发展和地区特点扩大到兼顾地缘关系的超越宗族的乡族族田。明清时期义田发展到了一个高潮，学田作为其主要的一部分也自然得到了快速发展。那么是什么促使民间去大量捐置义田，设学田以助学呢？

一方面是思想观念的影响，宗族观念在发生着作用。中国可

---

① 光绪《南安县志》卷九《学校下》。
② 民国《南安县志》卷四《学田》。
③ 道光《厦门志》卷一五《风俗》。

以说是个宗法制的国家，宗族观念非常强。而经过儒家思想的充分解释，宗法制逐渐成为传统社会的伦理体制。宗法制到明清时期的闽南有了新的发展，而且民间化的特点更加突出。传统社会的发展使一些中小庶民地主通过科举制入仕，并且迅速壮大，形成了新官僚地主。他们和门阀地主不同，地位很不稳定。因而为了稳固自己的地位，同时也为了稳定整个社会，他们极力维护宗法制度和宗族制度。同时人们在儒家思想的长期熏陶下，加上宋明理学的强化，"忠君孝亲"的思想已经深入人心，孝成为传统伦理的核心。而传统社会下的中国农民聚族而居，同一村落的地主和农民往往是同一祖宗的子孙，所以孝的意义被扩大了。福建农村基层组织结构成为义田发展的一个社会基础。根据傅衣凌先生的观点，中国社会是一种多元结构的社会，从经济基础、社会控制的体系、司法系统到思想文化，都存在着"公"与"私"两大部分。国有经济与乡族经济、私有经济长期并存；高度的中央集权与地方乡族势力互相补充；国家法律与乡族、家族私规、私刑同在。而且到明清时期这种"公"与"私"的结构更加明显。在这个二元结构中，基层的组织就是乡族和宗族。在明清福建地区，封建官府的统治力相对减弱，使地方管理的责任很大一部分落在了乡绅、商人之上。他们没有什么政治地位，为了便于管理，必然会借助于神灵、血缘、宗族关系，这样往往家族或宗族的族长成为地方上的主要管理者。毫无疑问他们必然会大力提倡宗法制和宗族制。正是在这种孝亲的思想作用下，义田作为最好的表达方式被大力提倡，官僚、商人、平民、义节之妇及僧道只要有条件都兴办义田，兴办义田成为全民运动，形成了一种社会风气和风俗。他们认为义田的兴办，尤其是学田的兴办，可以使一部分同族的优秀分子进入官场，这不仅给他们家族脸上争光，而且更主要的是还能保护他们的利益。因为明清土地兼并的现象较为严重，这些后发家致富的商人及新官僚地主们地位很不稳定，为了维护自身的长期利益，肯定要借助于本家族或本宗族的力量，把本族的优秀人才送入官僚机构中，扩大本族在传统政治中的控制力。只有这样才可以使他们的利益不会轻易地被损害。同时，封建迷信也使他们认为兴办学田是做好事，好人好报，这种积德保平安、富贵的思想也促使人们在发家之后能不忘回乡恪尽孝道。家族、宗族观念的深入人心可以说为学田后期的发展奠定了思想基础。

另一方面，明清福建闽南经济的发展为学田发展准备了物力。只有主观愿望而没有实际经济能力，什么事情都不可能成功。宗族观念人人都有，但只有那些有钱的人才能说得上兴办学田。其他人只能是心有余而力不足。所以明清福建闽南经济的发展，尤其是商品经济的发展，商人的大量出现，成为学田发展的根本原因。明清时期福建特殊的地理环境，使农业结构呈现多元化，使农村人口经营种类和方式也多样化。一方面一部分沿海人口向海外的流动与山区之民向它省的迁移，形成了一批从商者，特别是明中叶以后，商品经济蓬勃发展，福建闽南商人或北上，或南下，形成了福建商帮。另一方面，大量农民从事山地的垦殖。他们大部分尽管迫于衣食，但却身怀技艺，精于某行某业。这使福建闽南的人口职业构成有着明显的商品经济倾向。区域性的分工扩大，交通的建设都促进了福建闽南商品经济的发展。商业的发展使商人积累了很大一笔财富，这些财富中的一部分很自然就进入了学田之中。

富裕的商人常常受儒家思想影响，对儒家思想有一种崇拜之情。他们把自己不能入学归于家境贫寒，希望通过自己的努力为同代或下一代创造学习的条件。所以，在他们致富后乐于把大量的资金转向学田。而且商人经商多数并不是最终目的，他们想通过经商赚的钱来培养本家族、宗族的人才，使之进入官僚阶层，以此来提高本家族和自己的威望。这种心理是长期轻商的结果，也反映了商人在封建社会是没有什么地位的，财富与权利并不是统一的。

从上面的分析来看，明清福建闽南学田发展是经济、政治和文化共同作用的结果。统治者自始至终的强力支持，商品经济的强大冲击和传统宗族观念的深入人心，使学田在官民两极都极受欢迎，迅速发展起来。

首先，学田制度的创立，使官私学校的费用既出于一般的封建地租，又不占正常的国家财政收入。前者使其在全国各地方行政区域内，只要有官田和租佃制生产关系的地方，都能够建置学田，并有大体一致的经营、管理、租率、用度等模式，有利于国家对官私学校的宏观调控。后者又使其收支管理独立，不受国家财政盈亏的影响。尤其在封建政府财政长期困难的情况下，这一点对于稳定办学秩序，保证官私学校的正常运行和发展更加重要。同时可以保证租金钱粮的稳定性。汉魏以来历代政府曾多次下令建立地方学校，但直到宋初州县学校都是很难实现的。究其原因大都是由于经费没有着落。学田制度使州县学的钱粮收入做到了专项、专收、专管、专用，避免挪用借支，遂使各级各类学校大都拥有一定数量的学田及稳定的钱粮收入。解决了学舍的"兴坏补废"，即基建费、释奠、膏火费、赴试路费等，从而使更多的"孤寒"子弟能够在学粮的资助下读书。

其次，它为兴办地方官学，扩大封建人才的培养和从文化教育上加强专制主义中央集权提供了一定的物质基础。学田制度的建立，打破了公田利用的旧框框，建立了一种利用公田租入兴办教育的新模式，它不仅为传统吏治的整顿准备了人才，而且从文化教育、官僚队伍培养上采取的强化中央集权的新措施。学田制度的建立，为集中社会办学的力量奠定了物质基础。这就为传统国家培养了更多的人才。从而既有利于加强国家对地方教育的控制，巩固传统政治统治，又能促进民族文化知识的增进与传播。

第三，学田制度和地方官学的建立，为形成多层次衔接的教育体制创造了物质条件。同时，对于某些社会组织或社会阶层，学田也可为其政治、经济利益起到一些保障作用。宗族塾田的建立则在一定程度上影响着一个家族的兴衰。明清宗族组织遍布，宗族地主往往采取许多措施，包括建族塾、设塾田等，以增强本族子弟在科场中的竞争力，帮助他们获取功名，进入官僚队伍。在中国传统社会中，权力是财富的象征。宗族子弟一旦仕途得志，不仅为本族族众增添无尚荣耀，也会为本族提供政治保障。当某个宗族地主的经济力量与国家政权联系在一起时，不仅可以防止地方官吏滥用职权，可以保证收齐地租，而且能够插手地方的统治，保护本宗族地主阶级的利益。于是，通过办学这条途径就可以进一步巩固自己的经济地位。学田对于维护商人集团的利益也可起到重要作用。对许多商人来说，捐赠学田只是一种手段，最终的目的，是为培植其在政权中的势力，与官僚或合为一体，或互相结托，其势力渗透到地方政权，甚至伸向国家政权中枢。在明清出仕中央与地方的官僚中有不少商人子弟，在施政和建言中，极力保护商人利益，充当他们的政治代言人。

学田从宋朝开始发展到明清出现了新的特点就是日益民间化，学田的来源绝大部分来自于私人的捐献，宗族在学田中的作用也加强。明清福建社会经济的发展，传统宗族观念和儒家思想的长期作用，统治者的大力支持促成了明清福建学田这一新特点的形成。学田的发展又进一步促进了明清福建社会经济的发展，加强了统治集团的力量。学田制度对中国的教育做出了不可磨灭的贡献。

后　记

　　《闽南书院与教育》作为陈支平、徐泓教授主编的《闽南文化丛书》的一册得以问世，需要感谢的人是很多的。

　　作为本书的主编之一的李弘祺先生在百忙之中细致审定了撰写大纲，进行了诸多写作上的指导。

　　本书充分吸收了学界的研究成果。举凡李弘祺、萧启庆、刘海峰、庄明水、黄新宪、高明士、王启宗、黄秀政、林拓、多洛肯、陈驾彬、苏黎明、蔡嘉麟等的研究成果都给予了本书极多的滋养。

　　本书第四、五章是在我的研究生刘庆、吕小琴所写初稿的基础上改写而成的，我的研究生周惊涛、苏惠革、刘贺彬等亦做了部分资料收集工作。

　　谨此向上述各位表示诚挚的谢意！

王日根

2007 年 10 月 9 日于厦门大学

图书在版编目（CIP）数据

闽南书院与教育/王日根，李弘祺主编. 一福州：福建
人民出版社，2007.10
（闽南文化丛书）
ISBN 978-7-211-05603-3

Ⅰ.闽... Ⅱ.①王...②李... Ⅲ.①书院－历史－福建省
②教育史－福建省 Ⅳ.G649.299.57 G527.57

中国版本图书馆 CIP 数据核字（2007）第 159091 号

（闽南文化丛书）

闽南书院与教育
MINNAN SHUYUAN YU JIAOYU

作　者：	王日根　李弘祺
责任编辑：	陶　璐
出版发行：	福建人民出版社　　　　电　话：0591-87533169（发行部）
网　址：	http://www.fjpph.com　电子邮箱：211@fjpph.com
地　址：	福州市东水路 76 号　　邮政编码：350001
印　刷：	福建省天一屏山印务有限公司
地　址：	福州铜盘路 278 号　　　邮政编码：350003
开　本：	890 毫米×1240 毫米　　1/32
印　张：	9.00
插　页：	2
字　数：	211 千字
版　次：	2007 年 10 月第 1 版　　2007 年 10 月第 1 次印刷
印　数：	1－4000
书　号：	ISBN 978-7-211-05603-3
定　价：	21.00 元

本书如有印装质量问题，影响阅读，请直接向承印厂调换